Emilio

A FUEGO LENTO

- STOCKCERO -

Bobadilla, Emilio
       A fuego lento - 1a ed. - Buenos Aires : Stockcero, 2005.
       196 p. ; 23x15 cm.

       ISBN 987-1136-34-X

       I. Narrativa Cubana I. Título
       CDD Cu863.

stockcero.com
Viamonte 1592 C1055ABD
Buenos Aires Argentina
54 11 4372 9322
stockcero@stockcero.com

Emilio Bobadilla

A FUEGO LENTO

INDICE

PRIMERA PARTE

– I –

"Si le lecteur ne tire pas d'un livre la moralité qui doit s'y trouver, c'est que le lecteur est un imbécile ou que le livre est faux au point de vue de l'exactitude..."
(GUSTAVE FLAUBERT.
–Correspondance. Quatrièrne série. Pág. 230.–Paris, 1893).

Llovía, como llueve en los trópicos: torrencial y frenéticamente, con mucho trueno y mucho rayo. La atmósfera, sofocante, gelatinosa, podía mascarse. El agua barría las calles que eran de arena. Para pasar de una acera a otra se tendían tablones, a guisa de puentes, o se tiraban piedras de trecho en trecho, por donde saltaban los transeúntes, no sin empaparse hasta las rodillas, riendo los unos, malhumorados los otros. Los paraguas para maldito lo que servían, como no fuera de estorbo.

A pesar del aguacero, el cielo seguía inmóvil, gacho, uniforme y plomizo. La gente sudaba a mares, como si tuviera dentro una gran esponja que, oprimida a cada movimiento peristáltico, chorrease al través de los poros. Hasta los negros, de suyo resistentes a los grandes calores, se abanicaban con la mano, quitándose a menudo el sudor de la frente con el índice que sacudían luego en el aire a modo de látigo.

En las aceras se veían grupos abigarrados y rotos que buscaban ávidamente donde poner el pie para atravesar la calle. El río, color de pus, rodaba impetuoso hacia el mar, con una capa flotante de hojas y ramas secas. Tres gallinazos, con las alas abiertas, picoteaban el cadáver hinchado de un burro que tan pronto daba vueltas, cuando se metía en un remolino, como se deslizaba sobre la superficie fugitiva del río.

Ganga era un villorrio compuesto, en parte, de chozas y, en parte, de casas de mampostería, por más que sus habitantes –que pasaban de treinta mil–, negros, indios y mulatos en su mayoría, se empeñasen en elevarle a la categoría de ciudad. Lo cual acaso respondiese a que en ciertos barrios ya empezaban a construirse casas de dos pisos, al estilo tropical, muy grandes, con amplias habitaciones, patio y traspatio, y a que en las afueras de la ciudad no faltaban algunas quintas con jardines, de palacetes de madera que iban, ya hechos, de Nueva York y en las cuales quintas vivían los comerciantes ricos.

Ganga no era una ciudad, mal que pesara a los gangueños, que se jactaban de haber nacido en ella como puede jactarse un inglés de haber nacido en Londres.

—"Yo soy gangueño y a mucha honra" –decían con énfasis, y cuidado quién se atrevía a hablar mal de Ganga.

Tenían un teatro. ¿Y qué? ¡Para lo que servía! De higos a brevas[1] aparecían unos cuantos acróbatas muertos de hambre, que daban dos o tres funciones a las cuales no asistían sino contadas familias con sus chicos. Se cuenta de una compañía de cómicos de la legua, que acabó por robar las legumbres en el mercado. Tan famélicos estaban. Al gangueño no le divertía el teatro. Lo que, en rigor, le gustaba, amén de las riñas de gallos, era empinar el codo. No se dio el caso de que ninguna taberna quebrase. ¡Cuidado si bebían aguardiente! *Ajumarse*, entre ellos, era una gracia, una prueba de virilidad. –"Hoy me la he *amarrado*" –decían dando tumbos.

Ganga, con todo, era el puerto más importante de la república. Cuanto iba al interior y a la capital, pasaba por allí. A menudo anclaban en el muelle enormes trasatlánticos que luego de llenarse el vientre de canela, cacao, quina, café y otros productos naturales, se volvían a Europa.

Las mercancías se transportaban al interior en vaporcitos, por el río y después en mulas y bueyes, al través de las corcovas de las montañas, por despeñaderos inverosímiles. A lo mejor las infelices bestias reventaban de cansancio en el camino, de lo cual daban testimonio sus cadáveres, ya frescos, ya corrompidos o en estado esquelético, esparcidos aquí y allá, mal encubiertos por ramas secas o recién cortadas. Horrorizaba verlas el lomo desgarrado por anchas llagas carmesíes. De sus ojos de vidrio se exhalaba como un sollozo.

Al cabo de tres horas escampó[2], pero no del todo. Una llovizna monótona, violácea, desesperante, empañaba como un vaho pegadizo la atmósfera. El calor, lejos de menguar, aumentaba. De todas partes brotaban, por generación espontánea, bichos de todas clases y tamaños, que chirriaban a reventar, sapos ampulosos que se metían en las casas y, saltando por la escalera, peldaño a peldaño, se alojaban tranquilamente en los catres. A la caída de la tarde empezaban a croar en los lagunatos de la calle, y aquello parecía un extraño concierto de eructos. Los granujas les tiraban piedras o les sacudían palos y puntapiés, que ellos devolvían hinchándose de rabia y escupiendo un líquido lechoso. El aire se poblaba de zancudos[3], que picaban a través de la ropa, y de chicharras estridentes que giraban en torno de las lámparas. Del alero de

---

1   *De higos a brevas*: muy de tarde en tarde. Proviene de que el árbol de la higuera da primero brevas y al poco tiempo higos. No obstante, mientras entre las brevas y los higos transcurre poco tiempo, entre éstos y la nueva cosecha de brevas pasan varios meses.
2   *Escampar*: despejar el tiempo, cesar de llover
3   *Zancudos*: mosquitos (anopheles)

los tejados salían negras legiones de murciélagos que se bifurcaban chillando en vertiginosas curvas. A lo lejos rebuznaban asmáticamente los pollinos.

Ganga no difería cosa de los demás puertos tropicales. Muchas cocinas humeaban al aire libre, y de las carnicerías y los puestos de frutas emanaba un olor a sudadero[4] y droguería.

---

4   *Sudadero*: manta pequeña que se pone a las cabalgaduras debajo de la silla

– II –

La casa del general don Olimpio Díaz andaba aquella tarde manga por hombro[5]. Era un caserón mal construido, sin asomo de estética y simetría, vestigio arquitectónico de la dominación española. Dos grandes ventanas con gruesos barrotes negros y una puerta medioeval, de cuadra, daban a la calle. El aldabón era de hierro, en forma de herradura. Desde el zaguán se veía de un golpe todo el interior: cuartos de dormir, atravesados de hamacas, sala, comedor, patio y cocina. Lo tórrido del clima era la causa de la desfachatez[6] de semejantes viviendas. En las ventanas no había cortinas ni visillos que dulcificasen el insolente desparpajo[7] del sol del mediodía. Casi, casi se vivía a la intemperie. Las señoras no usaban corsé ni falda, a no ser que repicasen gordo[8], sino la camisa interior, unas enaguas de olán y un saquito de muselina, al través del cual se transparentaba el seno, por lo común exuberante y fofo. Se pasaban parte del día en las hamacas, con el cabello suelto, o en las mecedoras, haciéndose aire con el abanico, sin pensar en nada.

Las mujeres del pueblo, indias, negras y mulatas, no gastaban jubón; mostraban el pecho, el sobaco, las espaldas, los hombros y los brazos desnudos. Tampoco usaban medias, y muchas, ni siquiera zapatos o chanclos[9].

Los chiquillos andorreaban[10] en pelota[11] por las calles, comiéndose los mocos o hurgándose en el ombligo, tamaño de un huevo de paloma, cuando

5   *Manga por hombro*: desordenado
6   *Desfachatez*: descaro, desvergüenza
7   *Desparpajo*: suma facilidad en su accionar
8   *Repicar gordo*: toque de campana para ocasiones especiales. Proviene de que para realizarlo
      se voltea la "gorda" (campana mayor) y en el contratiempo repican las menores
9   *Chanclo*: especie de sandalia de madera o suela gruesa
10   *Andorrear*: callejear
11   *En pelota:* desnudo

no jugaban a los mates o al trompo en medio de una grita ensordecedora. Otras veces formaban guerrillas entre los de uno y otro barrio y se apedreaban entre sí, levantando nubes de polvo, hasta que la policía, indios con cascos yanquis, ponían paz entre los beligerantes, a palo limpio. ¡Qué beligerantes! Al través de la piel asomaban los omoplatos y las costillas; la barriga les caía como una papada hasta las ingles; las piernas y los brazos eran de alambre, y la cabeza, hidrocefálica, se les ladeaba sobre un cuello raquítico mordido por la escrófula[12], tumefacido por la clorosis[13].

—¡Ven acá, Newton! ¿Por qué lloras?

—Porque Epaminondas me pegó.

Todos ostentaban nombres históricos, más o menos rimbombantes, matrimoniados con los apellidos más comunes.

El general tenía, pared en medio de su casa, una tienda mixta en que vendía al por mayor vino, tasajo, arroz, bacalao, patatas, café, aguardiente, velas, zapatos, cigarrillos, no siempre de la mejor calidad. Se graduó de general como otros muchos, en una escaramuza civil en la que probablemente no hizo sino correr. En Ganga los generales y los doctores pululaban como las moscas. Todo el mundo era general cuando no doctor, o ambas cosas en una sola pieza, lo que no les impedía ser horteras[14] y mercachifles a la vez. Uno de los indios que tenía a su servicio don Olimpio Díaz, era coronel; pero como su partido fue derrotado en uno de los últimos carnavalescos motines, nadie le llamaba sino Ciriaco a secas, salvo los suyos. Cualquier curandero se titulaba médico; cualquier rábula[15], abogado. Para el ejercicio de ambas profesiones bastaban uno o dos años de práctica hospitalicia o forense. Hasta cierto charlatán que había inventado un contraveneno, para las mordeduras de las serpientes, *Euforbina*, como rezaban los carteles y prospectos, se llamaba a sí propio *doctor*, con la mayor frescura. Andaba por las calles, de casa en casa, con un arrapiezo[16] arrimadizo a quien había picado una culebra, y al que obligaba a cada paso a quitarse el vendaje para mostrar los estragos de la mordedura del reptil juntamente con la eficacia *maravillosa* de su remedio. A no larga distancia suya iba un indio con una caja llena de víboras desdentadas que alargaban las cabezas, sacando la lengua fina y vibrátil por los alambres de la tapa. En los grandes carteles fijos en las esquinas, ahítos de términos técnicos, se exhibía el *doctor*, retratado de cuerpo entero, con patillas de boca de hacha, rodeado de boas, de culebras de cascabel, coralillos, etc. Sobre la frente le caían dos mechones en forma de patas de cangrejo.

Los habitantes de Ganga se distinguían además por lo tramposos. No pagaban de contado ni por equivocación. De suerte que para cobrarles una cuenta, costaba lo que no es decible. Como buenos trapacistas[17], todo se les volvía

12 *Escrófula*: tumefacción fría de los ganglios linfáticos, generalmente cervicales, acompañada de debilidad y predisposición a la tuberculosis
13 *Clorosis*: enfermedad de los adolescentes caracterizada porc palidez del rostro, anemia y comúnmente por opilación (estreñimiento)
14 *Hortera*: apodo con que se designa a los ayudantes en ciertas tiendas de mercader. Estrictamente escudilla o cazuela de palo
15 *Rábula*: abogado indocto, charlatán y vocinglero
16 *Arrapiezo*: (fig. y fam.) persona pequeña, de corta edad o humilde. Estrictamente harapo
17 *Trapacista*: (fig.) quien con astucia y falsedades procura engañar

firmar contratos que cumplían tarde, mal o nunca, que era lo corriente. Los vecinos se pedían prestado unos a otros hasta el jabón.

—Dice misia Rebeca que si le puede *emprestá* la escoba y mandarle un huevo porque los que trajo esta mañana del *meicao* estaban toos podrío.

—Don Severiano, aquí le traigo esta letra a la vista.

—Bueno, viejo, vente dentro de dos o tres días, porque hoy no tengo plata.

Y se guardaba la letra en el bolsillo, tan campante. Don Severiano era banquero.

El fanatismo religioso, entre las mujeres principalmente, excedía a toda hipérbole. En un cestito, entre flores, colocaban un Corazón de Jesús, de palo, que se pasaban de familia en familia para rezarle. —"Hoy me toca a mí", decía misia Tecla; y se estaba horas y horas de rodillas, mascullando oraciones delante del fetiche de madera, color de almagre[18]. Don Olimpio, a su vez, confesaba a menudo para cohonestar[19], sin duda, a los ojos del populacho, sus muchas picardías, la de dar gato por liebre, como decía Petronio Jiménez, la lengua más viperina de Ganga.

Los indios creían en brujas y duendes, en lo cual no dejaba de influir la lobreguez nocturna de las calles. A partir de las diez de la noche, la ciudad, malamente alumbrada en ciertos barrios, quedaba del todo a oscuras, en términos de que muchos, para dar con sus casas y no perniquebrarse, se veían obligados a encender fósforos o cabos de vela que llevaban con ese fin en los bolsillos.

La vida, durante la noche, se concentraba en la plaza de la Catedral, donde estaba, de un lado, el *Círculo del Comercio,* y del otro, *El Café Americano.* Las familias tertuliaban en las aceras o en medio del arroyo hasta las once. En el silencio sofocante de la noche, la salmodia de las ranas alternaba con el rodar de las bolas cascadas sobre el paño de los billares y el ruido de las fichas sobre el mármol de las mesas. La calma era profunda y bochornosa. El cielo, a pedazos de tinta, anunciaba el aguacero de la madrugada o tal vez el de la media noche.

✳ ✳ ✳

La casa de don Olimpio andaba manga por hombro. Misia Tecla, su mujer, gritaba a los sirvientes, que iban y venían atolondrados como hormiguero que ha perdido el rumbo. Una *marimonda*[20], que estaba en el patio, atada por la cintura con una cuerda, chillaba y saltaba que era un gusto enseñando los dientes y moviendo el cuero cabelludo.

—¡Maldita mona! –gruñía misia Tecla–. ¿Qué tienes? –Y acababa abrazándola y besándola en la boca como si fuera un niño.

La mona, que respondía por *Cuca*, se rascaba entonces epilépticamente la barriga y las piernas, reventando luego con los dientes las pulgas que se

---

18 *Almagre*: arcilla que contiene óxido rojo y es utilizada como pigmento
19 *Cohonestar*: dar apariencia de buena a una acción
20 *Marimonda*: Mono araña (*Ateles belzebuth*)

cogía. Por último se sentaba abrazándose a la cola que se alargaba eréctil hasta la cabeza, sugiriendo la imagen de un centinela descansando. No se estaba quieta un segundo. Tan pronto se subía al palo, al cual estaba atada la cuerda, quedándose en el aire, prendida del rabo, como se mordía las uñas, frunciendo el entrecejo, mirando a un lado y a otro con rápidos visajes, o atrapaba con astucia humana las moscas que se posaban junto a ella.

Un loro viejo, casi implume, que trepaba por un aro de hojalata, gritaba gangosamente: "¡Abajo la república! ¡Viva la monarquía! ¿Lorito? Dame la pata".

La servidumbre era de lo más abigarrado[21] desde el punto de vista étnico: indios, cholos[22], negros, mulatos[23], viejos y jóvenes. La vejez se les conocía, no en lo cano del pelo, que nunca les blanqueaba, sino en el andar, algo simiano, y en las arrugas. Algunos de ellos, los indios, generalmente taciturnos, parecían de mazapán. Tenían, como todos los indígenas, aspecto de convalecientes. No todos estaban al servicio del general: los más eran sirvientes improvisados, recogidos en el arroyo.

Misia Tecla, que nunca se vio en tal aprieto, lloraba de angustia, invocando la corte celestial.

—¡Virgen Santísima, ten piedad de mí! ¡Si me sacas con bien de ésta, te prometo vestirme de listao durante un año! —Y corría de la cocina al comedor, y del comedor a la cocina, empujando al uno, gruñendo al otro, hostigando a todos, entre lágrimas y quejas.

—¡Ay, Tecla, mi hija, cómo tienes los nervios! —exclamaba don Olimpio.

Las gallinas se paseaban por el comedor, subiéndose a los muebles, y algunas ponían en las camas, saliendo luego disparadas, cacareando por toda la casa, con las alas abiertas.

—Ciriaco, mi hijo, espanta esas gallinas y échale un ojito[24] al *sancocho*[25].

—Bueno, mi ama.

—Y tú, Alicia, ten cuidado con la mazamorra[26], no vaya a quemarse —decía atropelladamente misia Tecla.

Alicia era una india, delgada, esbelta, de regular estatura, de ojos de culebra, pequeños, maliciosos y vivos, de cejas horizontales, frente estrecha, de contornos rectilíneos, boca grande, de labios someramente carnosos. De perfil parecía una egipcia. Su energía descollaba entre la indolente ineptitud de

---

21 *Abigarrado*: que tiene varios colores mal combinados
22 *Cholo*: descendiente de sangre europea e india. "... un hombre como los mil que se ven por esos valles. Estatura regular, musculatura enérgica, cráneo desarrollado, frente ancha, ojos intensamente negros, pómulos salientes, nariz aguileña, boca grande, cabellera abundante, barba rara, color bronceado, actitud indecisa entre humilde y soberbia; aspecto agradable. No era bello pero era sano. ¿Cuál de las dos predominaba en la frente? La raza europea. El ángulo facial del indio es más agudo, los senos de su frente menos bastos, la depresión de sus sienes es mayor. El indio reaparecería en los pómulos. En la nariz, el europeo. El color denunciaba la raza americana; el contorno del cráneo, a la caucásica." Eugenio María de Hostos, *El Cholo*, publicado en La Sociedad, Lima, 23 de diciembre de 1870
23 *Mulato*: individuo descendiente de la cruza de razas blanca y negra
24 *Echar un ojito*: (fam.) dar una mirada
25 *Sancocho*: típicamente de carne de res, plato tradicional de varios países latinoamericanos similar al "cocido" español
26 *Mazamorra*: comida criolla a base de maíz pisado y hervido

aquellos neurasténicos, botos[27] por el alcohol, la ignorancia y la superstición, como pino entre sauces. Huérfana desde niña, de padres desconocidos, misia Tecla la prohijó, aunque no legalmente, lo cual no era óbice para que don Olimpio la persiguiese con el santo fin de gozarla. Alicia se defendía de los accesos de lujuria del viejo que la manoseaba siempre que podía, llegando una vez a amenazarle con contárselo todo a misia Tecla si persistía en molestarla. Cierta noche, cuando todo el mundo dormía, se atrevió a empujar la puerta de su cuarto. −"¡Si entra, grito!" −Y don Olimpio tuvo a bien retirarse, todo febricitante[28] y tembloroso, con los calzoncillos medio caídos y el gorro hasta el cogote.

Don Olimpio debía repugnarla con aquella cara terrosa, llena de arrugas y surcos como las circunvoluciones de un cerebro de barro, aquella calva color de ocre ceñida por un cerquillo[29] de fraile y aquella boca sembrada de dientes negros, amarillos y verdes, encaramados unos sobre otros.

Alicia no sabía leer ni escribir; pero era inteligente, observadora y ladina y se asimilaba cuanto oía con una rapidez prodigiosa. Con frecuencia se enfadaba o afligía sin justificación aparente, al menos. La menor contrariedad la irritaba, encerrándola durante horas en una reserva sombría. Tenía diez y ocho años y nunca se la conoció un novio, y cuenta que no faltaban señoritos que la acechaban a cada salida suya a la calle con fin análogo al de don Olimpio. De tarde en tarde, a raíz de algún disgusto, padecía como de ataques histéricos, pero nunca se supo a punto fijo lo que la aquejaba porque el diagnóstico de los médicos de Ganga, que eran tan médicos como don Olimpio general, se reducía a decir que todo aquello "era nervioso y no valía la pena". La recetaban un poco de bromuro, y andando. La vida monótona de Ganga la aburría y la persecución de don Olimpio la sacaba de quicio, hasta el punto de que un día pensó seriamente en tornar la puerta.

Ella, en rigor, no gozaba sino cuando iban al campo, a una hacienda que don Olimpio arrendó, por no poder atenderla, a unos judíos, ¡Con qué placer se subía a los árboles, corría por el bosque y se bañaba en el río, como una nueva Cloe![30] Se levantaba con la aurora para dar de comer a las gallinas y los gorrinillos[31] que ya la conocían. Estaba pendiente de las cabras recién paridas y de las cluecas que empollaban. Así había crecido, suelta, independiente y rústica.

27   *Boto*: (fig,) rudo o torpe de ingenio. Estrictamente *romo*, carente de punta
28   *Febricitante:* calenturiento, afiebrado
29   *Cerquillo*: cerco de pelo que se dejan los religiosos de ciertas órdenes, rapándose la parte superior e inferior de la cabeza.
30   *Cloe*: pastora de quien según la mitología griega el pastor Dafnis se enamoró
31   *Gorrinillo*: diminutivo de *gorrino*, puerco; estrictamente el puerco de menos de cuatro meses de edad

– III –

En la farmacia del doctor Portocarrero, semillero de chismes donde se reunía por las tardes el elemento liberal de Ganga. Petronio Jiménez, un cuarterón[32], comentaba a voz en cuello, como de costumbre, el banquete que le preparaba don Olimpio al doctor Eustaquio Baranda, médico y conspirador que acababa de llegar de Santo, huyendo de las guerras del Presidente de aquella república ilusoria. El doctor Baranda se había educado y vivido en París, donde cursó con brillantez la medicina. Había publicado varias monografías científicas, una, singularmente, muy notable, sobre la neurastenia, de la que hablaron las revistas francesas con elogio. Enamorado de la libertad y enemigo de toda tiranía, volvió a su tierra tras una ausencia de años y a instancias del partido liberal, con objeto de tumbar la dictadura. Como no era, ni con mucho, hombre de acción, sino un idealista, un soñador que creía que los pueblos cambian de hábitos mentales con una sangría colectiva, como si la calentura estuviese en la ropa (palabras de un adversario suyo), la conspiración urdida por él desde París, abortó y a pique estuvo de perder en ella el pescuezo. Los conspiradores se emborracharon una noche y fueron con el soplo de lo que se tramaba al dictador que, en pago del servicio que le hacían, les mandó fusilar a todos sin más ni más. El presidente era un negro que concordaba, física y moralmente, con el tipo del criminal congénito, de Lombroso [33]. Mientras comía mandaba torturar a alguien; a varias señoras que se

32 *Cuarterón*: bisnieto de negro; al hijo de blanco con mulata se llamó tercerón, y al de blanco con tercerona, cuarterón
33 *Lombroso*: Cesare Lombroso (1835-1909) médico psiquiatra italiano autor del *Tratado Antropológico Experimental del Hombre Delincuente*. Según sus teorías las características mentales de los individuos dependen de causas fisiológicas. Postuló la existencia de un "tipo criminal" que sería el resultado de factores hereditarios y degenerativos más que de las condiciones sociales. En un principio sus ideas fueron rechazadas en casi toda Europa, pero más tarde se aplicaron en la reforma del tratamiento de la locura criminal.

negaron a concederle sus favores, las obligó a prostituirse a sus soldados; a un periodista de quien le contaron que en una conversación privada le llamó animal, le tuvo atado un mes al pesebre, obligándole a no comer sino paja. Cuantas veces entraba en la cuadra, le decía tocándole en el hombro:

—¿Quién es el animal: tú o yo?

El *Nerón negro* le llamaban a causa de sus muchos crímenes.

Bajo aquel diluvio llegó el doctor a Ganga. En el muelle, que distaba una hora del villorrio, le aguardaba lo más selecto de la sociedad gangueña, con una charanga[34].

Un tren Decauville[35] subía y bajaba por una cuesta pedregosa, y ocurría a menudo que, desatándose los vagones, llegaba la máquina sola a la estación mientras aquéllos rodaban por su propio impulso, pendientes abajo, hacia el punto de partida. Los viajeros iban en pie, entre fardos y baúles, en coches indecentísimos, atestados de indios churriosos[36] que fumaban y escupían a diestro y siniestro. A medio camino se paraba el tren, como un tranvía, para recoger a algún viajero, cuando no descarrilaba, cosa que a diario sucedía, debido, sin duda, no sólo a lo malo de la vía férrea, sino a las borracheras consecutivas del maquinista y el fogonero.

—No se olvide de entregarle esa carta al compadre Sacramento.

—Pierda cuidado.

—Oye, no dejes de mandarme con el conductor el purgante que te pedí el otro día. Mira que tengo el estómago muy sucio.

—En cuanto llegue.

Diálogos análogos, sostenidos entre los que quedaban en los apeaderos y los que subían al tren, se oían a cada paso. De suerte que la demora originada por este palique a nadie impacientaba.

—¡Nosotros, nosotros somos los llamados a festejar al doctor Baranda y no ese *godo* de don Olimpio que, por pura vanidad, para que le llamen filántropo y no por otra cosa, nos ha cogido la delantera! –exclamaba Petronio Jiménez–. Cosas de Ganga, hombre, cosas de Ganga. Un *godo* como ése ¡alojando en su casa a un agitador nada menos! ¡Cuando les digo a ustedes que tenemos que dar mucho *jierro* todavía! Los pueblos no merecen la libertad sino cuando la pelean. Lo demás ¡cagarrutas [37] de chivo!

—Tú siempre tan exaltado –repuso el doctor Virgilio Zapote, famoso picapleitos de ojos oblicuos y tez cetrina, muy entendido, según decían, en derecho penal, y que había dejado por puertas[38] a medio Ganga.

—¡Exaltado, porque soy el único que tiene vergüenza y no teme decir la verdad al *Sursum Corda*! Porque no soy pastelero[39] como tú, que siempre te arrimas al sol que más calienta...

---

34   *Charanga*: música militar sencilla y económica. También la pequeña banda que la ejecuta

35   *Decauville*: denominación genérica de los ferrocarriles de trocha angosta, generalmente tirados por una locomotora a cremalleras.. Por Paul Decauville (1846-1922), creador del sistema cuyo origen fue el Tren Portátil construido en sus talleres –luego transformados en fábrica exitosa– para facilitar la cosecha en su plantación e ingenio familiar de remolachas de azúcar.

36   *Churrioso*: grasiento, de *churre*, prigue gruesa y sucia que corre de alguna cosa grasa

37   *Cagarrutas*: excremento de ganado menor

38   *Por puertas*: en extrema pobreza.

39   *Pastelero*: (fam.) quien emplea medios paliativos en lugar de vigorosos y directos

—Petronio, no me insultes.

—No te insulto, Zapote. ¿Acaso no sabemos todos que el que te cae entre las uñas suelta el pellejo? A mí ¿que me cuentas tú? Te conozco, hombre, te conozco.

—Vamos, caballeros, un trago y que haya paz –promedió el doctor Portocarrero, alargándoles sendas copas de brandi.

Petronio se subió los calzones que llevaba siempre arrastrando. No usaba tirantes, corbata ni chaleco, sino una americana de dril, un casco yanqui y chancletas que dejaban ver unos calcetines de lana agujereados y amarillentos. Parecía un invertebrado. Hablaba contoneándose, moviendo los brazos en todas direcciones, abriendo la boca, echando la cabeza hacia atrás, singularmente cuando reía, enseñando unos dientes blanquísimos.

A menudo, apoyándose contra la pared en una pierna doblada en forma de número cuatro, ponía a su interlocutor ambas manos sobre los hombros o le torcía con los dedos los botones del chaleco. A los amigos, cuando les hablaba en tono confidencial, les atusaba el bigote o les hacía el nudo de la corbata. Tenía mucho de panadero por lo que manoseaba, en las efusiones, falsas y grotescas, de su repentino y fugaz afecto. A la media hora de haber conocido a alguien, ya estaba tuteándole. Esta confianza canallesca le captó la simpatía popular. Colaboraba en varios periódicos, sobre política y moral, sobre moral preferentemente, con distintos pseudónimos, *sobriqués*, como él decía pavoneándose. Tan pronto se firmaba *Juan de Serrallonga* como *Enrique Rochefort* o *Ciro el Grande*. Su periódico predilecto era *La Tenaza,* cuyo director, un mestizo, Garibaldi Fernández, ex maestro de escuela, gozaba entre los suyos fama de erudito y de hombre de mundo. Había publicado un libro por entregas plagado de citas de segunda y tercera mano, y de anécdotas históricas, titulado *El buen gusto o arte de conducirse en sociedad.* Se gastaba un dineral en sellos de correo, pues no hubo bicho viviente, fuera y dentro de Ganga, a quien no hubiese enviado un ejemplar.

El tal tratado de urbanidad era graciosísimo. ¡Hablar de buena educación en Ganga! ¡Recomendar el uso del fraque, de la corbata blanca, de la gardenia en el ojal, del zapato de charol, del calcetín de seda, donde todo el mundo, a causa del calor, andaba poco menos que en porreta![40] A mayor abundamiento, el autor de *El buen gusto* ostentaba las uñas largas y negras, el cuello grasiento, los pantalones con rodilleras y los botines empolvados.

—Esta noche –voceaba colérico Petronio– escribo un artículo para *La Tenaza* en que voy a poner verde a don Olimpio. Como suena.

—No te metas con don Olimpio –repuso Portocarrero–. Otro trago. Es mal enemigo.

—¿Y a mí ¿qué? Hay que moralizar este país –dijo sorbiéndose de un golpe la copa de brandi.

En esto pasó por la botica la *Caliente,* mulata de rompe y rasga[41], conoci-

---

40 *En porreta:* (fam.) en cueros, desnudos
41 *De rompe y rasga:* (fam.) expresión que denota la demasiada resolución, franqueza y desembarazo de alguien

dísima en el pueblo. Vestía tilla bata[42] color de rosa y un pañuelo de seda rojo atado en el cuello a modo de corbata. Sobre el moño[43] de luciente y abundante pasa[44], resaltaba la púrpura de un clavel.

—¿Adónde vas, negra? –la preguntó Petronio plantándola familiarmente una mano en el hombro.

—¡Figúrate!

—Espérame esta noche. ¡Qué sabrosa estás!

—¿Esta noche? Bueno; pero poco *relajo* [45], y no te me vayas a aparecer *ajumao* [46], como el otro día.

—Tú sabes que yo nunca me *ajumo,* vida.

—¡Siá! ¡Que no se *ajuma*, que no se *ajuma*!... –exclamó la *Caliente* prosiguiendo su camino con sandunga[47] provocativa y riendo a carcajadas.

La farmacia no tenía más que un piso, como casi todo el caserío de Ganga. De modo que, desde las puertas abiertas de par en par, se podía hablar con todo el que pasaba. Así se explica que la farmacia se llenase a menudo de cuantos ociosos transitaban por allí. Entre el escándalo de las discusiones que se armaban a diario, a propósito de todo, política, literatura y ciencias, apenas si se oía la voz del parroquiano:

—¡Un real de ungüento amarillo!

—¡Medio de alcanfor y un cuartillo de árnica!

—Una caja de pastillas de clorato de potasa. Y la *contra*[48] de caramelos. Despácheme pronto, *dotol*, que tengo prisa.

—Aquí vengo, *dotol*, a que me recete una purga. Dende hace días tengo una penita en el *estógamo* que no me deja *vivil*.

En la botica no sólo se vendían drogas, sino ropa hecha, zapatos y sombreros de paja. La división del trabajo no se conocía en Ganga.

---

42 *Tilla bata*: probablemente se refiera a una prenda abierta y con abotonadura por delante (bata) y con plisados o tablas, por *Tilla* (como el fr. tillac, del islandés *thilia*) f. entablado que cubre una parte de las embarcaciones menores.
43 *Moño*: (fam.) cabeza
44 *Pasa*: (metáf.) el cabello corto y rizado de los negros
45 *Relajo*: escándalo, desorden
46 *Ajumao*: (vulg.) borracho
47 *Sandunga*: (fam.) gracia criolla, meneo sincopado
47 *Contra*: (fam.) el vuelto

– IV –

D on Olimpio adornó el comedor lo más suntuosamente que pudo. En el centro de la pared, ornado con ramas, flores y banderas, colocó el retrato de Bolívar, y a cada uno de los lados, reproducciones borrosas de fotografías de Washington y Páez. Esmaltaban la mesa, que era de tijera, jarrones de flores inodoras, de un amarillo y escarlata lesivos a los ojos. La vajilla, de lo más heterogéneo, se componía de platos y copas de todos tamaños y colores. Gran parte era prestada. Los cubiertos, unos eran de plata Meneses[49], y otros de plomo con cabos de hueso.

Los sirvientes, aturdidos, no daban pie con bola. Al doctor Baranda le quitaron el plato de sopa cuando aún no la había probado, y en lugar de tenedor, cuchillo y cuchara, ponían a unos tres cucharas y a otros tres cuchillos o tres tenedores. Doña Tecla les hablaba sigilosamente al oído, y se quejaba en voz alta del servicio, suplicando al doctor "que dispensase". Alumbraban el comedor lámparas de petróleo, al través de cuyas bombas polvorientas bostezaba una luz enfermiza alargando de tiempo en tiempo su lengua humosa por la boca del tubo. Una nube de insectos revoloteaba zumbando alrededor de las luces, muchos de los cuales caían sin alas sobre el mantel.

No lejos del doctor estaba Alicia, a quien miraba de hito en hito con sus ojos de árabe, tristes y hondos, orlados de círculos color de pasa. La mesa remedaba un museo antropológico; había cráneos de todas hechuras: chatos, puntiagudos, lisos y protuberantes; caras anémicas y huesudas y falsamente sanguíneas y carnosas; cuellos espirales de flamenco y rechonchos de rana.

---

49 *Plata Meneses*: producto de la empresa Platería Meneses de Madrid, usualmente de aleación más baja o directamente de alpaca con baño de plata

Las fisonomías respiraban fatiga fisiológica de libertinos, modorra intelectual de alcohólicos y estupidez de caimanes dormidos. Lo que no impedía que cada cual aspirase, más o menos en secreto, a la Presidencia de la república.

De pronto se oyó en la cocina un ruido descomunal como de loza que rueda. Doña Tecla se levantó precipitadamente sin pedir permiso a los comensales. Ciriaco, que ya estaba chispo[50], había roto media docena de platos.

—Lárgate en seguida de aquí, sinvergüenza, borracho! –gritó misia Tecla.

—Sí, borracho, borracho –tartamudeó el indio yendo de aquí para allá, como hiena enjaulada y rascándose la cabeza.

—¡Ah, qué servicio, qué servicio! –añadió doña Tecla volviendo a ocupar su sitio.

En el zaguán tocaba una orquesta, cuyos acordes perezosos y aburridos predisponían al sueño. Casi todos los instrumentos eran de cuerda. El violín hipaba como un pollo al que se le retuerce el pescuezo; el sacabuche[51] tosía como un tísico, y el violón sonaba con flatulencia gemebunda. En las ventanas de la calle se arremolinaba el populacho, a pesar de la lluvia que seguía cayendo lenta y fastidiosa. Algunos pilluelos se habían trepado por los barrotes hasta dominar el comedor, cuya luz proyectaba sobre la oscuridad de la calle una mancha amarillenta.

Entre los comensales figuraba el doctor Zapote, cazurro[52] si les hubo, que pronunció un brindis anodino, aprendido horas antes de memoria, y en que no soltaba prenda. Don Olimpio, que ya andaba a medios pelos[53], se puso en pie, copa en mano, la cual, a cada movimiento del brazo, se derramaba mojándole la cabeza al doctor Baranda. "Brindo, dijo, por el *honol* que sentimos todos los aquí presentes, mi familia, sobre todo, por el *honol* de *tenel* entre nosotros al *cospicuo cirujuano* que eclipsó en París la fama de Galeno y del *dotol Paster,* el inventor del virus rábico para matar los perros rabiosos sin necesidad de *etrinina*. Sí, señores, ya podemos pasearnos impunemente por las calles sin *temol* a los perros.

Misia Tecla sonreía con benevolencia. El cuerpo de don Olimpio se bamboleaba y a sus pupilas, de párpados membranosos, asomaban como ganas de vomitar. –"Brindo, continuó, brindo..." –y soltando un regüeldo[54] tronante se sentó, dejando caer la copa, con champaña y todo, sobre la mesa.

Alicia se burlaba con los ojos. El doctor Baranda se concretó a dar las gracias, en dos palabras irónicas y secas, pero corteses. Después habló el alcalde, tipo apoplético, de cuello adiposo y ancho, dedos de butifarra, occipucio de toro, párpados caídos hasta la mitad del globo ocular, vientre voluminoso y de carácter irritable, por la vecindad, sin duda, del cerebro y el corazón. Apenas se entendió lo que dijo. Cuando todo el mundo se preparaba a levantarse, de un extremo de la mesa surgió, como por escotillón, un joven escuchimizado[55] color ladrillo, melenudo, que con voz temblorosa y estridente empezó a leer una oda:

50 *Chispo*: achispado, alegre por efecto del alcohol
51 *Sacabuche*: la Tuba ductilis de los romanos, instrumento musical de viento precursor del trombón
52 *Cazurro*: (fam.) de pocas palabras y muy ensimismado
53 *A medios pelos*: (fam.) borracho
54 *Regüeldo*: eructo
55 *Escuchimizado*: muy flaco y débil

"Al egregio doctor Baranda.
El sol viborezno del trópico rojo
· Te canta ¡oh Galeno! con ímpetu azul;
Y el Titán airado, con arcaico arrojo,
Sobre ti desciñe su invisible tul."

Un trueno de aplausos interrumpió al poeta. El doctor Zapote, alcohólicamente conmovido, le dio un abrazo.

—¡Eso es un poeta! ¿Verdad, doctor?

Los comensales, incluso las mujeres, a duras penas podían levantarse de puro ebrios. Sudorosos, verdinegros, con el pelo pegado a las sienes, miraban sin saber adónde. Don Olimpio roncaba repantigado en su silla.

* * *

Acabado el banquete, el doctor Baranda se retiró a su cuarto, desde cuyo balcón se divisaba, de un lado el río, y del otro, el mar. Una luna enorme asomaba su cara de idiota al través de cenicientos celajes[56]. El cielo, cuajado de rayas, semejaba la piel de una cebra. El río se deslizaba en la soledad de la noche con solemne rumor que moría en la desembocadura bajo el escándalo del mar. Un gallo cantaba a lo lejos y otro, más cerca, le respondía. El doctor, ya en paños menores, se sentó en una mecedora junto al balcón, a saborear la melancolía caliente y húmeda de la noche.

Estaba, triste, muy triste. Había llegado por la mañana y no le habían dejado un momento de reposo. ¡A qué hoyo había venido a dar!

Pensó primero en su conspiración abortada y luego en Rosa, la querida que dejó en París, la compañera de su época de escolar. Recordaba sus años de estudiante en el Barrio Latino, bullicioso y alegre. Sí, la amaba, en términos de haber pensado en hacerla su mujer legítima. ¿Por qué no? No era el primer caso. La conoció virgen, le guardó fidelidad, compartiendo con él las estrecheces de la vida estudiantil. Revivía el pasado con los ojos fijos en la luna, en aquella luna que amenazaba lluvia, sanguinolenta como un tumor.

¿Y Alicia? ¿Qué impresión le había producido? La de poseerla y nada más.

—¡Oh, en la cama debe de ser deliciosa!

El doctor, sin dejar de dar a los rasgos anatómicos de la fisonomía la debida importancia, se fijaba, sobre todo, en la mímica. Observaba los ojos, su expresión, su forma, la disposición de las cejas y las pestañas, el aleteo de los párpados. El ojo, por su movilidad y por su brillo, todo lo dice. Tiene una vida autónoma. Su iris se modifica según los estados de conciencia. ¡Cuán diferente es el ojo fulgurante del que piensa con intensidad, del ojo estático del que sueña despierto! Varía según su convexidad y la estructura de la córnea al influjo de los músculos oculares, de los humores que segrega, del velo cris-

56 *Celaje*: aspecto que presenta el cielo cuando es surcado por nubes tenues y matizadas

talino que flota en su superficie. Las cejas y las pestañas, aunque elementos secundarios, dan un sello típico al semblante. Las cejas, por su instabilidad[57], están unidas al ojo y al pensamiento. La nariz, aunque fija, desempeña un gran papel estético: es fea la nariz roma o arremangada; es bella y graciosa la nariz aquilina. El ojo es el centro anímico de la inteligencia, especie de foco que recoge y difunde la luz interior. La boca es el centro comunicativo de las pasiones: del amor, del odio, de la lascivia, de la ternura, de la cólera; el laboratorio de la risa, de los besos, de los mohines, de las perversiones impúdicas, de las palabras que hieren o acarician, que impulsan al crimen o al perdón... Con todo, no hay que fiarse —seguía discurriendo— de la expresión facial, porque no todos los sentimientos y las emociones tienen una mímica peculiar: la expresión del placer olfativo se confunde con la de la voluptuosidad; la del placer y el dolor afectivos; la mímica de la lujuria concuerda con la de la crueldad; la del frío y el calor con la de la cólera; la del dolor estético con la del mal olor o la repugnancia...

La cara de Alicia le había revelado, a medias, su carácter. Las miradas furtivas, pero intensas, que le dirigía de cuando en cuando, denunciaban un temperamento nervioso, un carácter tenaz, centrípeto, autoritario. Sus labios se contraían ligeramente en la comisura con un *rictus* de cólera contenida, y las alas de la nariz se dilataban temblando como el hocico de una liebre asustada. No reía sino a medias y, más que con la boca, con los ojos, cuyo iris se recogía con irisaciones de reflejos sobre el agua.

* * *

El doctor no podía conciliar el sueño, a causa de la excitación nerviosa producida por el viaje, por el cambio de medio ambiente, y, sobre todo, por lo mucho que le obligaron a beber durante la comida, amén de los descabellados brindis que tuvo que oír. Sobre su mesa encontró un ejemplar dedicado de *El buen gusto*. Se puso a hojearle.

"Si venís por una calle y os encontráis con el sagrado Viático[58], detened vuestra marcha, quitaos el sombrero y doblad humildemente la rodilla."

—¡Éramos pocos y parió mi abuela! Y quien esto *escribe*, alardea de liberal. Liberalismo de los trópicos. Sigamos.

"No des la mano al hombre que se muerda las uñas o que las tiene sucias, que se lleva los dedos a la boca, que se sacude con el meñique el oído, que se humedece el índice con la lengua para volver la hoja de un libro y que encorvando el mismo índice se quita con él el sudor de la frente".

El doctor sonreía recordando las uñas de Garibaldi Fernández, y reflexionaba en lo difícil que se le iba a hacer, de seguir los consejos del autor, el dar la mano a los ganguenos. ¿Cómo averiguar, continuaba, que un hombre se ha humedecido el índice para volver las páginas de un libro? Habría que

---

57   *Instabilidad*: inestabilidad
58   *Viático*: sacramento de la Eucaristía que se administra a los enfermos en peligro de muerte

pillarle *in fraganti.*

Después, saltando con displicencia algunas hojas, siguió leyendo al azar: "Una de las muchas manifestaciones de la decencia es sin duda la de tener limpio el calzado, exageradamente limpio".

De donde se deduce que en Ganga no hay decencia, porque quién más, quién menos, lleva los zapatos sucios, empezando por el autor de *El buen gusto;* los zapatos y las uñas. Y... todo lo demás.

El libro se le antojaba reidero y continuó leyéndole. ¿Cómo no divertirle si todo él resultaba una sátira contra el autor, que ni hecha aposta?[59]

"Procurad tener siempre las uñas relucientes de limpias; de lo contrario, pasaréis por gente puerca y mal educada".

—Dale con las uñas y... aplícate el cuento, ¡oh saladísimo Garibaldi!

Aquí, por lo visto, se mete a filósofo.

Veamos: "Grande cosa es el hábito: constituye una segunda naturaleza".

—¡Originalísimo!

"Use almost can change the stamp of nature. (Shakespeare, *Hamlet)."*

¡Anda! En inglés, para mayor claridad.

"L'habitude est une seconde nature", dicen los franceses.

—No, que serán los chinos.

"Usus est optimus magister (Columella)".

"L'abito e una seconda natura".

—Ahora me explico la fama de erudito y *políglota*, como dicen por ahí, de Garibaldi. A ver cuántas lenguas sabe: español, inglés, francés, latín e italiano. ¡Ni el cardenal Mezzofantti![60]

"Dadles a vuestros huéspedes habitaciones cómodas, alegres y aireadas".

—Esto debió leerlo don Olimpio antes de mi llegada. No sabe el homónimo del célebre general italiano el rato de solaz que me está dando su libro. Adelante.

"Los caballeros deben ser corteses con las señoras que entren a los ómnibus y tranvías, aunque sea la primera vez que las vean."

—Pero ¡si en Ganga no hay ómnibus ni tranvías! Pura broma.

"No estiréis vuestros miembros, no bostecéis, no salivéis, no estornudéis metiendo ruido y sin cubrir muy bien con el pañuelo nariz y boca, haciendo además la cabeza a un lado. Si estáis acatarrados quedaos en casa".

—Este Garibaldi ¿escribe en serio? Así son estos pueblos degenerados. Tienen las palabras, pero les falta la cosa... Son mentirosos e hipócritas. En lo privado, la barragana[61] –generalmente mulata o negra– y los hijos naturales casi enfrente del hogar legítimo, sin contar con los otros hijos naturales abandonados; la ausencia de solidaridad, la envidia, la calumnia, el chisme, el peculado, el enjuague, la porquería corporal. En público, el aspaviento, el bombo mutuo, la bambolla, la arenga resonante y ventosa en que se preconiza el heroísmo, la libertad, el honor, la pureza de las costumbres, la piedad, la re-

---

59 *Aposta*: adrede, a propósito
60 *Cardenal Mezzofantti*: (sic.) Giuseppe Caspar Mezzofanti (1774-1849) clérigo italiano famoso políglota capaz de hablar perfectamente treinta y ocho idiomas y cincuenta dialectos. Fue Custodio de la Biblioteca Vaticana
61 *Barragana*: concubina

ligión y la patria...

La pereza intelectual les impide observar los hechos, no creen sino en las palabras a fuerza de repetirlas, y por puro verbalismo se enredan en trágicas discordias civiles.

"Esopo fue un manumiso. Cervantes, un soldado. Colón, hijo de un tejedor. Cromwell, hijo de un cervecero. Ben Jonson, hijo de un albañil. Luciano, hijo de un tendero. Virgilio, hijo de un mozo de cordel". Y tú ¿de quién eres hijo, Garibaldi?

—¿Qué tiene que ver todo esto con la urbanidad? Nada.

Este género de biografías homeopáticas, copiadas, como son y tienen que ser todas las biografías, por lo que toca a la cronología y a los hechos, no era, ni con mucho, para Baranda, el fuerte de Garibaldi. Vasari[62] pudo ser original hasta cierto punto porque conoció personalmente a casi todos sus biografiados. Lo chistoso para el doctor, del libro de Garibaldi, residía en el palmario desacuerdo entre lo que en él se recomendaba y las costumbres gangueñas y la persona del moralista.

Tiró el libro sobre la mesa y se puso a inspeccionar el cuarto. Había un catre de tijeras con un mosquitero azul; en un rincón, una butaca coja; una mesa de pino sin tapete, en el centro, y, sobre una cómoda desvencijada, muy vieja, un San Jerónimo pilongo[63], pegado a la pared (desdichada reproducción de Ribera), contaba por la millonésima vez la historia de sus ayunos y penitencias.

Luego se asomó al balcón. En el tejado de enfrente una gata negra bufaba cada vez que se le acercaba uno de los muchos gatos que la rondaban requiriéndola. En la calle desierta, un perro ladraba pertinaz a la luna.

Al cerrar las maderas vio un rimero[64] de gatos rodar por las tejas, arañándose, mordiéndose y maullando, mientras la hembra inmóvil les miraba impasible con sus ojos fosforescentes. Cerrado el balcón, oyó un alarido desgarrador y lúgubre que se prolongó en el silencio de la noche como el grito de un dolor súbito y hondo. El alarido se fue convirtiendo en un a modo de llanto infantil, en un maullido voluptuoso, gutural, caliente y carraspeño, acabando por un nuevo alarido desgarrador y lúgubre, acompañado de carreras y bufidos...

El doctor sacudió el mosquitero, apagó la luz y se metió en el catre que crujía como si fuera a astillarse.

El calor sofocante y él zumbar de los mosquitos le desvelaron. Daba vueltas y vueltas, a cada una de las cuales respondía el catre rechinando. Su pensamiento, indeciso y nervioso, terminó por fijarse.

—¡Los hombres, los hombres! ¡Qué poco valen! En rigor, no merecen que se sacrifique uno por ellos. Los períodos revolucionarios sólo sirven para poner de manifiesto lo ruin de sus pasiones. ¡Triste experiencia la mía! Pero ¿acaso lucho yo por los hombres? No, he combatido y seguiré combatiendo por los principios, por las ideas. ¿Quién sabe adónde va a dar la pie-

62 *Vasari:* Giogio Vasari (1511-1574) pintor y escritor nacido en Florencia, Italia, autor de las *"Vidas de los más sobresalientes arquitectos, escultores y pintores"*, considerado una fuente excepcional para el conocimiento del arte italiano
63 *Pilongo*: flaco, extenuedo y macilento
64 *Rimero*: conjunto de cosas puestas unas sobre otras

dra arrojada a la ventura? Trabajemos por las generaciones venideras. Ellas son las que se aprovechan siempre de los esfuerzos de las generaciones pasadas. El hombre... ¿qué es el hombre? ¡Nada! La especie, la especie... ¡Hay que pelear por la especie!

Y sus ojos, entornándose gradualmente, se hundieron en el limbo del sueño.

El borborigmo[65] monótono del río alternaba con el terco ladrar del perro que seguía contando a la luna vaya usted a saber qué tristezas...

---

65 *Borborigmo*: ruido de tripas producido por el movimiento de gases en la cavidad intestinal

– V –

El grupo liberal que se reunía en la farmacia de Portocarrero, no quería ser menos que el grupo conservador.

Para él era cuestión de honra banquetear a Baranda. Con efecto, le banquetearon en el patio del *Café Cosmopolita,* cubierto por un enorme *emparrado* de bejucos. Los cuartos contiguos estaban llenos de *commis voyageurs,* de marcado tipo judío. Un agente de seguros perseguía a todo bicho viviente proponiéndole una póliza con reembolso de premios. Un mulato paseaba de mesa en mesa una caja, pendiente del cuello por unas correas, que abría para mostrar plegaderas y peines de carey, caimancitos elaborados con colmillos de ese reptil y otras baratijas.

La comida duró hasta las tres de la mañana, en que cada cual tiró por su lado, sin despedirse. La borrachera fue general. Hasta el dueño del café cogió su pítima [66]. El calor había fermentado los vinos. Petronio Jiménez estuvo elocuentísimo. Colmó al gobierno de insultos, entre los cuales el más benigno era el de ladrón; apologó la anarquía, el socialismo, sin orden ni sindéresis [67], y bebiéndose en un relámpago incontables copas de coñac.

Los ojos cavernosos le centelleaban a través del sudor que le bajaba de la frente a chorros; tenía la cabeza empapada, la corbata torcida, el cuello de la camisa hecho un chicharrón[68] y los pantalones a medio abrochar, caídos hasta más abajo del ombligo. Sus apóstrofes se oían a una legua, viéndosele por las ventanas abiertas agitar los brazos, convulsivo, frenético. Habló de todo,

66 *Pítima*: (fam.) borrachera. Literalmente emplasto que se aplicaba sobre el corazón supuestamente para alegrarlo
67 *Sindéresis*: dirección, capacidad natural para juzgar rectamente
68 *Chicharrón*: residuo tostado de la grasa fina de cerdo frita.

menos de Baranda: de la Revolución francesa, del Dos de Mayo, de Calígula, de Napoleón I, de la batalla de Rompehuesos, en que, según decía, se batió como un tigre.

—¡Ah, señores! ¡Cuánto *jierro* di yo aquel día! ¡Aquello sí que fue pelear! A mí me mataron tres veces el caballo, que lo diga, si no, Garibaldi Fernández, nuestro ilustre sabio.

Baranda miraba socarrón a Garibaldi y apenas podía contener la risa al comparar sus máximas de moral e higiene con sus uñas de luto, sus dientes sarrosos, sus botas sin lustre, el cuello de la camisa arrugado y los pantalones con rodilleras y roídos por debajo.

—¡Bravo, Petronio! ¡Eres el Castelar[69] de Ganga! —le dijo tambaleándose el dueño del café—. Y bien podías, viejo —añadió cariñosamente por lo bajo—, pagarme la cuentecita que me debes.

Petronio hacía un siglo que no iba por el *Café Cosmopolita*. De suerte que el recordatorio no era del todo intempestivo.

El doctor Baranda, aprovechando una coyuntura, tomó las de Villadiego, sin que nadie advirtiese su ausencia, aparentemente al menos.

—¡Vaya que si me acuerdo de la batalla de Rompehuesos! —dijo Garibaldi a Petronio—. Estaba yo ese día más borracho que tú ahora. Cuando caí prisionero de los godos me preguntó un sargento: —"¿No tienes cápsulas?" —Sí, le respondí; pero son de copaiba[70]. —Y no mentía.

—Déjense de batallas, caballeros. Sí, todos peleamos cuando llega la ocasión —interrumpió Portocarrero, haciendo eses—. ¿Adónde vamos ahora? Porque hay que acabarla en alguna parte.

—¡Sí, hasta el amanecer! —añadió Petronio.

—¡Vamos a casa de la *Caliente!*

—¡Eso, a casa de la *Caliente!* —gritaron todos a una.

—¡Eh, cochero, al callejón de San Juan de Dios! Ya sabes dónde. Pero pronto.

—Hay que llevar, caballeros —observó Garibaldi—, unas botellas de brandi, porque una *juerga* sin aguardiente no tiene incentivo.

Y se metieron hasta seis en el arrastrapanzas cantando y empinando con avidez las botellas. El coche, crujiendo, ladeándose como un barco de vela, se arrastraba enterrándose en la arena hasta los cubos o en los tremedales[71] formados por las crecidas del río.

Las calles estaban desiertas, silenciosas y oscuras. Los ranchos de los barrios pobres levantaban en la penumbra sus melancólicos ángulos de paja, algunos tenebrosamente alumbrados.

La catedral, de estilo hispano–colonial, proyectaba su pesada sombra sobre la plaza en que se erguían algunas palmeras sin que un hálito de brisa agitase sus petrificados abanicos. En los cortijos distantes cantaban los gallos, y

---

69   *Castelar*: Emilio Castelar y Ripoll (1832-1899) escritor, periodista y político liberal español, Académico de la Lengua Española y de la Historia, presidente de la Primera República Española en 1873 tras los mandatos de Figueras, Pi y Margall, y Salmerón. Obligado a dimitir el 2 de enero de 1874 tras su alejamiento surgió la restauración de la Monarquía

70   *Copaiba*: *Copaifera officinalis*. El bálsamo o resina de copaiba se usa como cicatrizante, e hipotensor

71   *Tremedal*: sitio o paraje cenagoso, tembladeral

los perros noctámbulos ladraban al coche que corría derrengándose.

La *Caliente* dormía a pierna suelta, echada sobre una estera, en el suelo. A los golpes que sonaron con estrépito en su puerta, repercutiendo por la llanura dormida, despertó asustada.

—¿Quién es?

—Nosotros.

—No, si vienen *ajumaos*, no abro. Es muy tarde.

—¡Abre, grandísima pelleja![72]

—Con insultos, menos.

—Si no abres ¡te tumbamos la puerta! –rugió Petronio redoblando las patadas y los empujones.

Y la *Caliente* abrió. Estaba del todo desnuda, en su cálida y hermosa desnudez de bronce. Con una toalla se tapaba el vientre. Su ancha y tupida pasa, partida en dos por una raya central, la caía sobre las orejas y la nuca con excitante dejadez. Su cuerpo exhalaba un olor penetrante, mitad a ámbar quemado, mitad a *pachulí* [73].

Atropelladamente empezaron todos a manosearla.

El uno la cogió las nalgas; el otro las tetas; el de más allá la mordía en los brazos o en la nuca.

—¡Que me vuelven loca! –exclamó riendo al través de una boca elástica y grande, de dientes largos, blanquísimos y sólidos–. ¡Jesús, qué sofoco! Siéntense, siéntense, que me voy a poner la camisa.

—¡No, qué camisa! –gritó Petronio echándola los brazos sobre los hombros.

—El que más y el que menos te ha visto *encuera*. Además, hace mucho calor. Tómate un trago.

—¡A la salud de la *Caliente*! –silabearon todos al mismo tiempo.

—¡Ah! ¡Esto es aguarrás! –exclamó la *Caliente* escupiendo–. ¿Dónde han comprado ustedes esto? ¡Uf!...

—¿Qué te parece, vieja? –murmuró Petronio a su oído.

—¡Cochino! ¡*Cuidao* que la has cogido gorda! ¡Nunca te he visto tan borracho, mi hijo!

—¿Qué quieres, mi negra? ¡La política!

En un santiamén se vaciaron varias botellas consecutivas. Los más se quitaron la ropa; uno de ellos, Garibaldi, se quedó en calzoncillos, unos gruesos calzoncillos de algodón, bombachos, salpicados de manchas sospechosas.

—Oye, Porto (así llamaban al farmacéutico en la intimidad), *arráncate* con un *pasillo*, que lo vamos a bailar esta negra y yo –propuso Petronio.

—¡Ya verás, mulata, cómo nos vamos a remenear!

Empezó el guitarreo, un guitarreo áspero y tembloroso, sollozante, lúbrico y enfermizo, como una danza oriental. La vela de sebo que ardía entre largos canelones en la boca de una botella, alumbraba con claridad fúnebre el in-

72 *Pelleja*: (fam.) ramera
73 *Pachulí*: patchouli (*Pogostemon cablin*) arbusto de cuyas hojas y flores se extrae un aceite aromático considerado muy sensual

terior de la choza, donde se veía una grande cazuela, sobre el fogón ceniciento, con relieves de harina de maíz y frijoles pastosos, una mesa mugrienta, varios cromos pegados a la *pared*, que representaban al Emperador de Alemania con su familia, los unos, y los otros, carátulas de almanaques viejísimos. En el patio había dos o tres arbolillos polvorosos y secos, al parecer pintados. Junto a la batea, atestada de trapos sucios, dormía un perro que, de cuando en cuando, levantaba la cabeza, abría los ojos y volvía a dormirse como si tal cosa.

En el bohío de al lado, que se comunicaba por el patio con el de la *Caliente*, lloraba y tosía, con tos cavernosa, un chiquillo. Una negra vieja, en camisa, con las pasas tiesas como piña de ratón[74], salió al patio en busca de algo, no sin asomar la gaita por encima de la cerca para husmear lo que pasaba en el patio vecino. Andaba muy despacio, arrastrando los pies, con la cabeza gacha y trémula. La seguía un gato con la mirada fija.

—¿Quieres agua? Toma.

Y se oía el lengüeteo del animal en una vasija de barro. El chiquillo seguía tosiendo y llorando. La negra, gruñendo a través de su boca desdentada algo incomprensible, desapareció como un espectro.

....

—¡Menéate, mi negra! —sollozaba Petronio ciñéndose a la *Caliente* como una hiedra. La mulata se movía con ritmo ofidiano, volteando los ojos y mordiéndose los *bembos* [75]. Y la guitarra sonaba, sonaba quejumbrosa y lasciva. Garibaldi, con una mano en salva sea la parte[76], llevaba el compás con todo el cuerpo.

De pronto cayó la *Caliente* boca arriba sobre la estera, abriendo las piernas y los brazos sombreados en ciertos sitios por una vedija selvática.

Petronio, de rodillas, la besó con frenesí en el cuello, luego la mordió en la boca y la chupó los pezones.

—¡Dame tu lengua, mi negro! —suspiraba acariciándole la cabeza con los dedos.

Y Petronio, congestionado, medio loco, la acarició luego en el vientre, después en las caderas, hundiéndose, por último, como quien se chapuza, entre aquellos remos que casi le estrangulaban... La *Caliente* se retorcía, se arqueaba, poniendo los ojos en blanco, suspirando, empapada en sudor, como devorada por un cáncer.

—¡No te quites, mi vida, no te quites!

Los orgasmos venéreos se repetían como un hipo y aquella bestia no daba señales de cansancio.

—¡No te quites, mi vida, no te quites! ¡Ah, cuanto gozo! ¡Me muero! ¡Me muero! —Y se ponía rígida y su cara, alargándose, enflaquecía. Porto, si saber lo que hacía, le metió a Petronio el índice en salva sea la parte–. ¡Que me

74 *Piña de ratón*: *Bromelia pinguin*, bromelia terrestre de hasta 2 m de altura. Los frutos de color amarillo cuando están maduros, de forma redónda y con sabor agridulce se forman en racimos apretados.
75 *Bembos*: (loc.) labios protuberantes, gruesos
76 *Salva sea la parte*: giro eufemístico para no mencionar –por razones de pudor– alguna parte del cuerpo

quitas la respiración! —gritaba.

De puro borracho acabó por vomitarse en la cocina sobre el perro, que salió despavorido. La guitarra enmudeció entre los brazos del guitarrista dormido.

El sol entró de pronto —una mañana sin crepúsculo, sin aurora, agresivo y procaz, que ardía con ira incendiando a los borrachos que yacían unos en el suelo, abrazados a las botellas, otros sobre el catre o de bruces en la mesa, desgreñados, desnudos, sudorosos...

Aquello parecía un desastroso campo de batalla, y para que la ilusión fuese completa, en la cerca del patio y sobre uno de los arbolillos abrían sus alas de betún repugnantes gallinazos, de corvos picos, redondas pupilas y cabezas grises y arrugadas que recordaban a su modo las de los eunucos de un bajo—relieve asirio.

– VI –

Los socios del Círculo del Comercio acordaron dar un baile en honor de Baranda, no sin pocas y acaloradas discusiones. Rivalidades de partido y rencillas personales. El presidente era liberal y los vocales de la junta, conservadores.

—No es al político –decía gravemente en la junta extraordinaria– a quien vamos a agasajar, no. Es al hombre de ciencia.

—No me parece bien –argüía un vocal– que festejemos a un sabio con un baile.

—¿Sabe S. S. de otro modo de festejarle? –repuso el presidente.

—Podíamos darle una velada literaria, una función teatral...

—¡Como no represente S. S.! ¿Dónde están los cómicos?

—Si hay alguien aquí que represente –gritó atufado el vocal– no soy yo sin duda.

—¿Qué quiere decir S. S.? ¿Que soy un farsante? ¡Hable claro S. S.!

Y la discusión tomó un sesgo personal. De todo se habló menos de lo importante, y, claro, se vaciaron algunas botellas.

El edificio, sucio y destartalado, daba sobre el Parque. En la planta baja había una tienda mixta con una gran muestra en que rezaba: "Máquinas de coser. Soda cáustica. Coronas fúnebres. Queso fresco". Se entraba por un zaguán lóbrego que conducía, subiendo una escalera de pino, ancha y crujiente, al Círculo.

Lindaban casi con la biblioteca la cocina y el común, sin duda para desmentir la tradición española de que estudio y hambre son hermanos. En las primeras tablas del armario –el único que había– un Larousse, al que faltaban dos tomos, mostraba su dorso polvoriento y desteñido junto a una colección trunca también pero empastada[77], de la *Revista de Ambos Mundos.* Seguían otros libros.

Un volumen II de *History of United States,* con láminas; dos tomos de *Les françois peints par eux memes,* comidos de polilla; un *Diccionario de la Academia* (primera edición); una *Historia del Descubrimiento de América,* en varios tomos, editada en Barcelona, y *La vida de los animales,* de Brehm, traducida en español e incompleta. En los demás tableros se amontonaban desordenadamente viejas ilustraciones a la rústica, folletos políticos y monografías en castellano y en francés sobre la tuberculosis, la sífilis, el uso del *le* y el *lo*, el alcoholismo y la lepra.

La llave del armario la tenía el cocinero. En el centro de la sala había una mesa con los periódicos del día, locales y de la capital, tinteros y plumas despuntadas.

El salón principal estaba amueblado con muebles de mimbre. En la pared central, sobre una consola, un gran espejo manchado devolvía las imágenes envueltas en una neblina azulosa. Del techo pendía una gran araña de cristal con adornos de bronce, acribillada de moscas. En un ángulo, un piano de cola enseñaba su dentadura amarilla y negra. No lejos estaba la sala de juntas, con su gran *mesa ministro,* encima de la cual, y en ancho lienzo, se pavoneaba, vestido de general, el Presidente de la República.

A la entrada, una cantina, provista de brandi, ginebra, anís del mono, cerveza, champaña y otros licores, exhalaba un tufo ácido de alambique. Era del general Diógenes Ruiz, un héroe que se había distinguido en la acción de *El Guayabo.* En el fondo del Círculo había un billar y no lejos varias mesitas para jugar a las cartas, al dominó, a las damas y al ajedrez.

Se adornaron los balcones de la calle con palmas y gallardetes, al través de los cuales brillaba una hilera de farolillos multicolores.

A eso de las diez empezó a llegar la gente. Doña Tecla, adormilada, con su expresión de idiota, entró, pisándose las faldas, del brazo de don Olimpio, penosamente embutido en una levita color de pasa, del año uno. Delante de ellos iba Alicia vestida con gracia y sencillez, escotada, con una flor roja en el seno. Sus ojos se habían agrandado y ensombrecido; su seno y sus caderas flotaban en una desenvoltura de hembra que ya conoce el amor. Su boca, más húmeda, sonreía de otro modo, con cierta sonrisa enigmática y maliciosa.

Garibaldi se había cortado las uñas, y mostraba una camisa pulquérrima[78], aunque de mangas cortas.

Petronio, de americana, lucía una esponjosa flor de púrpura que acentuaba lo cetrino de su faz hepática. Portocarrero iba también de americana con zapatos amarillos muy chillones.

77 *Empastada*: encuadernada en pasta (tapa dura)
78 *Pulquérrima*: superlativo de pulcra

Se hubiera creído que todos, por lo macilentos, terrosos y sombríos –la risa fisiológica[79] no se conocía en Ganga–, acababan de salir del fondo de una mina de cobre.

Las señoritas, muy anémicas y encascarilladas[80], y en general muy cursis[81], con peinados caprichosos y trajes estrafalarios, hechos en casa por manos inexpertas, parecían unas momias rebozadas[82].

En la colonia extranjera, compuesta de hebreos, alemanes y holandeses, no faltaban garbosas mujeres, de exuberantes redondeces y cutis blanco levemente encendido por el calor. Los judíos, fuera de los indígenas, eran los únicos que se adaptaban a aquel clima sin estaciones, de un estío perenne. La esbeltez de Baranda, vestido de fraque, contrastaba con el desgaire nativo de los gangueños.

A las once en punto rompió la orquesta: el piano, una flauta y un violín. Las parejas se movían lentas y melancólicas, muy ceñidas, al son de la danza, no menos melancólica y lenta.

Petronio –el *árbitro de la elegancia* gangeña, como su tocayo lo fue de la Roma neroniana– contaba al doctor la vida y milagros de cada concurrente.

—Esa es la viuda del general Borona, que murió en la batalla de Tente-–tieso. Se deja querer. Aquélla... ¡Ah, si usted supiera su vida! Que se la cuente Porto. ¿Porto? ¡ven acá! –gritó cogiéndole por el saco en una de las vueltas que dio junto a él–. Cuéntale al doctor la historia de Anacleta.

—¡Oh, no! ¡La pobre!

—¡Qué pobre ni qué niño muerto!

—Déjame acabar esta pieza y vuelvo.

Y continuó bailando sin protesta de su compañera que permaneció sola, recibiendo empellones y codazos, en medio de la sala, mientras él departía con Petronio.

—¿Doctor? ¡Un trago! –le dijo Garibaldi, cogiéndole por el brazo y llevándosele a la cantina.

—¿General? ¡Dos ginebras! A no ser que el doctor quiera otra cosa.

—Ya usted sabe que yo no bebo. El alcohol me hace daño.

—Bueno. Entonces tomaremos champaña. ¡Y de la *viuda* nada menos! Una copa de champaña no me la rehusará usted, doctor.

Alicia seguía de lejos con la mirada fija y ardiente al médico.

—¡Ah, sinvergüenza! ¿Conque vienes a *amarrártela* y no me avisas? –exclamó Petronio, apareciéndose en la cantina–. A ver, general Diógenes, un anís del mono, para empezar.

Mientras le servían echó a Baranda una mirada aviesa de envidia.

—Perdone, mi querido doctor, si no hemos podido hacer algo digno de usted. En estos pueblos todo se dificulta. Usted, habituado a la vida de París... –le dijo el Presidente llevándosele del brazo a la sala.

—¡Oh, no! Me parece bien. *A la guerre comme à la guerre* –frase esta úl-

---

79 *Risa fisiológica*: risa franca, a carcajadas
80 *Encascarillada*: (metáf.) amargada, por la *cascarilla* o Quina de Loxa (chinchona quina quina) árbol de América con cuya corteza se elabora un extracto amargo y medicinal.
81 *Cursi*: aquello que pretende de fino y elegante y resulta ridículo y de mal gusto
82 *Rebozadas*: cubiertas con una capa de huevo y harina, y luego fritas

tima de la que el Presidente se quedó en ayunas, no sin enrojecérsele el rostro de vergüenza. El Presidente no sabía francés y, temeroso de que Baranda fuese a entablar toda una conversación con él en aquel idioma, se escabulló sin más ni más.

El cielo se ennegreció de pronto y al cuarto de hora llovía a cántaros. La lluvia reventaba en la calle sonante y copiosa. Y el baile seguía, seguía, fastidioso, igual, soñoliento.

Baranda, sentado junto a Alicia que no quiso bailar en toda la noche, observó que de todos los ojos convergían hacia él, como hilos invisibles de araña, miradas aviesas, interrogativas, recelosas o francamente hostiles.

De todos quien le miraba con más insidia era don Olimpio, que ya andaba a medios pelos.

La inapetencia de aquellos borrachos crónicos repugnaba cuanto oliese a comida. Así es que cuando el doctor preguntó al Presidente por el *buffet,* éste hubo de decirle, todo confuso, que le harían, si lo deseaba, unos *pericos* (huevos revueltos) o una taza de chocolate, porque *buffet* no le había. A lo cual, a eso de las tres, accedió Baranda.

Una ráfaga de viento, colándose por el balcón, apagó las lámparas. Y aprovechándose de la confusión general, Petronio, Garibaldi y Portocarrero, que ya estaban ebrios, empezaron a pellizcar en los muslos a las mujeres que gritaban sobresaltadas y risueñas. La broma, por lo visto, no las desagradaba del todo.

A las cinco terminó el baile. En el zaguán se arremolinaba una muchedumbre heterogénea de curiosos. A don Olimpio tuvieron que llevarle casi a rastras a su domicilio. Tan gorda fue la *papalina*[83]. Petronio y comparsa salieron dando voces y tumbos, sin despedirse de nadie.

Ya en la calle, y camino de la farmacia de Portocarrero, a donde se dirigían para empalmarla, iban dando de puntapiés y pedradas a los sapos que, con la lluvia, habían salido de sus charcos para pasearse por la ciudad. No llovía. Una luna pálida, sin vida, clorótica como los gangueños, difundía sobre el villorrio dormido y mojado una luz espectral.

---

83 *Papalina*: fam. borrachera

– VII –

Al día siguiente leía doña Tecla en *La Tenaza* la crónica de la fiesta, firmada por *Ciro el Grande* (a) Petronio. A todo el mundo, menos al doctor, adjetivaba hiperbólicamente, inclusa doña Tecla. "La amable y bondadosa misia Tecla."

"Fue una fiesta brillante que dejará grato e imperecedero recuerdo en la memoria de cuantos tuvieron la dicha de asistir a ella. Se bailó, a los dulces sones de una orquesta deliciosa, hasta las cinco, en que la rosada aurora abrió con sus dedos de púrpura las puertas deslumbradoras del Oriente. Se repartieron con profusión dulces y helados, y a eso de las cuatro se sirvió un espléndido *buffet (esto lo puso por recomendación del Presidente)* que por lo desapacible del tiempo y lo avanzado de la hora en que las damas sólo deseaban el mullido lecho, volvió íntegro al *Café Cosmopolita,* cuyo magnífico repostero bien puede competir con los más afamados de París." (Así solía pagar Petronio sus cuentas: con bombos).

Luego describía por lo menudo los trajes femeninos, trajes ilusorios, calcando su descripción en una crónica parisiense traducida y publicada en un viejo periódico de modas. Nadie llevó ninguno de los vestidos de que hablaba.

—"El mayor orden y compostura –siguió mascullando doña Tecla– reinaron entre los asistentes, que se retiraron altamente satisfechos, haciendo votos por la prosperidad del Círculo y por que se repitan a menudo tan encantadoras fiestas. ¡Viva Ganga!

Todas las madres de familia eran "matronas respetables"; todas las señoritas –aquellas enharinadas esculturas etruscas–, eran "bellas, seductoras, irre-sistibles". A don Olimpio le llamaba "bizarro"; a Garibaldi, "erudito y *gen-tleman";* a Portocarrero, "popular y gracioso"; al Presidente, "ilustrado y co-rrecto", y a la sociedad ganguña, "culta y distinguida".

Estaban en el patio, bajo un toldo. Don Olimpio, la expresión de cuya ca-ra, de borracho y libertino, evocaba al pseudo Sócrates del Museo de Nápo-res, dormitaba en una mecedora, en mangas de camisa. El doctor apenas si puso atención a la trapajosa[84] lectura de doña Tecla. Le interesaba más la mo-na con sus saltos y sus gestos.

—No cabe duda –meditaba–. El hombre viene del mono, e instintiva-mente miró a don Olimpio. No sólo tienen semejanza anatómica y fisiológi-ca, sino también psíquica. ¿Qué diferencia existe entre esa mona que da brin-cos y hace muecas y Petronio y Garibaldi? El orangután asiático y el gorila africano están más cerca de ellos, sin duda, que de los demás cinopitecos. La conclusión de Hartmann[85] y Haeckel[86], de que entre los monos antropoideos y el hombre hay un parentesco íntimo, nunca le pareció tan evidente a Baran-da como ahora.

En estas reflexiones estaba, cuando llegaron Petronio y Garibaldi –los dos antropomorfos, como en aquel momento se le antojó llamarles mentalmen-te– que le habían invitado a dar un paseo por las afueras de la ciudad.

El día era espléndido. Sobre el caudal de escamas argentinas del río, el sol reverberaba calenturiento y ofensivo. Negros zarrapastrosos y chinos es-cuálidos charlaban en su media lengua en las esquinas de callejones panta-nosos. Los chinos tenían tiendas de sedas, abanicos, opio y té. De inmundas barracas salía un hedor de cochiquera[87]. En cada una de ellas vivían promis-cuamente hasta ocho personas. Dentro se movían, lavando o planchando, ne-gras y mestizas casi desnudas, con las pasas desgreñadas o tejidas a modo de longanizas, mientras sus queridos, tirados en el suelo o a horcajadas en sen-dos taburetes, dormían la siesta. En la calle los negritos, en cueros y embadur-nados, jugaban con los perros. Ni el menor indicio de infantil alegría en sus caras entecas[88].

Los policías, indios y negros con cascos de fieltro hundidos hasta el occi-pucio, se paseaban desgalichados [89], de dos en dos, con dejadez de neurasté-nicos. Nadie les hacía caso y siempre salían molidos de las reyertas con los jó-venes de "la buena sociedad". Los gallinazos, esparcidos por las calles y los techos de las casas, levantaban su tardo vuelo de tinta al paso del transeúnte.

Petronio y Garibaldi se arrastraban taciturnos, como sumidos en un so-

84 *Trapajoso*: roto, desaseado o hecho pedazos
85 *Hartmann*: Eduard von Hartmann (1842-1906). Filósofo alemán. Con el evolucionismo de Darwin como base, trató de armonizar y conciliar la filosofía con la ciencia. Escribió *Philosophie des Unbewussten* (1869)
86 *Haeckel*: Ernst Heinrich Haeckel (1834-1919). Filósofo y biólogo evolucionista alemán, autor de *Generelle Morphologie der Organismen* (1866). En palabras de Haeckel, "la onto-genia recapitula la filogenia", siendo la ontogenia el desarrollo embrionario y la filogenia el desarrollo evolutivo.
87 *Cochiquera*: pocilga
88 *Entecas*: enfermizas, flacas, débiles
89 *Desgalichado*: desliñado, desgarbado

A FUEGO LENTO 31

por comatoso. Así llegaron a la *Calzada*, que estaba fuera de la ciudad. Una jorobada idiota, en harapos, bizca, de colgantes y largos brazos de gibón, con la caja torácica rota, chapoteaba en los charcos de la calle.

De pronto, al ver al doctor, se quedó mirándole de hito en hito con las manos metidas entre las piernas y haciendo enigmáticas muecas. Después, acercándose a él con andar sigiloso y moviendo la flácida cabeza de trapo, le dijo:

—¡Dame un *reá*!

—¡Anda, lárgate! ¡No friegues! —la contestó Garibaldi dándola un puntapié. Ese era su pan diario: puntapiés y empujones, cuando no la ponían en pelota, pintándola de negro y embutiéndola un cucurucho de papel hasta los ojos.

—Ahora va usted a ver, doctor, algo típico de Ganga; la *cumbia* —agregó Petronio.

En medio de la calle, entre barracas de huano y bejuco, bullía un círculo de negros. En el centro, desnudo de medio cuerpo arriba, un gigante de ébano tocaba con las manos un tambor largo y cilíndrico que sostenía entre las piernas.

El círculo se componía de negras escotadas, con pañuelos rojos a la cabeza, que iban girando en torno del tambor, con erótico serpenteo, llevando cada una en ambas manos un trinomio de velas de sebo.

En el centro, tropezando casi con el tambor, un negro, meneando las nalgas, entre bruscos desplantes que simulaban ataques y defensas, seguía las ondulaciones, cada vez más rápidas y lujuriosas, de las negras. Un canto monótono y salvaje acompañaba las sordas oquedades del tambor.

—¿Qué le parece, doctor? ¿Ha visto usted nada más... africano? —le preguntó Garibaldi.

—En efecto, es muy africano —repuso Baranda, alejándose de aquella muchedumbre que apestaba a macho cabrío.

El sol, aquel sol colérico, capaz de derretir las piedras, y el aguardiente no hacían mella, en los cerebros de aquella manada de chimpancés invulnerables.

—El negro —advertía el doctor— es el único que puede vivir en estos países y el único que puede cultivar estos campos llameantes.

—Ya que andamos por aquí, ¿quiere usted, doctor, que veamos la cárcel? —propuso Petronio.

—Es algo muy típico también.

—Como ustedes quieran.

—Y usted, doctor, ¿cuándo piensa volverse a Santo? —interrogó Petronio tras un largo silencio.

—A Santo, nunca. A París, muy pronto. Nada tengo que hacer allí. Ya usted sabe que la revolución fracasó, que me traicionaron cobardemente... En París me aguarda mi clientela que dejé abandonada para ir a ayudar a mis paisanos en su obra de redención...

¡Le envidio, doctor, le envidio! ¡París! Ese es mi sueño dorado. Pero, ¡quién sabe! Si suben los míos y me nombran cónsul, puede que nos veamos por allá algún día. Y aunque no suban los míos. Ya me aburre Ganga. Aquí no prosperan más que los *godos* y los judíos. Ya usted ve: lo monopolizan todo. Ellos son los exportadores, los ganaderos, los banqueros, los que sacan al gobierno de apuros... A nosotros no nos queda más que... emborracharnos.

Y estas últimas palabras irónicas y tristes, le reconciliaron un momento con Baranda.

—Inteligencia no nos falta –agregó Garibaldi–. Pero ¿de qué nos sirve? ¿Usted cree que con este sol podemos hacer algo de provecho? Y no cuento el alcohol... París debe de ser una maravilla, ¿verdad, doctor? –se interrumpió bruscamente.

—Parece mentira que hagas esa pregunta. ¿Quién no sabe que París es la Babilonia moderna, el cerebro del mundo? ¿Verdad, doctor?

—Sí –contestó con desabrimiento.

—Usted debe de aburrirse de muerte aquí, doctor –dijo Garibaldi.

Petronio, guiñando un ojo con malicia, añadió:

—Y en la compañía de doña Tecla y de don Olimpio, ese par de acémilas...

—*Bizarro* le llamó usted en su crónica.

—¡Ah! ¿Ha leído usted mi crónica?

—Nos la leyó doña Tecla a don Olimpio y a mí.

—Como aquí se vive en familia, tenemos que mentir... o suicidarnos. Ese *bizarro* es una broma. ¡Si es más gallina!

—¡Y más hipócrita! –agregó Garibaldi–. No se fíe usted, doctor. No se fíe usted. La única que vale en la casa es Alicia.

Petronio le tiró del saco sin que el médico se percatase.

—¿Usted no conoce su historia?

—No.

—Dicen que es hija de don Olimpio y la cocinera. Lo que no impide que el padre...

—No seas mala lengua –le interrumpió Petronio–. Chismes, doctor, chismes.

Baranda parecía no oír.

En esto llegaron a las prisiones, *cuevas*, como las llamaban los gangueños. Saludaron al alcaide –un mestizo– que se brindó gustoso a enseñarles el interior de la cárcel. Se dividía en dos partes: una, la de los detenidos provisionalmente y condenados a presidio correccional, y otra, la de los condenados a cadena perpetua. La cárcel de los primeros era una sala cuya superficie no excedía de cincuenta metros cuadrados, con una reja de hierro al frente, que daba a un patio tapizado de hierba, y a la cual se asomaban los reclusos. A lo largo se extendían los dormitorios, una tarima pringosa sin lienzos ni almohadas. Sobre la tarima se veían platos de hojalata, cucharas de palo, líos de ropa mugrienta y peroles humosos. Al entrar se percibía un hedor de pocilga, disuelto en una atmósfera lóbrega y húmeda. Cuando la baldeaban, los presos se trepaban a la reja, agarrándose unos de otros como una ristra de monos.

Allí se hacinaban en calzoncillos y sin camisa, mostrando sin escrúpulos el sexo, blancos, negros, chinos y cholos. Todos tenían el sello típico del prisionero, originado por la promiscuidad, la atmósfera enrarecida, la monotonía del ocio, la mala nutrición, el silencio obligatorio, hasta por la misma luz opaca que daba a sus pupilas como a sus ideas un tinte violáceo.

Abajo, en un subterráneo, estaban los calabozos, tétricamente alumbrados por claraboyas que miraban al río. Eran sepulcrales, angustiosos, dolientes. El arrastre de los grillos salía por los intersticios de las puertas, cerradas con gruesos cerrojos, como el desperezo de perros encadenados. Las paredes chorreaban agua. Al abrir el alcaide una de aquellas mazmorras, se incorporó un mulato, tuberculoso, en cueros vivos, que yacía en el suelo, aherrojado. Tosía y la cueva devolvía su tos.

—¡Ni los pozos de Venecia! ¡Ni las cárceles de Marruecos! –gritó Baranda horripilado–. ¡Esto es infame! ¡Esto es inicuo!

—Para esos canallas –repuso fríamente el alcaide– ¡aún es poco!

Petronio y Garibaldi sonrieron con escepticismo. Estaban habituados desde niños al espectáculo del atropello humano. Por otra parte, el gangueño no tenía la menor idea del bienestar y de la higiene.

—Si los libres –reflexionaba luego el doctor–, los que nada tienen que ver con la justicia, viven como cerdos, ¿con qué derecho cabe exigírseles que sean más humanitarios con los delincuentes?

—¿No es usted partidario de las cárceles? –le preguntó Garibaldi con cierta sorna.

—No. Son escuelas de corrupción. No devuelven a un solo arrepentido, a un solo hombre apto para la vida social. Cuando se les ha acabado de embrutecer y encanallar, se les abren las puertas. ¿Para qué? Para que reincidan. Una vez que conocen la prisión, no la temen.

—¿Es usted partidario entonces del régimen celular?

—Menos. Si la promiscuidad envilece, el régimen celular idiotiza. La soledad voluntaria puede ser fecunda al filósofo y al poeta. La soledad impuesta a seres inferiores, entregados a sí mismos, concluye por secarles el cerebro.

—Y a pesar de todo –dijo el alcaide– no falta quien se escape.

—¿Cómo? –exclamó Baranda.

—Cierta vez un negro –continuó el alcaide– se evadió perforando el muro del calabozo con una lima. Andando, andando, se internó en el bosque. Allí derribó un árbol sobre cuyo tronco se arrojó al agua. De pronto se oyeron gritos lastimeros. Era que un caimán le había llevado una pierna. Mutilado y desangrándose permaneció agarrado al tronco hasta que vino una canoa y le salvó. No duró más que un día. El caimán le había tronchado la pierna con grillo y todo.

No lejos de la cárcel de detenidos estaba la de mujeres. Era un a modo de solar con barracas de madera, sembrado aquí y allá de anafes con planchas, catres de tijera abiertos al sol, bateas y hamacas. Unas lavaban y, al enjabonar la ropa, la camisa se las rodaba hasta el antebrazo, dejando ver unas tetas flacas semejantes al escroto de un buey viejo. Otras planchaban o daban de mamar a su mísera prole o preparaban el rancho de los presos. Algunas, las menos, canturreaban, mientras se peinaban delante de un pedazo de espejo. Muchas eran queridas de los empleados del penal. En el centro del solar una palmera solitaria bosquejaba su sombra de cangrejo suspendido en el aire.

Atravesando un terreno baldío se llegaba al manicomio. Le componían cuatro cuevas inmundas y tenebrosas, separadas entre sí por barrotes de hierro. De las dos más grandes, una la ocupaban las mujeres, y otra los hombres. Una negra, en camisa, con las pasas en revolución, se acercó automáticamente a la reja del patio.

—Dame un cigarro –le dijo al doctor.

Luego se acercó otra, con andar de gato, y se le quedó mirando con la boca abierta, sin decir palabra. En un rincón, sentada en el suelo, la cabeza contra la pared, cotorreaba consigo misma una mulata vieja. Hablaba, hablaba sin tregua.

En el centro de la celda, una mestiza harapesa rezaba de rodillas, con las manos juntas y los ojos extáticos. Otra lloraba paseándose y dándole vueltas a un pañuelo hecho trizas. De súbito se apareció una blanca, color de aceituna, consumida por la fiebre, de perfil de parca y ojos fulgurantes. Apenas vio a los hombres se levantó las enaguas mostrando unas piernas cartilaginosas y un vientre de sapo. Luego se puso a frotarse contra la reja...

—Es una ninfomaníaca –dijo el doctor volviéndose a Petronio que la tiraba irónicos besos con la mano.

En una celda aparte llamaba la atención un negro echado boca abajo, como su madre le parió, a lo largo de una tarima. Era un jamaiqueño curvilíneo rico y robusto, un discóbolo de antracita, de músculos de acero y piel lustrosa como el charol. Tenía la cabeza de perfil apoyada en un brazo que le servía de almohada y en el que resaltaba un tatuaje.

Sus ojos duros, metálicos, ausentes del mundo exterior, parecían seguir el curso de una idea fija.

—Ese es más malo que la quina –dijo el alcaide. Ha mandado más gente al otro barrio que el cólera.

—Nadie lo diría al verle tan inmóvil –observó Garibaldi.

—¿Inmóvil? Cuando hace mal tiempo hay que ponerle la camisa de fuerza. Se tira contra las paredes y se muerde.

—Un epiléptico –dijo Baranda.

—¿En qué consiste la epilepsia, doctor? –preguntó Petronio.

—En una irritación de la corteza cerebral, acompañada de convulsiones y de amnesia. Según Lombroso, lo mismo produce el crimen que crea lo genial.

—¿Cómo, doctor? –preguntó Garibaldi asombrado.

—Que en todo genio, como en todo criminal, late un epiléptico.

—¡Qué raro!

En otra celda, un austriaco, sentado en un taburete, en calzoncillos, de profética barba de oro y cinabrio[90], cara pomulosa, cejas selváticas, frente espaciosa y pensativa, mirada azul y puntiaguda –vivo retrato de Tolstoï–, amasaba picadura de tabaco con los dedos. De cuando en cuando gruñía y blasfemaba. Era un ingeniero que –según contaba el alcaide–,vuelto loco por el calor y el aguardiente, la pegó fuego a una iglesia.

Cuatro centinelas, que apenas podían con los fusiles, se paseaban a lo largo de la parte exterior de la penitenciaría.

En lontananza el sol –inmenso erizo rubicundo– se hundía en el mar abriendo una estela de sangre en el agua. El río, también purpúreo, corría gargarizando en el silencio de la tarde. De la calma soñolienta de las llanuras distantes llegaban hasta la costa indefinidos susurros y piar de pájaros. En los charcos cantaban las ranas y un pollino rebuznaba a lo lejos.

Cuando los visitantes se disponían a regresar al pueblo, se encontraron de manos a boca con el doctor Zapote que había ido a la cárcel a ver a un preso, acusado de homicidio, y de cuya defensa se había encargado. Llevaba un panamá de anchas alas echado sobre los ojos.

—¿Usted por aquí, doctor? ¡Cuánto gusto! Triste opinión formará usted de nosotros...

—Tristísima. Precisamente hace un momento le manifestaba al alcaide mi indignación... Usted, que es abogado, ¿por qué no gestiona para hacer menos aflictiva la situación de esos infelices?

—¿Infelices? Aquí, el que más y el que menos merece la horca. Son una cáfila de bandidos.

—Lo serán o... no lo serán. Eso no justifica el régimen medioeval a que viven sometidos.

—¿Cree usted entonces que se les debía soltar?

—Soltar, no; pero sí ponerles a trabajar al aire libre. ¿Qué gana la sociedad con tener encerrados e inactivos a esos hombres que pueden ser útiles a la agricultura? Lejos de ganar, pierde, porque gasta en darles de comer.

—La pena es un castigo, doctor. No hay que ser piadoso con el que delinque.

—¿Y usted presume de cristiano?

—¿No es usted partidario de la responsabilidad?

—Sí, pero no de la responsabilidad moral como la entiende la escuela clá-

90 *Cinabrio*: mineral compuesto de azufre y mercurio, muy pesado y de color rojo oscuro

sica. El hombre geométrico de los idealistas, regido por una voluntad libre, ¿dónde está?

—¿Niega usted el libre albedrío? –preguntó entre irónico y sorprendido Zapote.

—Le niego. El libre arbitrio es una ilusión. La conciencia –ha dicho Maudsley [91]– puede revelar el acto psíquico del momento, pero no la serie de antecedentes que le determinan. El hombre que se cree libre –ha dicho a su vez Espinosa– *sueña despierto*. Cada individuo reacciona a su modo, según su temperamento. Por otra parte, hay principios morales y jurídicos absolutos. La moral, el derecho y la religión varían según los períodos históricos, la raza, el medio y los individuos. Entre los chinos, por ejemplo, es una señal de buena educación eructar después de comer, y entre los europeos, una grosería.

—Que no le oiga don Olimpio –interrumpió Petronio.

—Ustedes, los de la antigua escuela, no estudian al delincuente, sino el delito, y le estudian como una *entidad abstracta*. Y al estimar un delito urge estudiar desde luego antropológicamente al culpable, puesto que no todos obran del mismo modo, y después, los factores sociales y físicos.

—Si el hombre –arguyó Zapote esponjándose–, es una máquina que obra, no por propia y espontánea deliberación, sino impulsado por causas ajenas a su voluntad, ¿en qué se funda usted entonces para exigirle responsabilidad de sus actos?

—A eso le contesto con los modernos criminalistas. La pena es una reacción social contra el delito. El organismo social se defiende, por un movimiento que equivale a la acción refleja de los seres vivos, del individuo que le daña; sin preocuparse de que el criminal sea consciente o no, cuerdo o loco.

—Eso es rebajar al hombre equiparándole a los brutos. Y si hay algo realmente grande sobre la tierra es el hombre; el hombre, que esclaviza el rayo, que surca los mares procelosos, que interroga a los astros, que arranca a la naturaleza sus más recónditos secretos; el hombre, con justicia llamado "el rey de la creación"...

—Y que está expuesto, como acabamos de verlo, a podrirse en un calabozo, o a reventar de una indigestión...

—Esos no son hombres. Son fieras.

—Pues si son fieras ¿por qué no se les mata?

—¡Y me tilda usted de anticristiano!

—Al criminal nato, al criminal incorregible, debe eliminársele por *selección artificial,* como creo que opina Haeckel.

—Nosotros hemos abolido la pena de muerte –exclamó Zapote ahuecando la voz.

—Sí, para los delitos comunes; pero no para los políticos. En épocas de guerra, ¡cuidado si fusilan ustedes!

—Pues su escuela de usted es enemiga de la pena de muerte.

91 *Maudsley*: Henry Maudsley (1835-1918) Médico psiquiatra. profesor de medicina legal en la Universidad de Londres. Buscó establecer los límites de la responsabilidad criminal de los acusados que padecían alguna forma de trastorno mental. En 1896 publicó *La locura en relación con la responsabilidad criminal*

—No hay tal cosa. Lombroso...

—¡No me cite usted a Lombroso! Lombroso ¿no es ese italiano lunático que sostiene que todo el mundo es loco? —El crimen, salvo los casos en que concurren las circunstancias eximentes y atenuantes previstas por el Código, es un producto deliberado de la voluntad del agente, y no hay que darle vueltas.

—Pero, usted ¿ha leído a Lombroso?

—Yo, no, ni quiero.

—Entonces ¿cómo se atreve usted a juzgarle?

—Es decir, he leído algo suyo o sobre su doctrina, y eso me basta. ¿Cómo voy yo a creer que se nace criminal como se nace chato o narigudo? ¿Qué tiene que ver la forma del cráneo con el acto delictuoso? ¡Eso es absurdo! ¡Eso sólo se le ocurre a un cerebro delirante!

—¡Oh, qué maravilla!

Petronio y Garibaldi que, durante el trayecto, se iban atizando copas y copas de ginebra en los diversos tabernuchos que salpicaban el camino, aplaudían con el gesto a Zapote cuyos ojos se iluminaban de regocijo. —Es lástima –pensaba para sí– que esta discusión no fuera en el Círculo del Comercio, delante de un público numeroso. ¡Qué revolcones se está llevando!

—Vamos, doctor, continúe –añadió Zapote en voz alta.

—¡Pero si usted no me deja hablar!

—¡Vamos, doctor, no sea pendejo! –intervino Garibaldi ya a medios pelos– Siga, siga.

—Entre usted y yo –dijo Baranda a Zapote– no hay discusión posible. Usted no ha saludado un solo libro de antropología criminal.

—¡Si en París sólo se lee! –exclamó Zapote con ironía.

—Estoy seguro de que ignora usted hasta lo que significa la palabra antropología.

Zapote sacudía la cabeza arqueando las cejas y sonriendo con fingido desdén.

—Usted es uno de tantos abogadillos tropicales...

—Eso no es discutir –le interrumpió Petronio.

—Eso es insultar –agregó Zapote.

—Tómelo usted como quiera –continuó Baranda clavándole a este último los ojos.

—Ea, doctor, no se caliente –repuso Zapote echándolo a broma–. Usted sabe que se le aprecia.

—No necesito su protección. Y se equivocan ustedes si creen que me pueden tomar el pelo –añadió en tono seco y agresivo.

La luna brillaba como el día, diafanizando los más lejanos términos. Las ranas seguían cantando y de tarde en tarde resonaba el ladrido de los perros.

—De suerte, doctor –rompió el silencio Zapote– que, según usted, la responsabilidad moral...

—No existe. Y como yo opinan los más calificados antropólogos.

—¿Usted cree lo que dicen los libros? Se miente mucho. Créame, doctor. Mire usted: yo, *pobre abogadillo tropical,* sin haber leído esos autores, que serán probablemente unos farsantes (usted sabe que en Europa se escribe por lucro, por llamar la atención...), sé más que todos ellos juntos. Yo tengo *práctica.* Me basta ver a un hombre una vez para saber de lo que es capaz.

—Eso es instinto —dijo tambaleándose Petronio.

—No, práctica.

Baranda no respondió. ¿A que seguir discutiendo —se decía— con semejante bodoque?

A medida que entraban en el pueblo, Zapote iba alzando la voz.

—¡Qué teorías las de usted, doctor! ¡Usted es un ateo, un hombre sin creencias!

Baranda comprendió la intención aviesa de Zapote, de echarle encima a aquel pueblo de supersticiosos y fanáticos.

Por fortuna no había un bicho en la calle. Todos comían o estaban ya durmiendo. En esto una lechuza atravesó el aire graznando. Petronio y Garibaldi, estremecidos, exclamaron a una:

—¡Sola vayas!

* * *

—¿Dónde ha pasado usted el día, mi querido doctor? —le preguntó misia Tecla.

—He estado en la cárcel.

—¿En la cárcel?

—Pero no preso. He ido a verla.

—Una pocilga —dijo desdeñoso don Olimpio—. ¿Quién ha tenido el mal gusto de llevarle allí? ¿Por qué no le llevaron a ver las haciendas?... A la mía, por ejemplo. Hubiera usted visto campo.

—Unos campos —añadió doña Tecla— ¡tan bonitos, tan verdes!

Alicia venía del baño y su pelo suelto, sedoso y húmedo brillaba con reflejos de azabache. Ella y el doctor se cruzaron una mirada rápida y ardiente.

La mona, atada siempre por la cintura, dormía a pierna suelta en su garita, mientras el loro, insomne, subía y bajaba por su aro, agarrándose con las patas y el pico.

– VIII –

No dejó de preocupar a Baranda la carta que acababa de recibir. —¿Quién podrá ser este anónimo *admirador y amigo sincero* que me ha salido sin que yo le busque? "A las ocho de la noche –volvió a leer– en el *Café Cosmopolita*."

—La cosa no puede ser más clara. ¿Será una broma? "Se trata –siguió leyendo– de algo muy grave que le conviene saber."

¿De algo muy grave? ¿Qué podrá ser? En fin, con ir, saldremos de dudas.

A Baranda no le sorprendía, después de todo, este procedimiento. Estaba habituado en su tierra a recibir anónimos de todo linaje. ¡Cuántas veces le insultaron en cartas sin firma, escritas con letras de imprenta, recortadas de periódicos! Cuando volvió de Francia le tildaban, en uno de aquellos anónimos, de mal patriota, de hijo desnaturalizado, de parisiense corrompido... ¡hasta de que usaba el pelo largo para darse tono!

—¡Pobres! –pensaba–. ¡Es tan humana la envidia! Apenas llegó al *Café Cosmopolita,* salió a su encuentro un joven muy moreno, delgado y esbelto, que dijo llamarse Plutarco Álvarez.

—Yo soy, doctor, quien le ha escrito la carta. Conviene que no nos vean aquí. Salgamos. Yo soy de la capital, doctor; estoy aquí de paso, como quien dice. De modo que no le sorprenda que le diga pestes de Ganga.

Echaron a andar hacia el Parque que estaba desierto. Sólo se veía concurrido en noches de retreta. Al son de la banda municipal las familias daban vueltas y vueltas, como mulos de noria, hasta las diez.

Sentados en un banco, bajo un árbol, al través de cuyo ramaje penetraba suavemente la luz de un farol, dijo Baranda:

—A ver, a ver. ¿Qué es eso *grave* que tiene usted que decirme?

—Pues bien, doctor, por conversaciones que he oído en la farmacia de Portocarrero y en el Camellón, se trata de dar a usted un mal rato.

—¿A mí? ¿Por qué?

—Verá usted. Se cuenta que usted ha seducido a Alicia. Los criados de don Olimpio juran y perjuran haberle visto entrar una noche en su cuarto. Petronio está que trina. Lo menos que dice es que usted ha faltado a los deberes de la hospitalidad y a la decencia, que se ha burlado usted miserablemente de la culta ciudad de Ganga. Zapote, resentido por algo ofensivo que hubo usted de decirle en la discusión que tuvo con él, viniendo de la cárcel, pide la cabeza de usted o poco menos. "¡Tenía que suceder! –gritaba–. Un hombre que no cree en Dios, que sostiene que el hombre es una máquina, tiene que ser un canalla!" —Se lo cuento a usted todo, sin añadir ni quitar, para que pueda usted darse cuenta exacta.

—Sí, sí; continúe.

—Pero el principal fautor de lo que contra usted se trama, es ese zarracatín[92] de don Olimpio.

—¿Don Olimpio?

—Sí, don Olimpio. ¿Usted no sabe que desde hace tiempo anda detrás de Alicia, aunque sin éxito? En parte por celos, en parte porque le detesta cordialmente a causa de que las ideas políticas y religiosas de usted no compaginan con las suyas, y acaso y sin acaso porque usted es guapo y él es feísimo, ello es que, a las mátalas callando, porque de frente no se atreve, le está formando una atmósfera, que si usted no sale del país... Además, está lastimado por que usted al contestar al brindis que le dirigió en el banquete de marras, se mostró muy seco y hasta desdeñoso con él...

—Fíese usted de los borrachos.

—Lo mismo cuenta Petronio. "No sé qué se habrá figurado ese tipo –gritaba la otra noche en la farmacia–. ¿Pues no se fue a la inglesa[93] sin decirnos buenas noches siquiera?"

—¡Pero si estaban todos borrachos perdidos!

—Doctor, esta gente es así. Puntillosa y necia hasta los pelos.

Plutarco hablaba muy quedo, silbando las eses como un mejicano. Su voz insinuante y melosa y sus maneras felinas delataban al mestizo de tierra adentro, tan distinto en todo y por todo del costeño. El solo había aprendido el francés, que traducía corrientemente. Había leído mucho y deseaba saber de todo.

—Bueno. ¿Y es qué lo que se trama contra mí? ¿Un asesinato? –preguntó Baranda cruzando las piernas.

92 *Zarracatín*: regateador; quien procura comprar barato para luego vender caro
93 *A la Inglesa*: realmente la forma usual es "despedirse a la francesa". Durante el siglo XVIII había entre las personas de la alta sociedad francesa una moda que consistía en retirarse de un lugar en el que se estaba realizando una reunión o velada, sin despedirse, sin siquiera saludar a los anfitriones. Esta costumbre, en Francia dio origen al dicho *sans adieu* (sin adiós). En España la moda era mal vista. El desliz probablemente se trate de una humorada para subrayar la incultura de Petronio.

—Punto menos. Por de pronto, pagar a unos cuantos pillos para que le griten y le tiren piedras cada vez que salga usted a la calle. Usted no sabe quién es esta gente. Por eso quiero irme cuanto antes de aquí. Además, doctor, ya se han cansado de usted. Le han visto de cerca y eso basta para que ya no le estimen. El hombre superior se diferencia del hombre inferior en eso: en que el primero, a medida que trata a una persona, va descubriendo en ella sus buenas cualidades y su aprecio aumenta, y en que el segundo nunca estima las buenas prendas; sólo ve los defectos, y por los vicios precisamente y no por las virtudes todos nos parecemos. Yo le admiro a usted, doctor, y siento por usted gran simpatía. Le vi en el baile del Círculo y estuve tentado de hacerme presentar a usted. "Pero —me dije— ¿qué títulos puedo ofrecer a su consideración?" Conozco su estudio de usted sobre la neurastenia, que me parece admirable. Sólo disiento de en usted en una cosa —y usted perdone el atrevimiento—: yo no creo que la neurastenia sea una enfermedad aparte, idiopática, como si dijéramos. Es un agotamiento nervioso que aparece, por lo común, como una secuela de otras enfermedades.

—¿Ha leído usted —le respondió distraído Baranda— el libro de Bouveret?[94]

—No.

—Pues léale usted.

—¿Cómo se titula?

—*La Neurasthénie*. Está bien hecho.

Al cabo de un rato de silencio y cambiando de conversación, repuso:

—Bien; usted, que es del país, ¿qué me aconseja?

—Pues, doctor, que se vaya.

—Eso lo tengo resuelto desde hace días. No sé si usted sabe que vine a Ganga por chiripa[95], como si dijéramos. Obligado a huir de Santo tomé el primer vapor que salía, y el primer vapor salía para Ganga. No sé qué amigo oficioso cablegrafió a don Olimpio que yo venía para acá. Aprovecho la ocasión para decirle que yo no estoy de bóbilis bóbilis en casa de ese señor. Pago mi hospedaje.

—¿Cómo?

—A los dos días de mi llegada empezó misia Tecla a llorar miserias, a decirme que los negocios de su marido iban de mal en peor. Me apresuré a contestarla que no temiese que me les echara encima, que yo tenía dinero y que pagaría mi nutrición y mi alojamiento.

—De seguro que cuando usted se vaya, saldrá diciendo por ahí que le ha *llenado la tripa*. (Así hablan los gangueños). D. Olimpio es avaro. Tiene dinero. ¿Sabe usted lo que gana con la tienda?

—Volvamos a lo principal —le interrumpió Baranda.

—Puede usted hacer lo siguiente: tomar el vapor que sube el río hasta Guámbaro y aguardar allí el trasatlántico que le lleve a Europa.

94 *Bouveret*; Léon Bouveret (1850-1929) médico francés autor entre otras obras de *La neurasthénie* editado en Paris en 1890
95 *Chiripa*: (fam.) casualidad favorable. Expresión usada en el juego del billar para denominar a la carambola realizada por casualidad

Baranda quedó pensativo.

—No desconfíe usted de mí, doctor. No le miento –añadió Plutarco tras larga pausa–. ¡Ojalá pudiera irme con usted a fin de acabar en Francia mi carrera de médico!

—Usted ¿estudia medicina?

—La estudié, doctor, hasta el segundo año; pero por falta de recursos no he podido terminarla. ¡Ojalá pudiera irme, ojalá! ¡En estos pueblos la vida es tan triste, doctor! No hay aliciente de ningún género ni estímulo para nada. La vida social... usted la conoce. No hay vida social. Y en cuanto a lo físico, ¡aquí se muere uno a fuego lento! ¡Qué temperatura! La capital es otra cosa. Allí hace frío y se puede estudiar. Allí hay personas cultas, hombres de letras ingeniosos, con quienes se pasan ratos instructivos y de solaz. Pero ¡en esta costa inmunda! ¡Uf, qué asco!

—Bueno –dijo el doctor poniéndose en pie– mañana, a la misma hora, aguárdeme usted aquí. Déjeme tiempo para reflexionar. Le advierto que si me engaña...

—¡Oh no, doctor! Créame, no le engaño.

—Adiós.

—Adiós. Hasta mañana.

En el reloj de la catedral dieron las diez. El cielo empezó a anubarrarse y un viento cálido, levantando remolinos de polvo y arena, aullaba por las calles solitarias y dormidas.

Los gatos se paseaban por las aceras y los tejados, llamándose los unos a los otros con trémulos maullidos.

* * *

Con efecto, el doctor y Alicia se entendían aunque clandestinamente

—¿Cómo han podido vernos –se preguntaba– si mi cuarto está separado del resto de la casa y ella no viene sino de noche, cuando todo el mundo duerme? –Luego añadía:

—Sí, sí, ahora que recapacito: D. Olimpio está serio conmigo desde hace días. Apenas si me saluda. Puede que ese joven diga verdad. ¿Por qué no? ¿Y cómo justifico mi partida –seguía hablando consigo propio– y dejo a Alicia, después de lo ocurrido?

¿Sentía amor por ella? Casi, casi. Lo cual no le impedía pensar a menudo en su "pobre Rosa". Y la culpa en gran parte era suya, por meterse a seductor.

Era joven y guapo. Gustaba a las mujeres, no tanto por su belleza como por cierta melancolía insinuante que le caracterizaba. A su ternura ingénita unía la adquirida en el ejercicio de su profesión, la que comunica a las almas buenas el espectáculo de la miseria humana. Alicia era el amor nuevo, la sensación fresca de la carne joven. Rosa estaba unida a él por un recuerdo voluptuoso, por un sentimiento de gratitud, por lazos de simpatía intelectual. ¿Por cuál de las dos optaría? No era resuelto. Su voluntad fluctuaba siempre y sólo cuando la fuerza de las circunstancias le ponía entre la espada y la pared, obraba, aunque nunca quedaba satisfecho de sus actos. Era más emotivo que intelectual, sin dejar de ser analítico. Había en su alma mucho del indio; la tristeza que se asomaba, como un dolor íntimo, a su fisonomía elegíaca, era la de las razas vencidas que se extinguen poco a poco. Su voz era dulce, algo descolorida; su andar recto, pero lánguido, acompañado de cierto gracioso meneo de cabeza.

Alicia le dominaba sin que él se percatase. En los momentos de febril abandono, ¡le abrazaba con tal intensidad, se apoderaba de él tan por entero! *Sentía* que su voluntad era más enérgica que la suya. Vagos presentimientos, que no acertaba a concretar, le preocupaban. Presentimientos ¿de qué? De algo funesto, aunque lejano; de algo así como lo que debe de sentir el ratón cuando huele al gato. No era de esos seres intrépidos que se imponen al medio ambiente, sino de esos espíritus pusilánimes que se dejan arrollar por él.

Tenía que salir de Ganga, no le quedaba otro recurso. Para él no había enemigo pequeño. Un microbio se ingiere en la sangre y acaba con el más pujante organismo. Don Olimpio era un porro[96], convenido; pero no por eso dejaba de tenerle. Se figuraba ya apedreado y coreado por los granujas en la calle. Temía por instinto al escándalo como los perros a las piedras. Dejarse apedrear en Ganga era el colmo del escarnio. ¡Y dejarse apedrear por aquellos indios degenerados y alcohólicos! De súbito se enfurecía.

—Bueno; que me apedreen. ¡Les entro a tiros! ¡Para acabar —reflexionaba luego irónicamente— en una de aquellas mazmorras mefíticas[97]. Porque ¡cuidado si me verían con placer morir a pedazos en uno de esos hoyos infectos!

¡Cómo goza la canalla con la caída del hombre inteligente que no comulga con el rebaño!

Llegó la hora de la cita con Plutarco a la noche siguiente.

—Nada, amigo, haré lo que usted me indicó. Me parece lo más racional. Pero ¿cómo dejamos a Alicia?

—¡Ah, doctor! Usted dirá. Si quiere, yo me encargo de todo. Hablaré con ella. La cocinera de don Olimpio es amiga de mi querida, y usted perdone.

—Y a don Olimpio, ¿qué le decimos?

—Pues que le llaman a usted con urgencia de Guámbaro para una consulta y que dentro de unos días está usted de vuelta. Como él ni nadie sospecha lo que usted y yo maquinamos, la cosa parecerá lo más natural del mundo. Hasta puedo, si no lo toma a mal, fingirme enemigo de usted y hacer que pospongan hasta su regreso una manifestación hostil en que tomaré parte. ¿Le parece?

Después de una pausa, añadió:

96 *Porro*: torpe, rudo y necio
97 *Mefítico*: dícese de lo que, respirado, puede provocar daño

—¿Tiene usted mucho equipaje?

—Una maleta con lo puramente necesario.

—¡Magnífico! Cosa hecha.

Baranda sintió en aquel momento viva simpatía por Plutarco, movido por la cual le propuso llevársele a París.

Plutarco, casi de rodillas, con los ojos húmedos y la voz trémula, besándole las manos, exclamó:

—¡Oh doctor, qué bueno, pero qué bueno es usted! ¡Usted es mi salvador!

—La dificultad estriba en que no tengo sino casi lo estricto para el viaje. Con todo, veamos: tan pronto como llegue a París, le giro por cable el importe de su pasaje y del de Alicia. Allí tengo algún dinero y no me faltan amigos políticos que me ayuden. ¿Puede usted aguardar hasta entonces?

—Puedo aguardar, doctor.

—¿No surgirán dificultades que impidan la escapatoria de Alicia? Por lo que *potest contingere* yo hablaré con ella esta noche y trataré de convencerla. Lo que temo es que nos sorprendan. Tal vez nos espían.

—Es preferible que no la diga usted nada. Puede recelar que pretende usted engañarla. ¡No olvide, doctor, que, como buena india, desconfía hasta de su sombra!

—Entonces ¿cuento con usted?

—Sí, doctor. Cuente usted conmigo. Lo que deploro es no poder servirle como yo quisiera. Soy muy pobre...

Baranda le estrechó ambas manos con efusión.

✳ ✳ ✳

Acababan de comer. Misia Tecla acariciaba entre sus brazos a *Cuca,* y don Olimpio, en mangas de camisa, parloteaba con el loro.

—Guámbaro ¿está lejos de Ganga? –le preguntó Baranda a don Olimpio.

—¿Qué, piensa usted dar un viajecito? Estará... unos dos días escasos, por el río.

—He recibido hoy una carta en que me llaman con urgencia para ver a un enfermo.

—Le pagarán bien, porque esa es gente rica.

—Todos son ganaderos –contestó con naturalidad don Olimpio, sin separarse del loro.

—¿Y piensa usted ir, doctor? –agregó misia Tecla.

—La ida por la vuelta. ¿Cuándo hay vapor, don Olimpio?

—Mañana precisamente sale uno.

Alicia se puso pálida e interrogando con la mirada al doctor, se fue a dormir.

Misia Tecla seguía haciendo mimos a la mona.

—¡Qué animalito más inteligente, doctor! Es como una persona. ¿Verdad, *Cuca* mía? —y la besaba en el hocico.

—Los monos son muy inteligentes. Tienen casi todas nuestras malas pasiones. Son celosos...

—¿Que si son celosos? —interrumpió misia Tecla—. ¡Si viera usted cómo se pone *Cuca* cuando acaricio al loro!

—¡Y cómo se pone el loro —añadió don Olimpio— cuando acaricias a la mona!

—¡No la llames mona! ¿Verdad que tú no eres mona, *Cuquita?*

—De los monos se cuentan cosas extraordinarias —prosiguió el doctor—. Relata cierto viajero que en la India un cazador mató a una mona, llevando luego el cadáver a su tienda. Pronto se vio la tienda rodeada de monos que gritaban amenazando al agresor. Este les espantaba metiéndoles por las narices la escopeta. Uno de los monos, más obstinado y atrevido que los demás, logró introducirse en la tienda, apoderándose, entre lágrimas y gemidos, del cadáver, que mostraba gesticulando a sus compañeros. Los testigos de esta escena —añade el viajero— juraron no volver a matar monos.

—Nada, como las personas —observó misia Tecla.

—Darwin, el célebre naturalista inglés —continuó Baranda— cuenta en su *Descendencia del hombre...*

—Ese Darwin ¿no es el que dice que venimos del mono? —preguntó don Olimpio sentándose a horcajadas en una silla, dispuesto a seguir más atentamente la conversación.

—¿Cómo que venimos del mono? —añadió misia Tecla asombrada—. Del mono vendrá él. Lo que se le ocurre a un inglés, no se le ocurre a nadie.

—Cuenta Darwin —continuó Baranda sin hacer caso de las objeciones de aquéllos— que las hembras de ciertos monos antropoides mueren de tristeza cuando pierden a sus hijos.

—Lo *mismito* que las personas —interrumpió de nuevo misia Tecla—. ¿Verdad, *Cuquita,* que cuando yo me muera tú te morirás también de tristeza?

—Y algo más estupendo todavía: que los monos adoptan a los huérfanos, prodigándoles todo género de cuidados y atenciones.

—¿A los niños huérfanos? —preguntó misia Tecla.

—¡No, mi hija! A los monitos huérfanos. ¿No es cierto, doctor?

—Lo que no les impide —continuó Baranda como si hablase consigo propio— que, llegado el caso, sepan castigar corporalmente a sus hijos. He leído en Romanes[98] —otro autor inglés— que una mona, después de haber dado de mamar y limpiado a su prole, se sentó a verla jugar. Los monitos brincaban y corrían persiguiéndose los unos a los otros pero como viese que uno de ellos daba señales de maldad, se levantó y, cogiéndole por la cola, le administró una

---

98 *Romanes*: George John Romanes (1848-1894) científico inglés seguidor de las teorías de Darwin de quien fue investigador asociado en Cambridge. En 1886 publicó en el "Journal of the Linnean Society" su conferencia *Physiological Selection; an Additional Suggestion on the Origin of Species*

buena tunda.

En esto *Cuca* empezó a mostrarse inquieta, dando saltos y gritos, y misia Tecla a dar cabezadas.

—¿Y cuándo vuelve usted de Guámbaro, doctor? –preguntó don Olimpio bostezando.

—Será cosa de dos días, supongo yo. Bueno, pues hasta mañana.

—Descansar, doctor.

—Buenas noches, misia Tecla.

—Doctor, buenas noches.

* * *

Baranda no volvía en sí de su asombro. Ni misia Tecla ni don Olimpio habían estado nunca tan locuaces. ¿Mentiría Plutarco? ¿Con qué objeto? Su locuacidad tal vez obedecía a la excitación nerviosa que produce todo cambio. Estaba en vísperas de un viaje que rompía el monótono sucederse de aquella vida en común. Ese viaje, por otro lado, no podía menos de alegrar a don Olimpio que se veía libre de un rival, al que de fijo preparaba alguna jugarreta a su regreso. La idea de no verle, aunque fuese por unos días, alejaba de su corazón, por el pronto, todo sentimiento de mezquina venganza. Don Olimpio, en rigor, no amaba a Alicia. Sentía por ella lujuria. Cuando la veía andar, con el pelo suelto, el cuello desnudo y aquellas dos pomas eréctiles que temblaban como si fueran de mercurio, la sangre, la poca que tenía, se le alborotaba, sus ojos llameaban y una corriente febril pespunteaba su medula.

Misia Tecla le era físicamente repulsiva. Había perdido con los años y el influjo del clima, de aquel clima enemigo de toda lozanía, lo poco que pudo hacerla simpática en su ya lejana juventud. Contribuía a exacerbar su sensualismo el desdén de Alicia, a cada una de cuyas repulsas, sentía enardecerse y redoblarse su deseo. Recurrió a proponerla todo linaje de perversiones seniles para vencerla; pero Alicia apenas si oía sus proposiciones calenturientas. ¡Cuántas noches pasó en claro don Olimpio, revolviéndose entre tentaciones abrasadoras, como un cenobita[99] en su cabaña!

—¿Sabes que has pasado muy mala noche? –le decía a veces misia Tecla–. Eso debe de ser el estómago. No te vendría mal una purga.

—¡O un tiro! –contestaba él furioso.

—¡Ay, hijo, de qué mal humor has amanecido! –replicaba ella, sin volver sobre el asunto.

---

99 *Cenobita*: persona que profesa la vida monástica

– IX –

El vapor subía penoso por el río, cuyas márgenes, exuberantes de vegetación virgen y espesa, resplandecían a los rayos del sol con verdor apoplético.

En los catres y las hamacas de los camarotes que estaban sobre cubierta, continuaban algunos viajeros su sueño interrumpido por el madrugón. Por el alcázar, bajo la toldilla, entre baules y maletas, se paseaban los pasajeros de segunda clase, y abajo, hacia la popa, iban los de tercera, confundidos con la tripulación, las bestias y la carga.

Se hubiera afirmado que eran las doce del día y eran las siete de la mañana. El río llameaba bajo el incendio matutino que envolvía el paisaje. En los remansos, sobre manchas de arena, enormes caimanes, color de granito, tomaban el sol con el hocico abierto. Parecían muertos o esculpidos. De una margen a la otra volaban gritando cotorras, loros y pericos, y las lianas que se enredaban a los árboles crujían con las cabriolas y piruetas de los monos que, a lo mejor, quedaban colgando en el aire, prendidos de la cola.

El calor ahogaba y las reverberaciones solares sobre el agua obligaban a cerrar los ojos.

Los *bogas*[100] huían delante del buque en canoas y piraguas tubiformes o en balsas repletas de frutas y hojarasca, que hacían andar empujándolas con un palo que metían en el agua, al modo de las góndolas de Venecia.

El espectáculo para el doctor sobre nuevo era deslumbrante.

—Estas márgenes –se decía– bien cultivadas podrían rendir ríos de oro.

100 *Bogas*: indios (o negros) utilizados para remar acarreando mercaderías o personas por los ríos

¡Qué plétora de savia! ¡Qué desbordamiento de vida vegetal!

A medida que el vapor avanzaba, se sucedían atropellándose y reventando de lujuria, bosques de cedros y caobas, de palisandros, guayacanes y cocoteros, de palos de rosa, de membrillos de flores de púrpura, de gutíferos lacrimosos, de plátanos de anchas hojas, de palmeras, mangos, ceibas, naranjos, sándalos ambarinos, enlazados los unos a los otros por mallas de bejucos, orquídeas y helechos como una danza báquica de troncos y de frondas. Turpiales, tórtolas, cardenales y colibríes saltaban de rama en rama y nubes de insectos –zafiros, esmeraldas y rubíes alados– y de mariposas quiméricas temblaban en el aire como agitadas por abanico invisible. En una diminuta isla de verdura, una garza, rígida, hierática, apoyada en uno solo de sus zancos, dormía con la cabeza bajo el ala, y más allá una grulla escarbaba con el pico en el cieno mucilaginoso de la ribera.

De noche no andaba el buque por temor a los troncos que arrastraba la corriente. Se le ataba a los *leñateos*, parajes donde se proveía de leña para la máquina.

—Oiga usted, capitán –preguntó Baranda–, esos caimanes ¿no atacan al hombre?

—En el agua, sí; en tierra son muy cobardes. Verdad es que en tierra no andan, patalean. Hay que ver un caimán sorprendido por un indio. Se queda quieto, inmóvil, como muerto, con el hocico pegado a la tierra. No mueve más que los ojos, con una rapidez increíble, para seguir los movimientos del enemigo. Sin duda tiene conciencia de que no puede huir y no hace el menor esfuerzo. Eso sí, cuando le hostigan mucho, bufa sacudiendo cada coletazo que da miedo.

—¿Y usted les ha visto reproducirse?

—Sí; la hembra deposita sus huevos en un hoyo abierto por ella misma en la arena y luego de taparle con hojas, le abandona a los rayos del sol. El caimancito, apenas rompe el cascarón, se echa al agua donde le acechan, para devorarle, los caimanes viejos o las aves de rapiña. Cuando el río está revuelto, yo he visto a los grandes llevarles en el lomo.

—¿Y son muy voraces? –preguntó un viajero.

—¡Comen hasta piedras! –exclamó riendo el capitán–. En eso se parecen a nuestros políticos.

—¿Y cómo les cazan? –continuó Baranda.

—Pues a tiros. Los indios les suelen cazar con un palo puntiagudo atado, a modo de anzuelo, a una cuerda, y en el que ponen un pedazo de carne. El caimán muerde y se queda clavado.

—¿Y qué hacen de la piel?

—Aquí, doctor, hay mucha incuria[101]. Nada se explota, nada se aprovecha. ¿Usted ve esos bosques? Pues nadie sabe lo que hay en ellos. ¡Y figúrese usted lo que producirían medianamente cultivados! Pero ¿quién entra en

---

101 *Incuria*: negligencia, falta de cuidado

ellos? El calor es horrible. Además, están llenos de culebras, de jaguares, de toda clase de bichos venenosos.

—La selva primitiva —observó Baranda.

—Usted lo ha dicho, doctor: la selva primitiva.

—¿Cómo no se le ha ocurrido al gobierno tender un ferrocarril de la capital a la costa por esas márgenes? Se llegaría más pronto.

—¡Vaya si se le ha ocurrido! ¿Sabe usted los millones que se han despilfarrado en ese ferrocarril ilusorio? Pero, amigo, lo de siempre: después de mucho discutir en las Cámaras, de mucho plano, de mucho consultar a ingenieros, estamos peor que antes. Vea usted, doctor, vea usted.

En una de las márgenes se amontonaban rotos y enmohecidos pedazos de locomotoras, de rieles, toda una ferretería inservible.

—¡Cuidado si todo eso representa dinero! —prosiguió el capitán—. Para justificar el empréstito, que ascendió no sé a cuántos millones y que se repartieron todos esos... caimanes, compraron esas máquinas que ve usted ahí... Somos ingobernables. Créame usted, doctor.

—¡No exagere usted, capitán! —exclamó un mulato de cara de perro de presa, con gafas.

—Amigo —alegó el capitán—, como ya le han dado a usted lo que buscaba, un empleo, ya no les tira usted a los godos.

—Si me han nombrado cónsul en Burdeos, es porque han querido. Yo sigo siendo liberal.

—Pero come con los clericales.

El mulato respondía por Cándido Mestizo y era autor de una novela titulada *¡Jierro, mucho jierro!* que empezaba así: "En el alba cárdena piaban las mariposas..."

—Le advierto a usted —respondió Mestizo, ajustándose las gafas— que yo vivo de mi pluma y que no necesito del gobierno.

—¡De su pluma! —exclamó desdeñosamente el capitán—. De su pluma aquí nadie vive. Empiece usted porque aquí todos escribimos. ¡Yo mismo hago versos! Entre nosotros la literatura no es un medio, es un fin. En cuanto sale cualquier pelafustán con una novelita o unos versos simbolistas de esos que nadie entiende, ya se sabe, le nombran cónsul o secretario de embajada. ¡Y sucede a menudo que no saben más lengua que la propia! Imagínese usted, doctor, un diplomático que no conoce más idioma que el materno. ¡No en balde se ríen de nosotros en el extranjero! En todas partes la diplomacia es una carrera que requiere ciertos estudios. Aquí cualquiera es diplomático.

Mestizo echaba espuma por la boca, por aquella boca belfuda y ceniciento.

Conocía la historia del capitán, y no se atrevía con él. Don Jesús del Arco, así se llamaba el capitán, había estudiado en Nueva York y era hombre enérgico, valiente y leído. En la última revolución combatió en las filas liberales con un coraje y una pericia sorprendentes. Fiel a sus ideas políticas prefirió pasarse la vida tragando miasmas sobre el puente –como él decía–, a transigir con un enemigo que había arruinado y envilecido a su país. Mestizo, como otros muchos, era un liberal de pega, un *estomacal*, que cambiaba de casaca en cuanto veía la posibilidad de un empleo. Como buen fanfarrón, gritaba mucho, y se cuenta que sacó cierta vez el revólver en medio de una de esas discusiones en que el aguardiente y el calor de los trópicos gradúan de oradores a los verbosos y atrevidos. Había estado unos cuantos días en Madrid y en París, y se jactaba de haber colaborado en los principales periódicos de la corte y de haber dormido con las horizontales[102] parisienses más en boga. En su alma envidiosa de mulato latían las ambiciones del blanco y las groserías del negro. Para él no había nada noble ni grande. Decía pestes de todo el que brillaba, singularmente si era blanco.

La conversación con el capitán fue acalorándose en términos de que Baranda tuvo a bien intervenir.

—¿Sabe usted –gritaba el capitán dirigiéndose al médico– lo que tiene perdidos a estos países? ¿Sabe usted por qué siempre andarnos a la greña? ¿Sabe usted por qué? ¡Por el mulato y el indio! ¡Por esos dos factores sociales refractarios a toda disciplina, a todo orden, a toda moralidad!

—No olvidemos la herencia –observó Baranda sonriendo–. Los conquistadores nos legaron su espíritu de rebeldía.

—No lo dudo –continuó don Jesús–; pero, crea usted, doctor, que en aquellos países donde el mulato y el indio no toman una parte tan activa en la vida social y política como entre nosotros, hay menos revueltas. Y se explica. Hay más unidad étnica. Me atrevería a afimar que las luchas intestinas de un país responden en la mayoría de los casos a lo heterogéneo de su población. La disparidad de sentimientos engendra odios y rivalidades invencibles. ¿Por qué Alemania e Inglaterra –para citar un ejemplo– no dan casi nunca el espectáculo de los vergonzosos motines que se repiten en pueblos de abigarrada constitución mental? Le advierto, doctor, que yo no creo en las razas puras; yo creo en las razas *históricas:* las que, formándose por fusión de otras razas similares, adquieren, al través de su historia, una fisonomía nacional.

—De acuerdo. En lo que me parece que usted exagera es en lo relativo al mulato. Alejandro Dumas...

—Ya sé lo que va usted a decirme. Claro que no hay regla sin excepción. Los tres Dumas fueron célebres: el abuelo simbolizaba la acción; el hijo, la fantasía, y el nieto, el análisis. También Maceo[103] fue una personalidad, aunque por otro estilo. Yo he hablado del mestizo en general y desde el punto de vista colectivo y ético más que desde el intelectual y artístico. Para que vea usted que procuro no ser exclusivista, le concedo que los mulatos suelen ser músicos admirables, gente valerosa y lúbrica, si la hubo.

Cándido Mestizo se comía los hígados. Ya no estaba pálido, sino azul, verde, amarillo, violáceo, aceituno... Lo único que se le ocurría para vengarse era

---

102 *Horizontales*: (fam.) queridas, mujeres acompañantes que eran un símbolo del éxito de un hombre
103 *Maceo*: Antonio Maceo Grajales (1845-1896). Militar cubano organizador junto a Martí y Gómez la Guerra de Independencia

cavilar cómo podría conseguir que quitaran a don Jesús la capitanía del barco. Le escribiría al presidente de la República que don Jesús conspiraba contra él; intrigaría para echarle encima a los negros y a los indios; diría que era un mal patriota...

– X –

Eran las cinco de la tarde. El vapor arribó a un *leñateo*. Algunos pasajeros, entre los cuales figuraba el doctor, bajaron a tierra por una gruesa tabla tendida, a manera de puente, entre el buque y la ribera. La tripulación, amasijo de indios y negros sin camisa, con unos sacos en forma de
capuchones en la cabeza, descargaba sobre el barco, silenciosamente y empa-
pados en sudor, pesados haces de leña que, al caer, sonaban como truenos. Algunos, al atravesar el puente, perdían el equilibrio cayendo al agua, con leña
y todo, entre la risa general.

Al poner el pie en tierra, el dioctor oyó como una rúbrica trazada con un
palo en la hojarasca.

—¿Qué es eso? —preguntó un poco asustado.

—Una culebra –le contestó como si tal cosa uno de los indios que ayuda-
ban a cargar la leña.

En el suelo, lleno de ceñiglo[104], de una choza pestilente y lúgubre, sobre
un jergón agonizaba un mulatito de seis a siete años, consumido por la sífilis. En una rinconera, atada a la pared por una *cabuya*[105], ardían dos velas de
sebo en torno de una estampa de la Virgen, manchada por la humedad. Una
negra flaca, en andrajos, entraba trayendo en la mano una poción confeccio-
nada con ojos de caimán, orejas de mono y plumas de cotorra. El chiquillo
exhalaba de tiempo en tiempo un ronquido sordo o volvía la cabeza, lacrada
de costra rubicunda, abriendo unos ojos fuera de las órbitas, sin pestañas ni
cejas, nadando en un humor sanguinolento. La madre en cuclillas, con la ca-

---

104　*Ceñiglo*: (Chenopodium album) yerba común que se cría en terrenos roturados, escombros
　　o lugares baldios
105　*Cabuya*: o fique (Furcraea cabuya) vegetal que es hilado para la fabricación de alpargatas,
　　redes y cuerdas

beza entre las piernas, rezaba confusamente, devorada por la fiebre. Otra negra, apoyada contra el marco de la puerta, fumaba una tagarnina[106] apestosa, escupiendo de cuando en cuando como un pato que evacua.

—¿Por qué no llaman a un médico? –preguntó entristecido Baranda.

—Señor –respondió una de las negras– porque por aquí no hay médicos. El señor cura ha venido, un cura que aquí cerca y misia Pánfila que sabe mucho de *melesina.*

El doctor, sacando un papel del bolsillo, escribió con un lápiz.

—A esa mujer hay que darla quinina. Tiene fiebre.

—Por aquí todo el mundo la tiene siempre, señor. Es el río.

—Y a ese niño, Mercurio.

Las negras no entendieron. Una de ellas, tomando el papel y luego de mirarle al derecho y al revés, añadió:

— ¿Y qué hacemos con esto, señor?

—Pues ir a la botica.

—Aquí no hay botica, señor.

—Y ustedes ¿cómo se curan?

— ¡Ah, señor! Confiando siempre en la Virgen Santísima. No nos desampara nunca, señor.

— ¡Nunca! –exclamó la otra.

Poco a poco la curiosidad atrajo hacia la choza una turba de negras héticas[107] encintas, con cuellos de pelícano, de mulatitos hidrópicos[108], de blancas histéricas e indias momias que vivían de cortar leña.

El doctor, realmente atribulado, se volvió al buque. Aquellas desgraciadas le siguieron con los ojos, unos ojos sin miradas, fijos y vidriosos.

Una vieja decrépita, asexual, toda hueso y pellejo, apoyándose en un palo se arrastró hasta la margen del río. Sentándose en una piedra, no sin haber dado antes algunas vueltas, como perro que va a echarse, tendió la mano; pero en vista de que nadie la socorría, se puso a arrascarse una pierna elefanciaca[109], pletórica de pústulas. Un chiquillo esquelético y malévolo la tiró una piedra, echando luego a correr. Ella levantó la temblorosa cabeza, miró a un lado y otro, sin ver, y siguió rascándose las llagas.

No tenía un diente. Los músculos del pergamino de su cara se movían con la elasticidad del caucho. Las manos, venosas, veteadas de tendones a flor de piel, como los sarmientos de una viña, no parecían manos de mujer ni de hombre, sino las garras momificadas de un lagarto.

— ¿Qué hace ahí, misia Cleopatra? –le preguntó un *boga,* tocándola con el pie.

La vieja no contestó. Le miró con una mirada aviesa que parecía salir del fondo de todo un siglo de hambre.

106 *Tagarnina*: (fam.) cigarro puro muy malo
107 *Hética*: o *ética*, quien padece de calentura hética que lo consume y enflaquece
108 *Hidrópico*: quien padece hidropesía, enfermedad que se caracteriza por la acumulación de líquido en las cavidades corporales
109 *Elefancíaca*: quien padece de *elefancia*, o *elefantiasis*, síndrome que se caracteriza por el aumento enorme de algunas partes del cuerpo, especialmente los miembros inferiores. Puede producirse por diversas enfermedades inflamatorias persistentes, y muy especialmente por la acción de parásitos en los países cálidos

Un vapor sofocante, húmedo y miasmático, difundidor del tifus, de la viruela y del paludismo, brotaba de las márgenes, entre cuyo boscaje chirriaban miríadas de insectos. Negras nubes de cénzalos[110] picaban zumbando al través de la ropa.

Ya en el buque, y sobre la cubierta, notó Baranda que, desde la orilla, una mulata zarrapastrosa, con los ojos muy abiertos, le tiraba besos con las manos.

—Es loca –le dijo el capitán.

—¿Y cuál es su locura?

—Como ha sido siempre muy fea –intervino el contador del buque– desde que nació, nadie la dijo *qué lindos ojos tienes*. Dicen que tiene el diablo en el cuerpo. Ahí donde usted la ve, raya en los sesenta y como ha perdido toda esperanza de que se enamoren de ella, canta para atraer a los hombres y llora cuando no vienen.

—Tuvo una fiebre cerebral y la encerraron. Hace poco que ha salido –dijo el capitán.

La loca cantaba llevándose las manos al vientre con expresión obscena.

—Por aquí hay mucho loco, doctor –añadió el capitán.

—Efecto del clima. El sol, por un lado, este sol rabioso, las emanaciones pútridas de la ribera, la falta de alimentación, la monotonía e insipidez de las emociones y el abuso del aguardiente, por otro lado, tiene que calcinar el cráneo a esos infelices, originando todo linaje de neurosis: desde la simple irritabilidad de las meninges hasta la locura furiosa.

El sol expiraba, agarrándose a los tupidos follajes, deshilachándose sobre el río. Ciertos boscajes parecían incendiados por luces de bengala y algunos pedazos del horizonte se sumergían en un mar de oro lánguido y soñoliento. La corriente arrastraba enormes troncos negros que, a cierta distancia, daban la ilusión de cadáveres de rinocerontes sin cabeza. Gigantescos sauces, de retorcidas y rotas raíces, metían la desgreñada melena en el agua. A lo lejos se dibujaba la fantástica silueta de un *boga,* en pie, sobre una canoa.

El inmenso bosque virgen, en que las plantas, sofocadas por la atmósfera densa y caliente, trepaban unas sobre otras, estrujándose, enredándose, estrangulándose, en lucha frenética por la vida, iba tomando, a la luz del crepúsculo vencido, el aspecto de una mancha oscura colosal que el ojo no avisado hubiera confundido con una cordillera.

Millones de luciérnagas puntuaban la marea de sombra que se tragaba el paisaje en medio de un silencio casi prehistórico, parecido al que debió de envolver las primitivas edades del planeta.

110 *Cénzalos*: mosquitos

– XI –

Al cabo de dos días de navegación fluvial arribaron a Guámbaro, el segundo puerto de importancia de la república. El vapor no atracaba al muelle. Se desembarcaba en canoas que serpenteaban lentamente entre los caños, varando a lo mejor. Una turba de indios descamisados se arremolinaba gritando alrededor de las lanchas cargadas de frutas, de costales de huevos, de jaulas llenas de cotorras y papagayos. Por el palo de una de las lanchas subía y bajaba un enorme mono negro, amaestrado por la tripulación. Le habían enseñado a fumar y a emborracharse.

Guámbaro era una vetusta ciudad silenciosa, de aspecto conventual, rodeada de antiquísimas murallas, con una hermosa bahía que recordaba por lo azul la bahía de Tánger. Sus calles eran rectas y polvorosas y las casas de mampostería, de dos pisos, con calizas fachadas, deslumbrantes. Palmeros y plátanos asomaban por encima de los patios sus hojas de un verde inmarcesible. No había coches ni ómnibus.

Baranda creyó morir de asco. ¡Todo un pueblo de leprosos paseándose en pleno día por las calles! Algunos padecían de hidrocele[111], pero tan hiperbólica, que hubiera creído que andaban montados sobre globos. Las mujeres del pueblo, porque las familias pudientes no salían nunca de la casa, ostentaban con orgullo el *coto*[112], repugnante bolsa gutural análoga a la del marabú de saco.

—¡Ah, mira cómo tiene ese señor el cuello! —dijo un muchacho a su madre, señalando con el dedo al doctor.

111 *Hidrocele*: hidropesía de la túnica serosa del testículo
112 *Coto*: bocio, aumento difuso o nodular de la glándula tiroidea, producido por la carencia de iodo en la dieta alimentaria.

—¡Ay, hijo, no le mires, no sea que Dios te castigue!

El *coto*, por lo visto, era en Guámbaro, no sólo natural, sino estético. Tener el cuello como le tiene la gente sana, se les antojaba ridículo.

—¡Cuánto siento, doctor, que no le podamos tener por aquí sino unas horas! —le dijo el médico municipal de Guámbaro que había ido a recibirle a bordo.

—Yo también lo siento, porque hay algo aquí cuyo estudio me atrae: la lepra. Pero a usted ve, y esta misma tarde sale un vapor para Europa y no puedo permanecer más tiempo alejado de mi clientela de París.

El médico municipal, don Eleuterio Gutiérrez, era inteligente y culto.

—¡Ah, la lepra! Es mi especialidad y nuestra mayor desgracia.

Echaron a andar hacia el mercado, no lejos del cual estaba el hotel en que iba hospedarse Baranda. En los alrededores, en tabucos infectos, se agazapaban turcos astrosos que vendían todo género de baratijas y cachivaches. Vestían chaqueta de un rojo desteñido, calzones muy anchos, como refajos cosidos por el medio, y gorro encarnado, caído hacia atrás. Las mujeres llevaban cequines[113] sobre la frente y grandes arracadas de coral en las orejas.

Las más de las verdilleras[114] estaban lazarinas[115].

Primero pasó una negra de enorme papo[116], con un cesto de patatas, a la que faltaban los dedos de una mano y el labio superior. Luego, una india con la boca hinchada y sangrienta como un tomate reventado. Más tarde, otra, llena de pápulas, de ojos redondos, glaucos y viscosos de sapo. Su nariz era carnosa y rayaban sus mejillas estrías bermejas. Su cabeza terminaba en punta. De sus párpados manaba un pus verdoso. Después pasó un indio, de cabeza salpicada de islas de pelos, calva por el occipucio y los parietales. Y así fueron pasando y pasando, los unos con escrófula; éstos con herpes, tumores y excrecencias policromas; aquellos con liquen vesicular, legañosos, cojos, tuertos, con sólo los muñones, y otros que se arrastraban sobre las posaderas enseñando una pierna como un jamón podrido o un brazo pálido, de cera, con filamentos azules y negruzcos. A un mulato le faltaba la mandíbula inferior. Parecía un pavo...

—¡Y no hay modo de aislarles, doctor! —exclamó don Eleuterio ante aquel desfile macabro—. No tenemos dónde. Además, ¡son tantos!

La elefancia griega, usted lo sabe, no se cura. Hasta hoy, que yo sepa, no ha descubierto la ciencia el modo de combatir el *bacillus leprae*. Sin negar que se transmita por herencia, opino —y perdóneme Virchow[117]— que se difunde principalmente por contagio, el sexual, sobre todo.

¿Cómo explicarse la propagación de la lepra en Roma por las tropas de Pompeyo después de la guerra de Oriente y la propagación de la lepra en Europa por los cruzados?

---

113 *Cequines*: cequíes, antiguas monedas de oro acuñadas epor algunos estados de Europa (especialmente Venecia) y aceptadas por los árabes
114 *Verdillera*: vendedora de baratijas
115 *Lazarina*: que padece el mal de San Lázaro, leprosa
116 *Papo*: papada, la parte carnosa entre el cuello y la barbilla
117 *Virchow*: Rudolf Ludwig Carl Virchow (1821-1902) Anatomopatólogo alemán ublicó *Die Cellularpathologie in ihrer Begründung auf physiologische und pathologische Gewebelehre*, en la que continuó y amplió el trabajo emprendido por Bichat sobre las enfermedades de los tejidos al aplicarles su teoría celular.

Ese *bacillus* que se ha hallado en el tejido celular de los lepromas y en las células nerviosas, pero pocas veces en la sangre, se elimina por las mucosas y la piel. La única medida salvadora que recomienda la higiene es aislar a los enfermos en hospitales *ad hoc*. En esos lazaretos se les puede cuidar y asearles, evitando así las muchas complicaciones a que están expuestos y dulcificando de paso, en lo posible, sus horrorosos padecimientos.

—Como usted, opina –le interrumpió Baranda– el Congreso de Leprólogos que se reunió en Berlín hace dos o tres años. Sus conclusiones eran las siguientes, palabra más o menos: –"La lepra es una enfermedad pegadiza, y todo lazarino, una amenaza constante para las personas que le rodean. La teoría de la lepra hereditaria cuenta cada día con menos prosélitos."

—Exacto, exacto. La gran dificultad con que tropezarnos es la de no tener vías de comunicación con el interior del país. ¿Cómo trasladar a esos infelices de un lugar a otro en lomos de mula, durante días y días, y al través de senderos escabrosos donde, por no haber, no hay ni posadas, obligándoles a dormir a la intemperie? Sería matarles de hambre y de fatiga. Hace años intentó el gobierno confinar a esos pobres en una isla medio desierta, entre las protestas y lágrimas de sus familias. ¡Si hubiera usted visto aquel fúnebre convoy arrastrado en balsas por el río!

Así se explicaba el doctor que en los campos no hubiera labradores. No se veía un arado, un molino, una chimenea.

Todo respiraba la desolación de los pueblos arrasados por la peste o la guerra. ¡Qué contraste entre aquella vida de la naturaleza y aquella muerte a pedazos de sus míseros habitadores!

– XII –

L a desaparición de Baranda, primero, y la de Alicia, después, produje-
ron en Ganga escándalo formidable. Petronio Jiménez publicó en una
hoja suelta, con el pseudónimo de *Alejandro Dumas*, un artículo furibun-
do. La publicación de las hojas sueltas era una epidemia entre los gangueños.
Por un quítame esas pajas[118], estaban durante días y días disparándose
hojas volanderas en que se ponían de oro y azul[119].

Cuando la polémica, agriándose, amenazaba pasar a vías de hecho, la policía citaba a los contendientes, exigiéndoles una fianza personal que prestaba verbalmente cualquier amigo con residencia fija. Por manera que el due-
lo era punto menos que imposible.

En Ganga, según un chusco, no se batía más... que el chocolate.

"La hospitalaria y generosa Ganga –decía Petronio en su pasquín– ha sido víctima de la perfidia de un extranjero advenedizo, para quien los gangueños no tuvieron sino alabanzas, obsequios y distinciones. ¿Qué nos traen
esos aventureros que vienen de París de Francia sino los vicios de aquella inmunda Babilonia? ¡En guardia, gangueños! ¡Ojo con los intrusos que se in-
troducen hipócritamente en nuestros hogares para profanar el tálamo de la
esposa inmaculada, para seducir a nuestras puras e inocentes hijas, para con-
tarnos cuentos verdes que la decencia y la moral de todos los tiempos reprue-
ban y condenan, digan lo que digan esos espíritus superficiales encenagados
en la crápula. Los pueblos no pueden vivir sin moral y sin religión, y ¡ay de
aquellos que las olvidan o menosprecian! Roma cayó por sus vicios, como Ní-

---

118 *Quítame esas pajas*: cosa de poca importancia, sin fundamento o razón
119 *Ponerse de oro y azul*: reprender agriamente a alguien con palabras ofensivas.

nive, Venecia, Palmira y Napoleón I.

A nosotros nunca nos engañó el doctor Baranda. Al través de su fisonomía dulce escondía un alma doble y pequeña. El hombre que sostenía que el cerebro humano es una máquina; que no hay responsabilidad moral –y ahí está el ilustre doctor Zapote que puede testificarlo–, no podía haber obrado de otro modo. El árbol se conoce por sus frutos..."

Don Olimpio felicitó al libelista que se pavoneaba en e sos días por el Camellón, borracho, con los pantalones caídos, sin corbata ni chaleco, y el casco embutido hasta el cogote. Zapote publicó a su vez en *La Tenaza* otro artículo no menos declamatorio y ofensivo.

Se trató de elevar al gobierno francés, por iniciativa de don Olimpio, una instancia o cosa así escrita en un francés patibulario por un marsellés, expulsado de todas partes por anarquista, y firmada por todos los vecinos, a fin de que entregase a Baranda los tribunales "de la república hispano–latina".

Zapote les llamó la atención sobre lo descabellado y ridículo de pretensión semejante.

En la farmacia, en el parque, en los cafés, en todas partes se formaban corros que discutían a gritos, con vehemencia tropical, la conducta infame del doctor. Algunos de esos altercados, verdaderas justas oratorias, acababan en palos, y todos en borrachera.

—¡Sí, ha sido un canalla! –voceaba el dueño del *Café Cosmopolita,* repitiendo los *argumentos* de Petronio–. ¡Ha faltado a los deberes de la hospitalidad, a la decencia, a la moral!

—Canalla ¿por qué? –objetaba un parroquiano escéptico–. Después de todo, ¿quién es Alicia? Además, caballeros, en un país como el nuestro donde las madres venden a sus hijas al mejor postor, no hay derecho para alarmarse por tan poca cosa. Con un catre, una máquina de coser y un techo de paja, ¡no hay virgo que resista entre nosotros!

—¡Eso es mentira!

—¿Mentira? No nos hagamos los pudibundos. ¿Quién de nosotros, casado o soltero, no tiene por ahí un chorro de hijos naturales? No me refiero a las señoras, a las damas, que suelen ser virtuosas porque no las queda otro remedio. Todos en Ganga nos conocemos y espiamos.

—¡No calumnies a Ganga! –gruñía Garibaldi–. Y en París y en Londres, ¿no pasa lo mismo? ¿No hay allí trata de blancas? La sociedad es igual en todas partes.

—Sí, pero en Europa se persigue y castiga al traficante de carne humana, al paso que aquí... ¿Cuántas indias y negras de esas que venden a sus hijas están en la cárcel? Yo no sé de ninguna...

Las señoras, a su vez, comentaban por lo bajo el suceso.

—¿Qué te parece, hija mía? –murmuraba misia Tecla–. ¿Habrá *sinvergüensa?*

—Y la *peladita*[120] no era fea. ¡Tenía unos ojos! Nadie lo hubiera creído.
—No, y lo que es el doctor, tampoco era feo. ¡Qué simpático! ¿Verdad?
Y cada una envidiaba interiormente a Alicia, no pudiendo menos de admirar su audacia. Este sentimiento era acaso el único real que latía en el fondo de todo aquel barullo.
—Es verdad. ¡Quién lo hubiera creído! Si parecía que no rompía un plato...
—Mi hija –agregaba misia Tecla– ¡es india!
Don Olimpio rumiaba en silencio la carta que Alicia, momentos antes de partir, le había escrito, por mano de Plutarco, diciéndole por qué les abandonaba. Aspiraba a una vida mejor, y la posición social que Baranda la ofrecía no era para desdeñarla. Rumiaba a la vez su despecho de lujurioso burlado. Y cerrando los ojos la veía con el pelo suelto, meneando las caderas, tembloroso el pecho, fresca la boca, pasar junto a él siempre desdeñosa y altiva.
Entristecido, casi lloroso, iba a su cuarto donde todo estaba lo mismo, y allí permanecía largo rato, mirando a la cama vacía que aún conservaba el olor de su cuerpo... ¿En qué pensaba? No pensaba, sentía.

* * *

La Cuaresma se venía encima. Misia Tecla bordaba un manto para la Virgen de los Dolores y las beatas no se daban punto de reposo, metidas a toda hora en la sacristía, ayudando a los curas y monaguillos a limpiar la iglesia y guarnecer las imágenes. En un rincón de la Catedral colgaban de la pared piececitos, narices, piernas, manos y ombligos de cera, mechones de pasa cerdosa, alpargatas y estampas de santos.
Todo esto servía como de marco a un San José desmedrado y amarillento, que temblaba en una urna de cristal a la luz polvorienta de varias lamparillas de aceite.
Desde muy temprano el clamor de las campanas alternaba con el estrépito de las charangas que recorrían las calles bajo un sol de justicia. Todo ardía entre espesas oleadas de polvo.
Detrás de los soldados, indios y cholos canijos[121] que marchaban en pintoresco desorden, agobiados por el peso de los máusers, de los morriones y las mochilas y por la saña canicular, iba una legión de pillos, medio en porreta, armados de palos de escoba y tocando en latas de petróleo.
El orgullo de Ganga era el ejército, el cual, según don Olimpio, podía rivalizar con los mejores de Europa en punto de valor, disciplina y equipo. El uniforme no podía ser más adecuado al clima. Vestían como los soldados rusos.
Don Olimpio iba a la cabeza del batallón, sable en mano, caballero en reluciente mulo. Su aspecto tenía de todo, menos de marcial.
La ciudad entera se echó a la calle ese día. Las negras, escotadas, con pa-

120 *Peladita*: (fam.) jovencita
121 *Canijo*: encanijado, dícese de los niños enflaquecidos y enfermos por carencias de amamantamiento

ñuelos de yerbas en la cabeza y en el cuello, y quitasoles rojos y verdes en las manos, se preguntaban de una acera a otra, gritando, por su salud y la de sus familias. Por algunas aceras se alargaban, como cordones de ovejas blancas, anémicas jovencitas que acababan de hacer la primera comunión. Negros gigantescos, vestidos como verdugos inquisitoriales, con el capuchón caído sobre la nuca, pasaban de prisa con gruesos cirios apagados en las manos. Eran los *sayones* o *nazarenos*, quienes habían de pasear en andas las imágenes por la ciudad. De pronto reventaba en pleno arroyo, con susto del transeúnte, un racimo de cohetes o caían del cielo, disueltos en lágrimas multicolores, voladores con dinamita.

Los perros ladraban o fornicaban entre las piernas de la muchedumbre, sin el menor respeto a la solemnidad del día.

Al salir de la iglesia la procesión, se armó el gran remolino: palos, carreras, llantos y quejidos. ¿Qué ocurría?

Que el populacho intentó despachar al otro barrio al anarquista marsellés por no haberse quitado el sombrero al paso de la Virgen. El más furioso de todos era un negro.

—Sí, que se lo lleven a la *cáice, po* hereje. *¡Sinvegüensa! ¿Po qué* no se quitó *e* sombrero cuando pasó la santísima *Vingen?*

Hubo mujeres desmayadas, cabezas rotas y hurtos de relojes y carteras.

La policía tuvo que arrancar a viva fuerza de las garras de aquellos salvajes borrachos al marsellés que gritaba colérico: *Tas de cochons!*

A un lado y otro de los ídolos de palo se extendían hileras de negras y mulatas viejas con hachones que movían sus lenguas rubicundas. Petronio, Garibaldi, Zapote y Portocarrero, llevaban los cordones de la Virgen, cuya corona de laca con lentejuelas azules y amarillas temblaba rítmicamente a compás del paso de los sayones. Todo el mundo se descubrió, poniéndose de rodillas con fanatismo búdico. Los chiquillos se trepaban a los árboles, a las ventanas y a los faroles para ver bien el cortejo. Curas panzudos y hepáticos, de fisonomía mongólica, iban a la cabeza hisopeando al gentío y gruñendo latines. Las campanas volteaban sin descanso los cohetes estallaban horrísonos, los perros ladraban y la charanga tocaba *pasillos* y danzones.

Del abigarrado oleaje popular se exhalaba un olor acre a ginebra, a ganado lanar y agua de Florida.

De súbito se oyó un grito desgarrador, como de un cerdo a quien degüellan. Era el negro de marras a quien el marsellés acababa de dar una puñalada.

Las imágenes se quedaron abandonadas en medio de la calle. Los curas huyeron; las puertas se cerraron brusca y estrepitosamente. Los soldados repartían culatazos a diestro y siniestro sobre la multitud que corría atropellándose, maldiciendo y quejándose, poseída de un miedo contagioso. Muchos, que habían subido a las ventanas y los faroles, recibían a patada limpia a los que agarrándose a sus piernas querían trepar también. A una mulata la habían desgarrado el corpiño y mostraba el torso desnudo. Una chinita, a quien su madre llevaba en vilo, se había prendido, como un cangrejo, de las pasas de una negra. Dando alaridos rodaba por el suelo, bajo los pies de los que huían, un amasijo de niños y viejas.

Por una de las bocacalles desaguaba un torrente oscuro agitando los brazos y retorciéndose como los posesos de un grabado de Hondius.

Al través del lenguaje mímico de aquellos ojos abiertos, de aquellas bocas contraídas y de aquellas manos crispadas, se leía el efecto mecánico de un miedo invencible. Las caras menos expresivas eran las de los indios, y las más grotescas las de los negros.

Don Olimpio, empujado y envuelto por la marea humana, subido al atrio de la catedral, se metió a medias en el templo, a imitación del Raimundo Lulio[122], de Núñez de Arce [123].

En la noche propincua, las nubes de polvo caliente y asfixiante, agujereadas por las luces rojizas de los cohetes y las bengalas, fingían un incendio entre cuyas llamas se debatían gritando centenares de víctimas.

122 *Raimundo Lulio*: (1236-1315) filósofo, poeta y teólogo, nacido en Palma de Mallorca, Llamado "Doctor Illuminatus" demostró extraordinario fervor por la conversión del mundo mahometano.

123 *Núñez de Arce*: Gaspar Núñez de Arce (1834-1903) Poeta español,. En 1875 publicó un tomo de poesías titulado *Gritos del combate*. En sus obras posteriores se ocupa del desencanto por la política, el exceso de libertinaje en las revoluciones y el ansia de orden, paz y libertad. *Raimundo Lulio* es un poema simbólico en el que describe las pasiones del filósofo místico.

SEGUNDA PARTE

– I –

A licia, convertida en madame Baranda, recibía los jueves en su elegan-te *aparteman*, como ella decía, de la rue de la Pepinière.

A la entrada del recibimiento, separado de la sala por una cortina de ra-so color de malva, había un biombo chino. El mobiliario era de estilo de Luis XVI. Junto a un piano de cola, que casi nunca se erguía, como un avestruz en una pata, una gran lámpara japonesa con su pantalla pajiza. La alfombra, que cubría todo el piso, era azul. En los ángulos, palmeras y otras plantas de estufa abrían sus hojas finas y verdes. Un retrato, de cuerpo entero, del doc-tor ocupaba el hueco entre los dos balcones de la calle. De las otras paredes pendían, en trípticos de marcos dorados y verdes, reproducciones de Filippo Lippi, de Ghirlandajo y Botticelli. Sobre la chimenea, a cuyo pie ardía una sa-lamandra, se destacaba un reloj de bronce entre dos candelabros de Sajonia. En el centro del salón, sobre una columna de ónix, se veía otra lámpara, esti-lo Imperio, de ónix también; no lejos, una mesa de marquetería y esparcidos aquí y allá, en caprichoso desorden, veladores de malaquita y mosaicos, cua-jados de *bibelots* de toda clase. En el pasillo, a pocos pasos de la entrada del piso, se extendía una *chaise–longue* con cojines, y a cierta distancia, un gran cofre que hacía veces de sofá y de cama. El gabinete de consultas, muy espa-cioso, estaba unido a la alcoba del médico. En el centro había una mesa, para los reconocimientos y las operaciones, con un colchón y una almohada de cue-ro; junto al escritorio, atestado de papeles y revistas, una biblioteca giratoria sobre la cual resaltaba un lindo busto de mujer, de Julia, la primera novia que tuvo Baranda en Santo, muerta a los diez y ocho años; un diván y dos armarios, con puertas de cristal, repletos de libros, los más de medicina: pegado a la chimenea, un chubesqui[124]; en las paredes, dos acuarelas de Gustavo Moreau, una cabeza de árabe, de Delacroix, y dos copias perfectas, la una, del Cristo de Velázquez, y la otra, de la parte inferior de la maravillosa muerte del duque de Orgaz, del Greco. También había una gran butaca de cuero rojo, y en la pared una especie de vasar con frascos rotulados e instrumentos de cirugía cuidadosamente colocados en un gran estuche de terciopelo.

Mientras el doctor permanecía en su consultorio, Alicia charlaba, en el salón o en el saloncito, en un francés roto, mezcla de español y *patois,* con una serie de señoras extravagantes y cursis, entre las cuales figuraba *madame Díaz*, esposa de don Olimpio –*monsieur Díaz*–. En parte por imitación, y en parte por seguir a Alicia, don Olimpio, no queriendo ser menos que los demás compatriotas suyos, se vino a París donde radicaba, no sin haber dejado sus negocios en regla. Empezó por vender la tienda y colocar parte de su dinero al diez por ciento, en Ganga y el resto en New York, al tres. No era rico. Todo aquel papel moneda convertido en oro le rentaba lo suficiente para vivir con holgura.

El amor, o lo que a él se le antojaba amor, que sentía por Alicia, se evaporó tan pronto como puso el pie en París. Alicia le parecía tan fea, tan india, al lado de estas mujeres que, si bien costaban un ojo de la cara –*un oeil de la figura,* como él decía–, ¡eran tan seductoras, tan elegantes, tan lascivas y complacientes! Pero no por eso olvidaba "la trastada" del doctor. Le detestaba hipócritamente, movido por una envidia inconfesable. No podía admitir el hecho de que un hombre con quien había vivido en su casa, con quien había comido a diario, fuese superior a él. No admitía otra superioridad que la del hombre inaccesible, soberbio y desdeñoso.

Don Olimpio solía venir los jueves: tomaba una taza de té y se iba sin ver muchas veces al doctor. Si estaba madame de Yerbas, entonces se quedaba.

—¡Ay, hija mía! –exclamaba Alicia perezosamente echada en el sofá sobre una montaña de cojines–. El matrimonio es una estupidez. Lo mejor es vivir sola, sin hombres, porque los hombres son todos unos canallas, unos canallas sin excepción.. N'est ce pas, madame la marquise?

—C'est vrai –contestaba la marquesa de Kostof, una polaca venida muy a menos en dinero y en belleza. De puro pintada, parecía un cadáver. Pasaba de los cincuenta; pero ella aseguraba no tener sino cuarenta cumplidos. Se apretaba el corsé que daba grima, logrando disimular el vientre, pero no las caderas, que se desbordaban montuosas. Olía a persona que no se asea y a vaselina rancia. Al pronto se la tomaba por una prestamista o una alcahueta.

Doña Tecla recurría a cada triquitraque[125] a Alicia para que la tradujese lo que se hablaba.

---

124 *Chubesqui:* estufa para calefacción, generalmente cilíndrica y alimentada con carbón
125 *A cada triquitraque: a cada trique* (fig. y fam.) a cada momento

—Por eso hacen bien las parisienses —continuaba Alicia— en amarse entre sí, porque los hombres ¡son *si rosses!* ¡Para lo que sirven los hombres! N'est ce pas, madame la marquise?

—C'est vrai —apoyaba la marquesa con sus ojos de cordero agónico.

—Pues, hija, yo no soy de tu opinión —objetaba Nicasia, una cubana viuda, inteligente y honesta, que la profesaba sincero afecto. Yo quise mucho a mi marido...

—Lo de todas las viudas —repuso Alicia riendo.

—Que resucitase y veríamos. No, no; todos, sin excepción, son unos granujas. Convéncete.

—Pues si alguien no debe quejarse eres tú. Mira que el marido que tienes...

—¡Ma... rido!

—¿Sabes, mi hija —dijo doña Tecla—, que mi pobre marimonda se me muere?

—Claro. ¿A quién se le ocurre traer monos a París? ¿No ve usted que son de tierra caliente?

—El frío les mata —añadió Nicasia.

—¿Y cómo no nos mata a nosotras? —preguntó cándidamente doña Tecla.

—Porque no somos monos. ¡Mire usted qué gracia! —exclamó Alicia.

En esto tocaron a la puerta. Era Plutarco. Alicia le saludó con marcada frialdad, echándole una mirada de sordo rencor así que se dirigía hacia el gabinete, en busca de Baranda.

Luego, guiñando un ojo a doña Tecla, hizo un mohín desdeñoso.

—Parece que *quiere* mucho al doctor... —dijo doña Tecla subrayando la tercera palabra.

Así parece —contestó con desabrimiento Alicia—; pero yo no me fío —agregó por lo bajo—. Sabrás que Eustaquio le costea los estudios. En fin, que le ha hecho gente.

—A lo menos es agradecido —siguió doña Tecla con malignidad.

Alicia se levantó desperezándose. Vestía con elegancia llamativa, de mal gusto. Se peinaba a la griega colocándose en un lado un clavel rojo, su color predilecto.

—¡Qué frío hace! —exclamó.

—Tú siempre tienes frío —dijo Nicasia.

—¡Siempre! Cada día echo más de menos el clima de mi tierra. No sabes cuánto daría por un rayito de aquel sol —y empezó a pasearse frotándose las manos—. Este clima de París, este cielo siempre gris, me producen una tristeza indecible...

—Y a mí —agregó doña Tecla.

—¿Quién te hizo esa falda? —la preguntó Nicasia tocando la tela.

—Paquín, que es quien me viste siempre.

—Ya te habrá costado.

—¿A mí? ¡Ni un *sou*! El doctor paga. Es para lo único que sirven los hombres. Pero siempre se están quejando de lo mucho que gastamos... las mujeres legítimas. N'est–ce pas, ma chère?

—C'est vrai –contestó la marquesa, pensando en otra cosa.

—¿Dónde compras este té? Es excelente –preguntó Nicasia acabando la taza.

—En la rue Cambon. ¿Verdad que es delicioso?

—Bueno, querida, yo me voy –dijo doña Tecla levantándose–. Nos veremos mañana en la Capilla española.

—Y por la noche en la Comedia Francesa –agregó Alicia.

—¿Qué dan?

—No lo sé. Creo que *Le Passé,* de Porto–Riche. Madame de Yerbas me dijo ayer que iba. Iremos todos.

Ya en la puerta, hasta donde la acompañó Alicia, hubo de decirla al oído, después de plantarla en las mejillas dos ruidosos besos:

—Ten cuidado con Plutarco, mi hija.

—¡A quién se lo dices! Adiós.

La marquesa también se disponía a irse; pero volvió a sentarse, visiblemente preocupada. Cuando el salón quedó vacío, se puso a mirar los cuadros uno por uno.

—¿Sabe usted, Alicia, que tiene usted aquí obras de mucho mérito? –tartamudeó, con el pensamiento en otra parte.

—Ni me he fijado.

Luego, volviéndose de pronto, añadió:

—Alicia, ¿me puede usted hacer un favor?

—Usted dirá, *ma chère.*

—¿Me puede usted prestar, hasta la semana próxima, doscientos francos?

—Eso y más –contestó Alicia sin poder disimular su sorpresa.

Doña Tecla, al llegar a su casa, tuvo una disputa con el cochero. Se empeñaba siempre en pagar un franco por la carrera.

—En Ganga nadie paga más –decía.

—*Espèce d'imbécile!*–gruñía el automedonte[126] furioso–. *Salope, va!*

Doña Tecla no entendía.

126 *Automedonte*: cochero

– II –

—¿Qué te parece la marquesa? –dijo Alicia a Baranda, metiéndosele de rondón, como solía, en el gabinete de consultas.

—¿Qué ha hecho? –preguntó el médico con extrañeza.

—Pues pedirme doscientos francos.

—¿Y qué hiciste?

—¿Qué iba a hacer?

—Pues decirla rotundamente que no. ¿Te parece bien que yo me pase aquí los días trabajando para que vengan esas perdularias[127]...?

—No, la marquesa no es una perdularia.

—El otro día fue la Presidenta. Mañana será misia Tecla. Esto no puede seguir así.

—Ya empezó el sermón –dijo Alicia.

—Te he prohibido que recibas a esa gentuza que nadie sabe de dónde viene ni qué hace en París.

—Pues hace lo que todo el mundo: divertirse.

¿Qué hacían, con efecto, en París aquellos idiotas, groseros, chismosos y presumidos? Ir al *Prentán* o al *Lubre*, como ellos decían, pasearse en coche por el Bois, visitarse entre sí para comentar las noticias que recibían de sus respectivos países, siempre en guerra, y tijeretearse los unos a los otros sin misericordia; hablar mal de los franceses, calificándoles de adúlteros, falsos y frívolos, y alquilar, por último, durante el verano, *villas* y *châlets* en las playas

127 *Perdulario*: quien es sumamente descuidado de su persona e intereses

más elegantes.

Las muchachas olvidaban en seguida el español. Y no hablaban entre sí sino en francés, arrastrando mucho las erres.

En cambio, los papás no aprendían, ni a palos, a decir *bon jour.*

Muchas se echaban a medio–vírgenes; escandalizaban en los bailes con sus meneos tropicales de cintura y su conversación desenvuelta e impúdica. No leían un libro, no iban a un museo, a una conferencia. En suma: no vivían sino la vida superficial y sosa de las *soirées* familiares, de los cotillones en casa de algún presidente prófugo, de esos que vienen a París a darse tono después de haber robado en su tierra a troche y moche.

Los jóvenes se enredaban con infelices obreritas o cocotas arruinadas, *fin de saison.* Usaban corbatas y cuellos carnavalescos; saludaban exagerada y ridículamente con el codo en el aire, como perro que se mea en la pared; jugaban al billar en el *Grand Café;* iban a las carreras, a los cafés–conciertos; hacían bicicleta.

A lo mejor estas familias exóticas, adeudadas hasta el pelo, desaparecían de París, yendo a morir oscurecidas e ignoradas a su tierra natal. Se desesperaban, porque, por millonarios que fuesen, no lograban intimar nunca con familias de la buena sociedad parisiense. ¡Qué digo intimar! No lograban ni relacionarse con ellas. Las gentes que trataban eran burgueses de medio pelo, mujeres divorciadas, *ratés* artísticos, aventureros cosmopolitas, circulados algunos por la policía extranjera. Una vez que se atracaban en sus fiestas salían burlándose de ellos, llamándoles *rastás, brasiliens* y cosas por el estilo.

No veían de París sino la parte decorativa, la prostitución dorada y ostentosa.

Este era el *mundo* en el cual Alicia se movía, *mundo* que repugnaba al médico porque él era superior a ellos en inteligencia y cultura. Tenía sus amigos aparte, médicos y periodistas de cierta nota que nunca le visitaban porque él, temeroso de las indiscreciones de Alicia, pretextaba estar siempre ausente.

A sus oídos habían llegado las acerbas críticas de que era objeto porque apenas salía con Alicia, quien gracias a sus prodigalidades y sus melosas perfidias, se captó las simpatías de aquel mundo estrambótico. La más solapadamente encarnizada de las enemigas del doctor era madame de Yerbas, viuda de un presidente de por allá, mujer astuta y zalamera, con algo de odalisca, de quien se contaba que estuvo presa en Nueva York por hurto de alhajas y ropas, y que se entregaba por dinero a los ministros suramericanos. Tenía un hijo, Marco Aurelio, que vivía en el ocio, siempre currutaco[128] y a quien apodaban, lisonjeándole la vanidad, el *futuro presidente.*

Madame de Yerbas, que se figuraba realmente pertenecer a una aristocracia... sin pergaminos ni blasones, de lo cual daban testimonio sus tarjetas con coronas, explotaba la memoria del marido, un abogaducho audaz, intrigante y ambicioso, que plagó los campos de batalla de hijos naturales y hasta

---

128 *Currutaco*: persona chica, arruinada, mal criada. Chico jactancioso

se murmuraba que en ellos se casó a la *belle étoile,* sin ceremonia ni formalidades de ningún género, con la *Presidenta.* Todos repetían la leyenda del "héroe de la Parra", donde se sabe que el Yerbas corrió como un conejo... delante del enemigo.

La Presidenta (así la llamaban) vivía con cierto lujo aparente, y cuando daba algún té danzante se las ingeniaba de modo que *Le Gaulois* y *Le Figaro* la mencionasen en la *journée mondaine.* Detestaba al doctor porque no la había hecho caso, a pesar de sus continuas insinuaciones y lagoterías[129].

El doctor gustaba mucho a las mujeres y casi todos sus infortunios domésticos nacían de la pasión que las inspiraba. A su despacho acudían a menudo jóvenes y viejas, pretextando quiméricas enfermedades, con el solo objeto de metérsele por los ojos.

Marco Aurelio de Yerbas era un mozo pálido y canijo, medio rubicundo[130], que vivía de las horizontales y del juego. Hizo buenas migas con Petronio que, tras no pocas intrigas, logró venir de cónsul a París, donde le dejaron cesante a los seis meses. Lo primero que hizo, apenas desembarcó, fue comprarse un gabán que le llegaba hasta los pies, unos cuellos de payaso, un monóculo y una sortija de brillantes falsos. Marco Aurelio le presentó en el *Cercle Voltaire,* un círculo cosmopolita, donde se jugaba de firme.

—Yo no me resigno –le gritaba a Marco Aurelio paseándose con él una tarde por el bulevar Malesherbes–, yo no me resigno a morirme de hambre. Yo me agarro a la primer vieja que encuentre.

—A propósito –le contestó Marco Aurelio–; en el *Grand Hôtel* vive una vieja riquísima que anda siempre a caza de jóvenes. ¿Quieres que veamos si está? Suelo verla en el salón de lectura o en la terraza.

¡Qué nombres tan extravagantes y tan sucios usan estos franceses! –exclamó Petronio fijándose en los rótulos de algunos establecimientos, a medida que subían hacia la Magdalena–. *Bazin y compañía.* ¡Ja, ja! *Cornou.* ¡Ja, ja! *Coulon.* ¿Por qué no cambiarán de apellido? ¡Mire usted que llamarse Bacín y Culón! –Después, observando la muchedumbre que iba y venía, continuó–: Lo que me admira de este país es el orden. Nadie se mete con nadie. ¡Cualquier día sale en Ganga una mujer sola como sale aquí!

No le cabía en la cabeza que aquel enjambre humano pudiese circular libremente sin pegarse, sin decirse groserías.

—¡Oh, qué hembra, chico! –se interrumpió de repente, cogiendo a Marco Aurelio del brazo, al ver pasar junto a ellos a una jamona rubia de macizo nalgatorio–. ¡Qué hembra! Esas son las que me gustan a mí, con mucha cadera y mucho pecho.

—Eso no es *chic* –observó Marco Aurelio–. Aquí gusta lo contrario: la mujer delgada, rectilínea y ondulosa. Las hay que por enflaquecer ni comen.

—¡Porque este es un pueblo degenerado! La mujer para la cama debe ser gorda, con mucha carne donde pueda uno revolverse a su antojo. Una mujer

---

129 *Lagotería:* (fam.) zalamería para congraciarse con alguna persona o lograr algo
130 *Rubicundo:* rubio tirando a rojizo

flaca, sin seno, sin caderas, a mí, francamente, no me dice nada. Prefiero una gorda fea a una linda en los huesos. Dame gordura y te daré hermosura, dice un refrán.

—Tu ideal entonces debe ser la Venus hotentota. ¡Esa sí que tiene nalgas! O la Diana de Efeso. ¡Esa sí que tiene pechos! Cuando lleves aquí algunos años, cambiarás de opinión. Es que vienes de por allá donde predominan las vacas, a causa, sin duda, de la vida sedentaria que hacen. Nuestras mujeres apenas andan. Se pasan el día en las mecedoras o en las hamacas porque el calor las impide salir a la calle. ¿Quién se atreve a pasearse bajo aquellos soles volcánicos?

—No me convences –contestó Petronio abriendo los brazos a modo de alas–. Según tú, no hay mujeres hermosas por allá.

—Muchas; pero...

La vieja de que hablaba Marco Aurelio era una austríaca de más de sesenta años, que usaba peluca y se pintaba con ensañamiento. Tenía una panza hidrópica y unas caderas de yegua normanda, para disimular las cuales usaba unos corsés semejantes al aparejo de un caballo de circo. Su sombrero era un jardín flotante, erizado de plumas y lazos de todos colores. En sus manos cuadradas y rechonchas relampagueaban con profusión los brillantes, los rubíes, las esmeraldas, los topacios y los zafiros.

El blanco de su cara, unido al rojo de su capa de torero, hacía pensar en una cabeza de yeso pegada a un busto de almagre.

—¡Vaya un esperpento! –gritó Petronio al verla–. ¿Quién se atreve con eso?

—Pero tiene cuartos –arguyó Marco Aurelio–. *Voilà ton affaire.*

La austríaca era la irrisión de todo el mundo, empezando por la servidumbre del hotel, que no la veía una vez sin echarse a reír en sus narices. Andaba en la punta de los pies, como un pájaro, mirando en torno suyo, al través de sus impertinentes de carey, con insolencia inquisitiva.

– III –

A trueque de no disputar, el doctor pasaba por todo. Huía del escándalo como de la peste. Cuando Alicia, en medio de sus repetidas cóleras, le gritaba metiéndole las manos por los ojos, él, tapándose los oídos, corría a esconderse en su cuarto. El medio de que se valía casi siempre para sacarle algo era ese: amenazarle con un alboroto.

¡Cuán a menudo se lamentaba con Plutarco!

—¡No me deja vivir, querido amigo, no me deja vivir! El otro día, desesperado, consulté a un discípulo de Charcot, y me dijo textualmente: "Tiene usted tres caminos: o dejarla o sufrirla o... matarla". —Y he optado por soportarla, ignoro hasta qué punto. Temo que la paciencia me falte. Se encela de los mosquitos. Cada vez que salgo a ver a un enfermo me insulta porque, según ella, no hay tales enfermos, sino mujeres con quienes tengo cita. Hasta hace poco me seguía por todas partes y era cosa de verla corriendo, al través de los coches y los ómnibus, con la cara encendida, hasta darme alcance. Entonces, en plena calle, entre lágrimas y sollozos, me llenaba de injurias, sin respeto a los transeúntes que se paraban a oírla.

Plutarco callaba meditabundo. Se culpaba de haber intervenido en la fuga de Alicia, de haberla traído a París, sin sospechar lo que estaba sucediendo. Quería a Baranda con cariño filial y padecía con sus dolores como si fueran propios.

No le ataban a ella ni los hijos, porque Alicia odiaba la maternidad. Al sentirse cierta vez embarazada, se zampó varias purgas seguidas abortando entre agudos dolores. La hemorragia fue tan grande, que estuvo a dos dedos de la muerte. Después usaba preservativos, y cuando sospechaba que podía estar encinta, le preguntaba consternada a su marido tocándose las mamas y el vientre:

—Di, tú que eres médico: ¿tendré algo? Porque, mira, tengo los pechos muy duros y pesados, y la barriga muy redonda.

—Empacho –contestaba él para quitársela de encima.

—¿Te burlas? ¡No, no quiero tener hijos! ¡Y tuyos, menos!

Al fin, para calmarla, añadía:

—Es que vas a caer mala.

—¡Mentira! –gritaba ella.

—Bueno. Vete y déjame en paz. ¡O me voy yo!

—¡Lárgate! ¿Si creerás que me asustas?

Y Baranda, furioso, se echaba a la calle.

Escenas de este jaez se repetían con frecuencia.

Alicia no ignoraba que el médico tenía una querida. Era Rosa, la compañera de su vida de escolar. A poco de haber llegado a París, reanudaron sus viejas relaciones amorosas. Cuando Alicia lo supo, tuvo un ataque de nervios. Baranda se mostró duro con ella, llegando en su enojo hasta decirla que era una ignorante, que a su lado se aburría y que él necesitaba una mujer que le comprendiese.

—Si soy ignorante no es culpa mía– sollozaba ella–. Recuerda que cuando te suplicaba que me enseñases a leer y escribir, me contestabas que así me querías, ignorante; que te cargaban las mujeres leídas. Me llamabas tu *salvajita*. Eres tornadizo y contradictorio. Como ya no te gusto, me echas en cara lo que fue para ti mi mayor atractivo.

Y él la dejaba sola en aquella casa, llorando las horas enteras. ¿Adónde iba? A casa de Rosa. Apoyada la cabeza sobre las piernas de su amiga, se lamentaba de sus amarguras.

—Ya no tengo fuerzas para luchar –la decía–. Por lo más mínimo se enfurece y me colma de dicterios[131]. Trabajo como un minero y no doy abasto para vestirla. Raro es el día en que no se compra un sombrero de ochenta francos. No sale de casa del modisto, cuyas cuentas me estremecen. Toma coches hasta para ir a la esquina y les deja *royendo* horas y horas a la puerta, mientras charla tan fresca con las amigas. Le presta dinero a todo el mundo. Ignoro si me es infiel y maldito si me importa. Lo que me urge es alejarme de ella para siempre. ¡No verla, no verla!

Rosa le acariciaba, pasándole los dedos por el pelo y los ojos, y arrullándole como a un niño.

—La clientela se me va –seguía el médico– porque siente por muchos de ellos invencible antipatía.

Sin ir más lejos, el otro día se encaró con uno de ellos diciéndole que yo

---

131 *Dicterio*: dicho satírico y mordaz, que hiere e infama

no trabajo de balde y que era preciso que me pagase a toca teja[132] o que de lo contrario no volvería a abrirle la puerta. Me he visto en el caso de tener que mentirla diciéndola que algunos de mis clientes no me pagan, para poner coto a su despilfarro. Se queja a menudo de que no la quiero, de que sólo te quiero a ti. Y es cierto, Rosa mía. Tú y sólo tú, eres el consuelo de mis horas tristes, el refugio tibio y apacible de mis tribulaciones. –Y la besaba largamente en las manos. Semejantes lamentaciones hallaban eco sincero en el corazón de Rosa. Le amaba, si no con el fuego de antes, con cariño melancólico. En su fisonomía se reflejaban sus sentimientos: era de cara ovalada y algo pomulosa; la frente despejada y noble; los labios gruesos, mezcla de bondad y sensualismo, y sus ojos húmedos, de un azul suplicante, recordaban un cielo de lluvia con sol. Cuando el médico se ausentó, estuvo a pique[133] de meterse monja. La tiraba la vida del claustro. Flotaba en torno suyo una tristeza crepuscular de ser débil y vencido. No pedía ni exigía nada. Era una de esas mujeres que atan de por vida y llegan a dominar insensiblemente a fuerza de no tener voluntad y de plegarse a todo. Discreta y lacónica, no se atrevía a condenar ni a juzgar siquiera; no por falta de criterio, sino por exceso de timidez y delicadeza. ¡Se juzgaba tan infeliz y para poco!

Con todo, no podía a veces disimular el enojo, si bien pasajero, que en ella despertaba el relato de las iniquidades de Alicia. No osaba aconsejar al médico que la abandonase, temerosa de que en su consejo pudiese vislumbrarse un egoísmo que estaba lejos de abrigar. Al propio tiempo sentía por Alicia una admiración ambigua, la que sienten los débiles por los audaces y los fuertes, sobre todo cuando comparaba su proceder humilde con el proceder rebelde de la otra. Celos silenciosos que dormían en su corazón, brillaban a ratos en sus ojos como relámpagos en noches de estío.

—¿Por qué persiste en vivir con ella? –se preguntaba muchas veces–. ¿La amará? ¡Quién sabe! Por lo mismo que le martiriza, puede que se sienta ligado a ella por esos amores que alternativamente tienden a unirse y separarse como las aguas del mar.

El mismo Baranda, cuando se interrogaba a sí propio, no sabía qué contestarse a punto fijo. El médico salía muchas veces, con su tolerancia científica, al encuentro del hombre sentimental.

—Es una enferma ¡y cuántos casos análogos no he tenido en mi clínica! Mi deber es asistirla, cuidarla; pero no puedo prescindir de que tengo nervios también. ¿Soy acaso un marmolillo?[134] Nuestro escepticismo nace de la contemplación repetida de la miseria humana, de que no hemos podido hallar, en el mármol de disección, al través de los músculos y las vísceras, nada que nos incline a creer en un libre albedrío.

Cuando el médico pierde todo influjo moral sobre el paciente, está perdido. Es mi caso. Creo más en la terapéutica sugestiva que en las drogas. No

132 *A toca teja*: (fam.) en dinero contante, sin dilación en la paga, con dinero en mano
133 *Estar a pique*: estar cerca, estar en contingencia de
134 *Marmolillo*: guardacantón, poste de piedra para resguardar de los carruajes las esquinas de los edificios

puedo tratarla como médico. Además, lo confieso, la odio. La odio cuando la veo tan injusta, tan insurrecta, tan desvergonzada. Entonces, olvidándome del determinismo de los fenómenos psíquicos, siento impulsos de matarla; pero no soy ejecutivo. El análisis, como un ácido, disuelve mis actos, paraliza mi voluntad.

Nacida en aquel medio social, mosaico étnico en que cada raza dejó su escoria: el indio su indolencia; el negro su lascivia y su inclinación a lo grosero; el conquistador su fanatismo religioso, el desorden administrativo y la falta de respeto a la persona humana; engendrada por padres desconocidos, tal vez borrachos o histéricos, bajo aquel sol que agua los sesos, y trasplantada de pronto, sin preparación mental alguna, a esta civilización europea, tan compleja y decadente, de la cual no se le pega al extranjero vulgar sino lo nocivo y corruptor... Quien sabe explicarse las cosas, las disculpa *mentalmente*. Cada uno de nosotros se parece al explorador del cuento, que se jactaba de haber civilizado a los salvajes por la persuasión.

—No he disparado un solo tiro. Soy enemigo de toda violencia –decía–; pero como uno de los circunstantes pusiera en duda la veracidad de su relato, le descargó un bastonazo.

Alicia ignora que está enferma; es más, se irrita cuando se la dice que su conducta obedece a una diátesis histérica. ¡Maldita neurosis que no exige al paciente que guarde cama! No le impide andar, comer, pensar, aunque sin rigurosa asociación de ideas. El desorden reside en lo afectivo. El enfermo se dispara; carece del poder de dominarse... La mayoría de los procesos célebres, ¿qué son sino cursos de frenopatía viviente?

La parte de la patología concerniente a los desarreglos nerviosos está envuelta en sombras. Aún no sabemos cómo se combinan las emociones y las ideas; no sabemos dónde ni cómo se forman las pasiones. Hipótesis más o menos admisibles; pero la verdad se nos escapa como agua entre los dedos.

El verdadero hombre de ciencia no es el que afirma en redondo, porque las verdades de hoy pueden resultar mentiras mañana, sino el que duda, el que mide y pesa el pro y el contra. ¿Sabemos algo, en rigor, del llamado *mal comicial* [135] por los romanos? ¡Cuántos epilépticos, salvo la convulsión, dan pruebas de una salud cabal!

Era un domingo de comienzos de Octubre ligeramente frío y gris. Baranda reflexionando así, bajó por la rue Royale hasta la plaza de la Concordia, donde rodaron en otro tiempo, bajo la hoja de la guillotina, tantas cabezas ilustres. En el centro, entre dos grandes fuentes negras, exornadas de nereidas y tritones, se erguía el obelisco monolítico de Luqsor, echando de menos, bajo aquel cielo murrio[136], en su enigmática lengua jeroglífica, el sol de Egipto. En el fondo, por detrás del Palacio de Borbón, asomaba la cúpula de oro y pizarra de los Inválidos, parecida a las cinceladuras de Eibar. No lejos, a la derecha, se veían un pedazo de la Grande Roue, medio perdida entre el fo-

135 *Mal comicial*: epilepsia
136 *Murrio*: que padece de *murria*, tristeza y melancolía

llaje amarillento y verdoso, como una inmensa draga inmóvil. En último término, la tela de araña de la torre Eiffel temblaba en la bruma opalina. A la
derecha, la avenida sin fin de los Campos Elíseos huía, entre dos frondosas
hileras de cobre bruñido, hasta perderse en la boca de túnel del Arco de Triunfo. Una marea de fiacres, automóviles, ómnibus y bicicletas, subía y bajaba en
todas direcciones, entre el hormigueo de burgueses que atravesaban la gran
plaza, de mano de sus chicos. El doctor se paró en un refugio a contemplar el
vistoso panorama. Luego torció a la izquierda, entrando en los jardines de las
Tullerías.

Un enjambre de chiquillos se divertía alrededor del gran estanque empujando con cañas una flota de barquichuelos que surcaban el agua, a toda
vela. Llegó al *parterre,* entre cuyo césped, esmaltado de estatuas, menudeaban
las rosas, los geranios, las margaritas, las begonias y otras flores...

Un viejo daba de comer en la mano a una nube de gorriones que se posaban familiarmente en su cabeza y en sus hombros. En torno suyo se apiñaba una muchedumbre curiosa y risueña.

El espectáculo de aquella florescencia, cuyos tonos primaverales contras-
taban con la bruma invernal del cielo, comunicó a su espíritu fatigado una
sensación campesina agradable y plácida.

En el fondo de los jardines se levantaba la mole cenicienta del Louvre, con
sus techos de pizarra, semejante a un órgano de iglesia, colosal. En una de
las alamedas varios jóvenes en mangas de camisa jugaban al *foot ball* sin la
destreza ni la gracia de los sajones, y aquí y allá, niños anémicos, seguidos de
sus amas y *gouvernantes,* latigueaban sus trompos que huían girando sobre la
hierba. Entre los árboles, unos cuantos adolescentes sin sombrero cantaban
cogidos de las manos, recordando a los angeles cantores que Luca della Robbia[137] agrupó en torno del órgano de Santa María del Fiore.

¡Qué ridículo se le antojó el arco del Carroussel, afeminada copia del arco de Septimio Severo, comparado con las solemnes construcciones que le rodean!

La banda militar alegraba el aire con sus sones impulsivos y viriles. Baranda se sentó en una silla espaciando sus ojos por los tapices de verdura y de-
jándose acariciar por el fresco incisivo de la tarde, saturado de armonías.

137 *Luca della Robbia*: (1400-1482) escultor florentino conocido por su técnica de vitrificado
sobre terracota.

– IV –

Salían de la "Comedia francesa".

—La noche está espléndida –dijo Baranda–. Podemos ir a pie.

Y echaron a andar por la avenida de la Ópera, hacia los bulevares.

—¡Qué hermosa avenida! –exclamó doña Tecla–. Parece un salón de baile.

Sobre el asfalto brillante y terso, como la luna de un espejo bituminoso, resbalaban sin ruido fiacres y automóviles. Por las anchas aceras iban y venían ondulantes mujeres de exquisita elegancia y caballeros de frac. En el fondo de la calle rectilínea y fulgurante se destacaba la fachada sombría de la Gran Ópera.

Se detuvieron un instante para contemplar la rue de la Paix, iluminada por dos filas de faroles. A lo lejos, la columna Vendôme, imitación de la de Trajano, de Roma, recordaba los triunfos de la Grande Armée.

—¿Qué te ha parecido *Le passé?* –preguntó Alicia a Nicasia.

—Interesantísimo.

—E inmoralísimo –agregó don Olimpio, que durante la representación no cesó de cuchichear con la Presidenta, mientras doña Tecla dormitaba.

—Pues a mí –continuó Alicia– el tipo de la Dominique me parece falso. Yo no me explico que se vuelva a recibir, a no ser a tiros, al hombre que, si más ni más, toma la puerta y... ¡ojos que te vieron ir!

—¿Qué quieres, hija mía? Así aman las francesas. Son mujeres sin pasiones –agregó la Presidenta.

—El amor, según Stendhal –dijo el doctor– es una fiebre que nace y se extingue sin intervención de la voluntad.

—No siempre –dijo Nicasia.

—El único personaje –prosiguió Alicia aludiendo a Baranda– que me parece real, es François Prieur. Es mentiroso, mujeriego y voluble como todos los hombres. No comprendo cómo Dominique puede amarle.

—¿Quién te ha contado a ti –la arguyó su marido– que el amor le pide su hoja de servicios a nadie? Una mujer inteligente y honesta puede enamorarse de un hombre abyecto, y a la inversa. El amor siente, no analiza.

—No tan calvo, doctor –dijo la Presidenta–. Pero ese *tipo* –interrogó Nicasia– ¿por qué planta a una mujer tan buena, tan leal y tan noble?

—Porque así son los hombres –contestó Alicia.

—Porque, como dice Schopenhauer –arguyó Plutarco–, una vez satisfecho el deseo, viene la decepción.

—Nada, hija –repuso la Presidenta, dejando a don Olimpio con un requiebro en la boca–; los hombres son como los animales: después que nos poseen...

—Os eructan en la cara –agregó Plutarco riendo–; como dice Shakespeare por boca de...

—Gracias –respondió don Olimpio sin medir el alcance de lo que decía–. Todos se miraron sorprendidos, menos doña Tecla, siempre en Babia.

—En todo amor –observó Baranda– hay siempre una víctima...

—Y dilo –recalcó Alicia.

—Hay siempre uno que ama y otro... que se deja amar.

—¡Cínico! –exclamó Alicia nerviosa.

—Ni que decir tiene –indicó Nicasia– que la víctima es siempre la mujer.

—O el hombre –contestó Baranda.

—Las mujeres no aman –saltó Petronio que venía detrás con Marco Aurelio, hablando de cocotas y requebrando a cuantas pasaban junto a él. Las mujeres son como nosotros. Ni más ni menos. Usted, doctor, tendrá mucha ciencia; pero usted no conoce a la mujer.

El doctor no se tomó el trabajo de contestarle.

—¡Ese Prieur, ese Prieur! –continuó Alicia–. ¡Qué admirablemente pintado! Es una fotografía.

—¡Cómo miente! –añadió Nicasia.

—Y miente, como dice Dominique, por el placer de mentir. ¡Qué granuja! –exclamó Alicia echando una mirada de rencor a su marido.

—Todo hombre –reflexionó Baranda– que gusta a las mujeres, tiene que mentirlas. Y la razón es obvia. La leyenda del casto José no pasa de ser una leyenda. Por otra parte, el hombre, en general, es polígamo.

—¿Por qué se casa entonces? –rugió Alicia–. Que sea franco, al menos. Pero eso de que nos jure amor y fidelidad ante un juez y un cura para echarse al día siguiente una querida, sin contar las conquistas callejeras, me parece el colmo de la desfachatez.

—En Oriente –dijo la Presidenta– los hombres son menos hipócritas. Tienen abiertamente sus serrallos y no hablan de matrimonios ni de adulterios. Pero aquí cada hombre tiene un harén escondido y, con todo, no cesa de predicarnos una fidelidad que no practica ni en sueños.

—Verdad –dijo Nicasia.

—El matrimonio, al fin, desaparecerá. El divorcio es el primer paso –intervino Baranda–. Y desaparecerá porque está en contradicción con las leyes naturales. Además, la mujer no se resigna con su papel de madre, sino que se obstina en querer, prolongar al través del matrimonio, sepulcro del amor, como dijo el otro, estados de alma que la intimidad y la monotonía de la vida en común hacen imposibles.

—¿Y los hijos? –preguntó Nicasia.

—Eso es harina de otro costal –repuso Baranda–. Los padres tienen la presunción de creer que ellos son los únicos capaces de educar a sus hijos. ¡La educación! Ahí es nada. Llaman educar al ceder a sus caprichos o al oponerse a sus inclinaciones. Opino que el hijo debe educarse lejos del regazo materno y de la vigilancia del padre.

—¡Qué horror! –exclamó la Presidenta.

—La pedagogía –continuó Baranda– es la ciencia más complicada, la que exige mayor suma de conocimientos de todo linaje, empezando por la antropología y acabando por la estética. ¿Cuántas son las madres que saben de patología, de terapéutica, de higiene...? De los padres no hablemos. Se figuran que con aconsejar autoritariamente a los hijos, intercalándoles alguno que otro bofetón en el texto, están al cabo de la calle. Son los menos llamados a educar porque, aparte de su ignorancia, no pueden seguir paso a paso, a causa de la esclavitud de sus quehaceres, las propensiones del niño, de las que sólo se enteran por lo que les cuentan las madres, que serán todo lo solícitas que se quiera, pero carecen de facultades críticas. Cada padre se jacta de conocer a su hijo como nadie, y resulta que el primer extraño le conoce mejor.

—¡Música! –le interrumpió Alicia con desdén.

—Según usted –objetó la Presidenta–, hay que echar los hijos al arroyo como a los gatos. ¡Qué ideas tan originales las suyas!

Don Olimpio, que no se atrevía a meter baza, sacudía la cabeza sonriendo en señal de no estar concorde con el sentir de Baranda.

—El problema social –prosiguió Baranda dirigiéndose a Plutarco, sin hacer el menor caso de los demás– reside ante todo en eso. ¿Qué logramos con una buena legislación si desconocemos el organismo individual? Lo primero es estudiar al hombre, puesto que la sociedad se compone de hombres. Las reformas vendrán luego espontáneamente, como una necesidad colectiva, nacidas de la constitución mental del individuo.

—Conformes, doctor –dijo Plutarco.

—Ustedes dos siempre están de acuerdo –dijo Alicia con sarcástica risa.

—¿Quieren ustedes que tomemos algo en la *Taverne Royale?* –preguntó Marco Aurelio.

—No, gracias, es muy tarde –contestó Alicia–, y Misia Tecla tiene sueño.

—No es tanto el sueño, mi hija, como el dolor de los callos –contestó doña Tecla, que se arrastraba cojeando y dormilenta.

—¿Por qué no llama usted a un pedicuro? –preguntó la Presidenta–. Sufre usted porque quiere.

—Se lo he dicho muchas veces –añadió don Olimpio–. ¡Como si no!

—Pues entonces nosotros nos despedimos aquí –dijo Marco Aurelio, sombrero en mano.

—Sí, puedes irte –contestó la Presidenta–. Don Olimpio me dejará en casa, si no le sirve de molestia.

—No diga usted eso, mi señora. Para mí es un placer–. Y cambiaron una mirada de inteligencia.

Mientras Petronio y Marco Aurelio entraban en el *Café Americano,* los otros tornaban hacia el bulevar Haussmann.

Luego de dar una vuelta por el café, subieron al restaurante donde tocaba una orquesta de zíngaros. Allí estaba todo el cocotismo de los cafés conciertos. Mujeres provocativas, relampagueantes de joyas, casi en cueros, se paseaban de mesa en mesa pidiendo que las invitasen a cenar. Petronio pidió un cognac; Marco Aurelio, un jerez. El desfile de ancas y senos, multiplicado por los espejos, en aquella atmósfera afrodisíaca, impregnada de perfumes y de olor a carne limpia, ligeramente entenebrecida por el humo de los cigarrillos, fue encalabrinando[138] a Petronio, que miraba a todos lados aturdido y anhelante.

—¡Qué lata nos ha dado el doctor! –exclamó a la segunda copa– ¡Cuidado que es pedante!

—Pero sabe. Le tienes tirria porque te desdeña.

—¡Qué ha de saber! Di tú que lleva muchos años en París y algo se pega. Y en cuanto a desdeñarme... –Monsieur? monsieur?

—¿A quién llamas, hombre?

—Al mozo.

—Pero al mozo no se le dice monsieur. Se le dice *garçon.*

—Bueno. Es igual. Otro cognac. Esta noche me la *amarro* –contestó llevándose la copa a los labios con mano temblorosa.

—Como todas las noches.

Chispo ya, tuteaba manoseando a todas las prostitutas.

—Il ne se gène pas –exclamó una de ellas a quien plantó un sonoro beso en la nuca–. De quel pays êtes vous? Du Brésil? Espèce de rastá...! –y le volvió la espalda.

—¿Cómo se dice –le preguntó a Marco Aurelio– acostarse de balde?

138 *Encalabrinar:* llenar la cabeza con algo turbador, excitar

—A l'oeil.

—Oye, tú; tu veux coucher avec moi a l'oeil?

—Tout de suite –respondió la horizontal en tono de burla–. Tu est si joli garçon! Et surtout tu est si bien élevé!

—¿Qué dice? ¡Tradúcemelo! –preguntó Petronio casi seguro ya de haber hecho una conquista.

—¡Que te vayas a la porra!

—¡Ah grandísima tía![139] –Y se levantó dispuesto a pegarla. Marco Aurelio intervino sacándole por un brazo del café.

—París no es Ganga, querido. Aquí no se puede levantar la mano. Y menos a las mujeres. Además, cada una de esas tiene su *macró* que la defiende.

—Yo me *jutro* en París y en los *macrós*. Le pego un tiro a uno y en paz.
–Y se llevaba la mano al revólver que portaba siempre consigo. Bajo el imperio del alcohol era capaz de eso y mucho más. No pocas veces tuvo que ver con la policía, porque, cuando se embriagaba, se volvía pendenciero y procaz.

—Bueno –dijo Marco Aurelio, cambiando la conversación–. ¿Cuánto tienes encima?

—Tres luises –contestó Petronio tambaleándose.

—Yo tengo seis que me dio don Olimpio. ¿Quieres que probemos fortuna?

—Andando.

—Y se fueron al *Cercle Voltaire*.

Por los bulevares subían y bajaban cocotas de todo pelaje, atacando a los transeúntes: una mulata de la Martinica, gorda y desfachatada; una vieja rubia, con un perro, maestra en sabias pornografías; otra vieja, de bracero con una niña al parecer de diez años: pálida, con el pelo suelto y las piernas al aire; unos mozalbetes muy pintados, de andares ambiguos, subían y bajaban, parándose en las esquinas, mientras los gendarmes les seguían a distancia con los ojos. Algunos tipos patibularios simulaban recoger colillas mirando aviesamente bajo la visera de la gorra embutida hasta el cogote. Los coches rodaban muy despacio. En las esquinas, tiritando de frío, con uno o dos números bajo el brazo, zarrapastrosos granujas voceaban *La Presse* y *Le Soir*. El mundo noctámbulo de la crápula, del hambre y el crimen, se desparramaba por el bulevar Montmartre, husmeándolo todo, como perros, con andar tortuoso y vacilante, parándose aquí y allá. Eran *souteneurs,* rateros, mendigos, ladrones y asesinos: la triste legión de degenerados que nutren la crónica diaria de las miserias de las ciudades populosas.

—El *souteneur* –dijo Marco Aurelio– vive de la prostituta, a quien apalea y asesina cuando no le da dinero. Pues ese *souteneur,* cuando *trabaja*, es decir, cuando mata y roba, colma de regalos a su querida. Si ha ganado en el cabaret, la obsequia con un ramo de violetas de diez céntimos. Ya ves que no le falta su nota sentimental.

—¡Qué curioso! –dijo Petronio.

139 *Tía*: (fam.) ramera

– V –

A los gritos de Alicia subió la portera consternada, temiendo encontrar algún cadáver en el descanso de la escalera. Baranda salió a abrirla en calzoncillos.

—¿Qué ocurre? –balbuceó la portera–. ¿La señora está enferma?

—¿Qué quiere usted que ocurra? Lo de siempre. Los malditos nervios.

—Era lo único que te faltaba –voceó Alicia saliendo de su cuarto–: chismear con la portera.

Y encarándose con ésta, a medio desnudarse, la dijo:

—No hay tales nervios. Es que me ha pegado.

Después, volviéndose a Baranda, y cerrando bruscamente la puerta, añadió:

—¡Cobarde, cobarde! En la calle te haces el sabio, el analítico y aquí me insultas como el último *souteneur.*

—Pero ¿no comprendes –respondió el médico– que esta vida es imposible?

—¿Y a ti te parece bien lo que haces conmigo? Yo entré muy tranquila, sin decirte palabra, y de pronto, sin motivo alguno, empezaste a llamarme imbécil.

—Y tú ¿por qué me llamaste cínico y mentiroso delante de esa gente que sabes que me odia?

—Porque lo eres. Hace más de un año que no vives maritalmente conmigo, pretextando que estás enfermo.

—Y lo estoy, de los riñones.

—Sí; pero para ver a la *otra* no estás enfermo ¡Farsante!

—¿Es que yo no puedo tener una amiga?

—Una amiga, sí; pero *esa* es tu querida. Tu querida. ¡Niégalo!

—Es la huérfana de un amigo a quien quise mucho. Mi deber es atenderla.

—¡La hija de un amigo! ¡Si eres otro François Prieur! ¿Quién te hace caso? Tan pronto dices que es la hija de un amigo como que es tu amante. Después de todo, nada se opone a que sea la hija de un amigo y al propio tiempo tu querida. ¡Ah, hipócrita!

Después de una pausa, continuó:

—Lo que quiero que me digas es por qué me sedujiste. ¿Por qué te casaste conmigo? Yo estaba tranquila en mi pueblo hasta que tuve la desdicha de conocerte. Tu fama, tu figura, tu aire melancólico y dulce..., todo contribuyó a fascinarme. Me conociste virgen. Yo no había tenido un solo novio. Me entregué a ti desde la primera noche, sin la menor resistencia. ¡Lo que lloré cuando te fuiste! Pensé que no volvería a verte.

Recuerdo que, a poco de casados, me engañaste. Me dejabas sola en el hotel, en un país extraño cuya lengua yo no hablaba, y te ibas con las cocotas. Y yo te suplicaba llorando que no me abandonases. Temblando de frío y de sueño te esperaba hasta el amanecer, y tú te aparecías diciéndome que habías pasado la noche con un enfermo. ¡Y yo lo creía! Claro, era una infeliz sin mundo ni malicia. Y saltándote al cuello te besaba, te besaba, loca de amor y de angustia. Y ahora que vuelvo los ojos atrás, recuerdo que volvías la cabeza y me rechazabas. ¡Como que venías harto!

Y el médico se paseaba nervioso, medio afligido, pero sin dar su brazo a torcer. –Sí, harto... de ver miserias y oír lamentos.

—Y ahora –continuaba Alicia– porque me rebelo, porque no quiero ser plato de segunda mesa, ¡me insultas y me ultrajas! Yo seré una histérica, como tú dices, pero tú eres un miserable. Yo no he leído en los libros; pero he leído en la vida y ya nadie me engaña. ¿Y quién es más digno de censura: yo, pobre lugareña, sin principios ni cultura intelectual, o tú, sabio, educado en París, hecho a la vida del refinamiento, como llaman los parisienses a todas esas porquerías de alcoba? Asígname una renta con que poder vivir y verás qué pronto se acaba todo. ¡Yo no quiero vivir así, no quiero! –Y pateaba en el suelo furiosa, dando vueltas de aquí para allá, desgreñada y en camisa.

El médico, en jarras, la miraba fijamente, meneando el busto con mal reprimida cólera.

—Habla sin gritar –la decía.

Ella continuaba, poseída de un deseo irresistible de hablar sin tregua.

—Me echas en cara que no quiero tener hijos. No, no les quiero. ¿Para qué? ¿Para darles el triste espectáculo de nuestra vida? ¡Oh, no! Tú eres uno de tantos maridos a la francesa, sin escrúpulos, sin corazón, para quienes la

mujer legitima no cuenta. ¡Eres de la madera de los cornudos!
—¿Qué me quieres decir con eso? ¿Que me la pegas? ¿A mí qué? Cuando no hay amor...
—Soy más decente de lo que imaginas. Tú lo que merecías era eso: una mujer que te la pegara hasta con los mosquitos. Pero yo, sin saber leer ni escribir, tengo más sentido moral que tú. ¡Verdad es que más sentido moral que tú le tiene un perro!
—¡Pero no grites, pero no grites! –la dijo, tapándola la boca con la mano.
—¡Canalla! ¡Canalla! –gritaba ella ahogadamente, pugnando por desasirse.
Cada uno dormía en su cuarto. Baranda entró en el suyo cerrando la puerta con estrépito.
—¡Ah, qué harto estoy! –suspiraba–. ¿Cuándo tendré el valor de abandonarla?
En el silencio de la noche, mientras todo dormía, los sollozos de Alicia sonaban conto el maullido lastimero de un gato que se queda en la calle bajo la lluvia.

– VI –

L a mañana era fría y brumosa. Un atisbo de sol que pugnaba por abrirse paso al través de la neblina, arrojaba sobre el piso húmedo y pegajoso de los bulevares y las masas oscuras de los edificios una claridad
incierta de crepúsculo invernal. De los árboles, que aún conservaban sus follajes, caían a manta las hojas secas y amarillas. Eran las once de la mañana y
parecían las cinco.

Una muchedumbre heterogénea circulaba apresuradamente atravesando las calles atiborradas de coches, bicicletas, automóviles, ómnibus y carros.
Se veían hombres de chistera y levita, con sus *serviettes* bajo el brazo; tipos sepulcrales de alborotadas cabezas; empleados de comercio, *garçons livreurs* del
Louvre y el Bon Marché con sus libreas y sus tricornios de ministros en días
de gala; obreros de blusa con herramientas de carpintería y cubos de pintura; obreritas con cajas de sombreros y negros líos de ropa; vendedores ambulantes con sus carretitas llenas de frutas, legumbres y flores; infelices que tiraban, jadeantes, como bestias, de diminutos vehículos cargados de baúles,
muebles y sacos. Alrededor de los kioscos se paraban algunos curiosos a ver
los grabados de las ilustraciones y las caricaturas obscenas de los semanarios
satíricos. Escandalizaban el aire el graznar de gansos de las trompetas de los
automóviles, el cascabeleo de los carros y los fiacres y el trote hueco y sonoro
de los percherones de los ómnibus sobre el asfalto. Pasaban carros de todas
formas y dimensiones: unos largos, como escaleras horizontales con ruedas,
atestados de barricas o de barras de hierro que cogían medio bulevar; otros

cuadrados, de macizas ruedas, con cantos ciclópeos, tirados por una teoría[140] de caballos gigantescos que iban paso a paso sacudiendo el crinoso cuello.

Petronio salía del Círculo donde pasó la noche jugando. Andaba lentamente, con los brazos caídos, muerto de fatiga y saturado de alcohol. Cuanto de negro tenía en las venas le había salido a la cara, que era cenicienta, orlada de carnosas ojeras de carbón.

La niebla fue disipándose; el sol parecía brillar al fin, pero indeciso. No pasaba de un claror violáceo. Petronio echaba de menos el sol de Ganga. Todo se le antojaba de una tristeza fúnebre, penetrante, que le hacía pensar en el suicidio. Siguió andando hasta el Grand Hôtel, frente a cuyas puertas una fila de cocheros leía *La Libre Parole* y *L'Intransigeant*. Dio una vuelta por el patio, entró en el Salón de lectura, a ver si estaba la vieja y salió luego hacia la rue Royale.

—¡Qué bruto he sido! —se decía—. Por ambicioso lo he perdido todo. Debí haberme ido cuando ganaba quinientos francos. ¡Qué bruto he sido! El banquero y la casa son los únicos que ganan, sobre todo, la casa. Esa no pierde nunca. Y ahora, ¿qué me hago sin un céntimo? ¡Qué bruto he sido!

Ya no tenía a quien pedirle. Le había pedido a Baranda, a Marco Aurelio, a don Olimpio, al dueño de su hotel... ¿A quién recurrir?

Andando a la ventura llegó hasta el puente de la Concordia. De bruces sobre el muro, contempló largo rato el caudaloso río sobre cuyo lomo se deslizaban vaporcitos, balsas, remolcadores y lanchas de carbón, hacia la parte en que Nôtre Dame levanta sus dos torres chatas de fortaleza medioeval. Abajo, en las márgenes, unos cuantos bobos pescaban *á la ligne,* inmóviles, con la caña tendida, mientras un hombre esquilaba a un perro y una vieja apaleaba un colchón.

Petronio se sentía muy solo y muy triste, perdido en la inmensidad de este París que, como la naturaleza, se traga con igual indiferencia al genio que al imbécil, a la virtud oscura que al vicio ostentoso, al luchador que al vencido, a la riqueza insolente que a la mendicidad haraposa...

—¡Quién sabe —pensó— si acabaré por echarme al Sena!

De pronto brilló el sol, un sol artificial que no calentaba, un sol nebuloso como un huevo visto al trasluz, que sólo servía para hacer más desolada la fisonomía de la ciudad enorme.

140 *Teoría*: en la Grecia antigua procesión religiosa

– VII –

No tenían hijos; pero, en cambio, tenían un perrito lanudo que era el niño mimado de la casa. En sus ojillos negros y húmedos y en su cola retorcida se reflejaban las alegrías o las tristezas de su amo. ¿Estaba el doctor de buen talante? El perrito, poniéndose en dos pies, le saltaba encima, le lamía las manos ladrando de puro contento. ¿Estaba abatido y caviloso? Se echaba a sus pies, mirándole larga y sumisamente, como implorándole que le contase sus penas.

El perrito, que respondía por *Mimí*, tenía su historia. Perteneció primero a un ciego, a quien guiaba; después a unos gitanos, y por último, a un guitarrista ambulante que, en pago de una cura gratuita que le hizo Baranda, se le regaló. Pasó hambres, fríos y miserias, y recibió palos y puntapiés... Por eso tal vez era sufrido y apenas ladraba a no ser a la gente haraposa, por la que parecía sentir inveterada inquina. No se daba con Alicia en cuyas faldas temblaba de miedo cada vez que le cogía por el pescuezo, de las piernas de Baranda.

—¡Sinvergüenza, feo, granuja! –le gritaba, sacudiéndole el hocico y dándole azotillos en las ancas. *Mimí* se acurrucaba silencioso, con las orejas gachas, haciéndose un ovillo en el regazo de Alicia. ¡Cuán otro se mostraba con el médico! Una sola caricia suya le desarticulaba de alegría la columna vertebral.

—¿No vale más la compañía de un perro que la de un hombre? –solía preguntarse Baranda, pasándole la mano por el lomo.

El perro nos comprende, a su modo; nos ama con más absoluto desinterés; de la exudación de nuestro cuerpo extrae como el óleo con que unge su cariño inalterable; nos huele a distancia, nos obedece con un gesto, nos oye cuando le hablamos y nos responde meneando la cola y las orejas, chispeantes y parleros los ojos. Llora y enferma cuando enfermamos y hasta muere de dolor cuando morimos. ¡Y el hombre es tan ingrato, que llama *cínico* a lo desvergonzado y canallesco! ¿Por qué? Porque el perro, profundamente olfativo y lúbrico, no se recata como el elefante, por ejemplo. No hay animal más sociable. Entre los perros hay clases como entre los individuos: les hay aristócratas y plebeyos. Una mirada hosca, un silencio prolongado bastan para hacerles sufrir. Poseen una sensibilidad exquisita y aman con un refinamiento comparable sólo con el del hombre.

Les hay filántropos y justicieros; egoístas, ladrones, sinceros e hipócritas. Las obras de los naturalistas y los relatos de los viajeros rebosan de anécdotas sorprendentes de sus extraordinarias facultades psicológicas.

❋ ❋ ❋

Estaba el doctor en su despacho, con *Mimí* sobre las piernas, cuando entró mistress Campbell, una vieja inglesa extravagante que trajeaba con llamativo lujo, impropio de su edad. Se pirraba por los colores chillones. Su cara era redonda y prognata[141], a trechos rubicunda; sus ojos, azules e incisivos. No hallaba gato en la calle a quien no le hablase, besuqueándole, con su voz de ventrílocuo: –*Tu as fait ta toilette, cheri?* –A los perros flacos les compraba ella misma huesos y piltrafas en la carnicería más próxima, con mofa de los granujas que la rodeaban como a un sacamuelas.

Era una maníaca ambulatoria. Tan pronto estaba en el Cairo o en París como en Nueva York o en Sevilla. No podía permanecer una semana en parte alguna. A pesar de sus sesenta años cumplidos, no hablaba sino de amor –era su idea fija–, y los más de sus viajes obedecían al deseo que la devoraba de hallar un marido o un amante. Pasaba por los países como una exhalación, acordándose sólo de las joyerías, de las tiendas de antigüedades y de ropas. Ver un cuadro o unos zarcillos viejos y querer comprarles en el acto era todo uno. Poco la importaba el mérito de la tela. Lo principal para ella residía en su antigüedad.

Se apasionó de Baranda, como de otros muchos, y sabedora de sus disensiones con Alicia, trataba hipócritamente de separarles.

—Mi querido doctor –le decía–, ¡cuánto le compadezco! ¡Pobre amigo, pobre amigo! –Y le atizaba un beso en la frente.

Baranda no sabía ya cómo quitársela de encima. Ni frialdades, ni desdenes; nada podía con ella. Simulaba no enterarse.

Iba a su fin y de lo demás se la daba un ardite. Todos los días, como un

---

141 *Prognata*: con la mandíbula ligeramente hacia delante. Supuestamente indica personas con carácter desafiante

cronómetro, estaba allí, en su gabinete, so capa de consultarle respecto de su salud.

—*You sweet dear!* –decía besuqueando a *Mimí*, que pugnaba ariscamente por escaparse de sus brazos.

—Debíamos endilgársela a Petronio –dijo Plutarco–; a él que anda en busca de una vieja rica.

Mistress Campbell no entendía el castellano, pero adoraba en los españoles. Su leyenda de apasionados y celosos la desconcertaba en términos de que al ver a alguno, se ponía pálida y trémula.

—¡Oh, los españoles! –exclamaba–. ¡Dicen que son tan ardientes! ¿Es verdad, doctor?

Jugaba con dos cartas. A la vez que demostraba al doctor la más férvida simpatía por sus contrariedades, aconsejaba a Alicia que se divorciase.

—¡Oh, *dear!* No comprendo cómo puede usted seguir viviendo con semejante hombre. Yo que usted, me separaba.

A menudo salían juntas Alicia y ella. La conversación, por lo común, versaba sobre el mismo tema.

—Mi matrimonio –decía la inglesa– fue un idilio. ¡Qué amor el que me tuvo aquel hombre! Siempre andábamos unidos. No me dejaba ir sola ni a la esquina. No volvía una vez a casa sin traerme un regalo. He was perfectly charming.

Y Alicia, ignorante, de que el marido de la inglesa fue un badulaque, un borracho que murió de *delirium tremens,* exaltándose poco a poco con la pintura de aquel idilio imaginario, antítesis de su revuelta vida conyugal, acababa por contarla sus más recónditas intimidades. La inglesa experimentaba al oírlas un regocijo inefable que salía a sus ojos penetrantes y duros.

Nunca logró que Baranda se explayase con ella y mucho menos que la demostrase la menor inclinación física. Era una vieja ilusa, cuyo erotismo, unido a su fortuna, la hacía creer en sexuales correspondencias fantásticas. Su vida entera era un tejido de desengaños por el estilo. En el Cairo halló cierta vez a un joven que fingió amarla para cogerla los cuartos. Auto–sugestionándose se forjaba en la fantasía las mis ridículas escenas de amor.

Iba a ver al médico vestida con lujo, saturada de afrodisíacos perfumes indios. Creía en el poder fascinador de la *toilette*. —Una mujer –decía– vestida interiormente de seda, pulquérrima y olorosa, por vieja que sea, puede despertar apetitos genésicos en un joven.

¡Cuántas veces llegó a aquel gabinete con el propósito deliberado de violar al médico, excitándole con todo género de estímulos libidinosos! ¡Y cuántas veces también salía, desengañada y macilenta, arrastrando su fiebre insaciada de caricias por la vía pública llena de hombres que ignoraban las convulsiones de su carne!

– VIII –

¡Qué mundo tan divertido el que recibía los sábados la Presidenta en su casa! Monsieur Garion, un cornudo; la señora de Páez, una adúltera; Zulema, un turco jugador y corrompido; mademoiselle Lebon, una medio virgen; mistress Galton, una norteamericana que, mientras el marido se mataba trabajando en Nueva York, se divertía en París, gastando como una loca y pegándosela con todo bicho viviente; monsieur Maigre, un peludo poeta decadente, con más grasa en el cuello de la camisa que inspiración en los versos; madame Cartuche, una jamona sáfica, de quien nunca se supo que tuviese que ver con ningún hombre; monsieur Grille, un mulato escuálido y pasudo, diputado por la Martinica, antiguo amigo de Baranda; Collini, un pretenso barón italiano, de inconfesables aficiones; monsieur Lapin, un violinista cuya cabeza parecía una esponja.

Mistress Galton no hablaba sino de modistas y carreras de caballos. Maigre no decía dos palabras sin citar a "su maestro" Verlaine; Grille se jactaba de sus quiméricos triunfos parlamentarios, y Collini cantaba las bellezas de Nápoles y Capri, saboreando mentalmente un plato de macarrones. El violinista no hablaba; arañaba las tripas.

Todos se despellejaban a la sordina, sin perjuicio de prodigarse cara a cara las más ridículas lisonjas.

—¡Oh! –exclamaba la Presidenta–. ¡Monsieur Lapin supera a Sarasate![142] ¡Qué arco, qué arco!

Lapin se inclinaba ceremonioso.

142 *Sarasate*: Martín Melitón Sarasate y Navascués (1844-1908) prodigioso violinista español (da su primer concierto a los 7 años en La Coruña) que alcanzó rtenombre mundial

—¡Qué versos, qué versos tan sugestivos, tan armoniosos y penetrantes los de Maigre!

Maigre se doblaba llevándose la mano derecha al corazón.

—Para oratoria, la de Grille. ¡Ni Mirabeau!

Grille sacudía la hirsuta pasa.

Y todos decían a coro:

—Pero ¡qué buena es usted! ¡Qué buena y qué inteligente!

Y por lo bajo:

—¡Valiente estúpida!

Una vez que se iban, les ponía de vuelta y media.

—¿Has visto, hija, nada más pedante, soporífero y sucio que Maigre?

—¿Y has oído rascatripas más rascatripas que el *conejo* ése?

—¿Y mulato con más humos que Grille?

—¿Y sabes de cornudo más cornudo que Garion?

* * *

—¿Qué se ha hecho la inglesa? —preguntó Nicasia.

—Creo que se ha ido a Pekín —respondió Alicia riendo.

—Esa mujer —añadió la Presidenta— debe de tener azogue en el cuerpo. No para en ninguna parte. El doctor la echará de menos...

Alicia sonrió malévola.

—¿Por qué? —saltó Plutarco.

—*Dicen* que... —insinuó con su natural perfidia la dueña de la casa.

Plutarco, sin dejarla acabar, continuó indignado:

—¿En qué cabeza cabe suponer que un hombre de su gusto, de su inteligencia y de su instrucción vaya a hacer caso a un vejestorio semejante?

—¡Misterios del amor! —exclamó la Presidenta volviendo los ojos con picardía a don Olimpio, que bajó los suyos ruborizado—. ¡De cuántas aberraciones por el estilo no están llenas las crónicas mundanas!

—¡Ah, sí! Y de falsos amores de mujeres que explotan a viejos libidinosos —contestó Plutarco subrayando cada palabra.

La Presidenta se puso como el papel. Don Olimpio, verde.

—Lo que no me negará usted —intervino Nicasia echando un capote— es que la inglesa iba con mucha frecuencia al gabinete de Baranda.

—Como van otras muchas. ¿Qué quiere usted, señora? No todos los hombres tienen el don de fascinar a las mujeres.

—¡El don! —dijo Alicia despechada—. Para fascinar a esa vieja loca, maldito el don que se requiere. Diga usted que ahí había otra cosa...

—Lo que puedo afirmar es que el doctor nunca la dijo "por ahí te pudras". Y la prueba la tienen ustedes en que la inglesa ha desaparecido.

—¡Hum! —gruñó Alicia—. Ya volverá.

—Hablemos de otra cosa –interrumpió Marco Aurelio–. ¿A que no saben ustedes lo que le ha pasado a Petronio?

—¿Qué? –preguntó don Olimpio.

—¡Lo más cómico del mundo! Figúrense ustedes que se fue a Niza con una vieja austriaca...

—¿Otra vieja? –interrumpió la Presidenta.

—Con una vieja austriaca que conoció en el Grand Hôtel. Cada vez que le daba dinero le hacía firmar un pagaré.

—¡Ja, ja! ¡Qué memo! –exclamó Nicasia.

—Y ella ¡qué tiburón! –añadió Alicia–. Así debíamos ser todas las mujeres.

—¿Y ese es el moralista de Ganga? ¿El que tronaba contra la corrupción social? –exclamó Plutarco.

—Y ahora sucede que la vieja –continuó Marco Aurelio– le persigue por todas partes amenazándole con llevarle a los tribunales si no le devuelve lo prestado.

—¡Ay, qué gracia! –dijo Alicia.

—Y Petronio ¿qué dice a todo eso? –preguntó don Olimpio.

—Pues se ríe, aunque no las tiene todas consigo.

—El caso no es para menos –observó Nicasia.

—Pero a ese Petronio le falta un tornillo –exclamó doña Tecla.

—Siempre le faltó –añadió Alicia–. Acuérdese usted de su vida en Ganga. Es medio loco.

—Y mala persona –agregó Plutarco–. Juega, bebe, es licencioso, camorrista... Acabará mal.

—¿Por qué le tiene usted esa tirria? –le preguntó Marco Aurelio.

—¿Tirria? Ninguna. Me es repulsivo. Le creo capaz de todo. Pero usted, Marco Aurelio, ¿no era su amigo?

—¡Amigo! ¡Psch! Yo no soy amigo de nadie.

En esto apareció la criada con el té que la Presidenta fue sirviendo taza por taza, empezando por la de don Olimpio.

—¡Cómo le saquea! –murmuró por lo bajo Nicasia dirigiéndose a Alicia.

—Le está dejando sin un céntimo. Me alegro, por idiota. Es un sátiro ese viejo.

—¡Cuidado que se necesita estómago, porque mira, chica, que es feo! –agregó Nicasia–. Quien me parece más idiota que él es doña Tecla.

—Esa es filósofa... o ciega –dijo Alicia riendo.

—A veces me figuro que se hace la sueca[143] –añadió Nicasia.

—No, mi hija. Siempre fue igual. ¿Qué quieres? Hay criaturas así. Son felices.

—De lo único que se queja –continuó Nicasia, burlándose– es de los callos y de la muerte de *Cuca*.

---

143 *Hacerse el sueco*: desentenderse de algo, hacerse el tonto, del latín *soccus*, "zueco", el calzado aparatoso que llevaban los payasos de la comedia latina.

—¡Pobre! –finalizó Alicia.

Ya en la calle, Plutarco, con tono de dura reconvención, dijo a Alicia:

—No comprendo cómo se atreve usted a hablar mal del hombre que la ha elevado a una categoría social...

—¿Y a usted qué le importa? A usted también le ha elevado...

—Sí, pero yo he sabido pagarle con la más profunda adhesión y el más grande respeto. Al paso que usted... La culpa es mía, porque si yo no hubiera intervenido en el asunto, estaría usted hoy de seguro en Ganga de cocinera o quizá de algo peor.

—Y sería sin duda menos desgraciada.

—Lo que hace usted con el doctor –continuó Plutarco, tras un silencio– es infame. Que el doctor tenga una querida, ¿justifica en manera alguna su conducta de usted?

—Usted ¿qué sabe? A usted ¿quién le mete?

—¿A mí? Mi deber de amigo. Mi agradecimiento... El doctor está enfermo.

—Por mí ¡que reviente!

—¿Que reviente, eh? Reventará usted primero. Porque si el doctor no tiene energía para ponerla a usted en la calle...

—¿Me pone usted? ¡A ver, repítamelo!

– IX –

—¡Era lo único que me faltaba! –exclamó el médico–. ¿Puede usted creer, amigo Plutarco, que Alicia anda diciendo por ahí que la inglesa es mi querida?

—Lo sé.

—Lo grave no es eso. Lo grave es que añade que me da dinero. ¡Figúrese usted!

—Esa mujer ha perdido el juicio.

—Sí, de puro despecho. Como para mí genésicamente no existe (tengo mis razones), imagina que me acuesto con todas las mujeres que conozco. Es una histérica malévola y obstinada. A diario me dice que me hará todo el daño que pueda y que no estará satisfecha hasta verme en medio de la calle pidiendo limosna.

—¿Y qué va a ser de ella entonces?

—¡Figúrese!

—A mí no me odia menos que a usted, doctor. ¿Sabe usted lo que dice de mí? Que soy su alcahuete de usted, que le busco a usted las mujeres, y hasta insinúa que entre usted y yo hay algo más que una amistad sincera...

—¿Qué quiere usted? Así son las histéricas. ¿Y qué hacer? ¿Qué hacer? –gemía, llevándose las manos a la cabeza.

Baranda estaba enfermo, a más de los riñones, de la voluntad.

—No le queda, doctor, más que un camino, o esa mujer acabará con usted a la postre: dejarla.

—¿Y la casa? ¿Cómo saco de aquí mis libros y mis muebles? Porque lo que es la casa no se la dejo. Imagínese usted el espectáculo que me daría si viese sacar una sola silla. ¡Ah, no! Todo lo prefiero al escándalo.

Tras una pausa continuó:

—¡Si viera usted cómo tira el dinero! "¡Ah, miserable! (así me llama). ¿Quieres que ahorre lo que. te has de gastar con la otra? ¡Qué mal me conoces!" He llegado a cogerla miedo. ¡Ah, si mis nervios motores respondiesen a mis deseos! Pero es inútil. Pienso una cosa y hago otra.

Después de otra pausa, prosiguió:

—¡Si asistiera usted a nuestras comidas, a nuestros fúnebres *tête–à–tête*! Yo no la miro; pero ella me devora con los ojos como si se tratase de auscultarme el cráneo. La criada nos sirve como una sonámbula, temerosa de que a lo mejor estalle aquel silencio en un Niágara de improperios. Por supuesto que la pobre Rosa es su pesadilla sempiterna. ¡La infeliz, tan buena, tan humilde! Es ella, usted lo sabe, quien me ayuda cuando tengo algún trabajo urgente. Va a la Biblioteca Nacional y me toma las notas que necesito, la que me pone en limpio los originales para la revistas, la que me escribe las cartas y quien me consuela en mis horas de angustia... De la una no recibo sino insultos, amenazas y asperezas; de la otra, sólo palabras de cariño y simpatía...

Plutarco se paseaba por el gabinete, preocupado y nervioso. Miró a la calle al través de los cristales del balcón.

—¡Qué hermoso día, doctor! ¿Quiere usted que demos un paseo a pie por los Campos Elíseos hasta el Bosque?

—No me vendría mal un poco de sol, ya que soy todo sombra por dentro.

– X –

B ajo los castaños, en bancos y sillas, se agrupaban charlando familias
burguesas, entretenidas en ver el flujo y reflujo de landós, victorias, tíl-
buris, fiacres, cupés, carretelas y automóviles que rodaban por la gran
avenida, camino del Bosque de Bolonia o de la Plaza de la Concordia, envueltos en el oro chispeante de aquella tarde diáfana y tibia, de límpido azul.

En lujosos trenes, tirados por caballos que piafaban orgullosos enarcando el cuello, mostraban su belleza arrogantes mujeres tocadas de caprichosos
sombreros multiformes.

—En días como éste –observó Plutarco– en que la primavera vuelve, si
no a las ramas de los árboles, ya casi mustias, al cielo y al aire, es un placer indecible pasearse por París. ¡Cómo goza el ojo con el espectáculo de tanta mujer elegante y seductora, con el relampagueo del sol en el barniz y los meta-
les de los vehículos, con el ancho cielo azul y la perspectiva de estos paseos
poblados de árboles, jardines y fuentes, que dan la sensación simultánea de
la clausura de la ciudad y de la libertad sin límites del campo! En nuestros
países no disfrutamos de esta alegría luminosa de la naturaleza, porque no tenemos estaciones. Pero aquí, después de las brumas y las crudezas del invierno, ¡con qué inefable delicia saboreamos esta dulce resurrección primaveral!

Se detuvieron ante el *Palace Hôtel,* a cuya puerta se apiñaba una muchedumbre que aguardaba impaciente la salida del Sha de Persia.

—¿Puede usted creer, doctor, que no sé una palabra de los persas?

En esto salió el autócrata con su gorro de astrakán y su levita negra. Sus ojos, a flor de *tête,* revelaban una tristeza de lúbrico aburrido y enfermo. Sus grandes bigotes grises, adheridos en parte a las mejillas terrosas, parecían un rabo de zorra.

—*Vive le Sha!* –gritaron algunos, y el landó, custodiado por la guardia republicana y seguido por los del séquito imperial, echó a andar hacia el Bosque, paseo predilecto del monarca.

—Prepárese usted –dijo el doctor con cierta jovialidad– a oír toda una conferencia (usted la ha pedido) geográfico–histórica sobre la Persia.

—*Je ne demande pas mieux* –contestó Plutarco sonriendo.

—El antiguo imperio medo–persa –dijo el médico– estaba situado en la parte occidental del Asia. Le limitaban, por el Norte, la cordillera del Cáucaso, el mar Caspio y la Partia; por el Este, los montes de la India; por el Sur, el mar Eritreo, el golfo Pérsico y la Arabia; y por el Oeste, el desierto de Libia, el Mediterráneo, el mar Egeo y el Ponto–Euxino. El Éufrates dividía el imperio en dos porciones desiguales: la una, al occidente de dicho río, comprendía la península del Asia Menor, la Siria, Fenicia y Egipto; la otra abarcaba las comarcas que se extienden entre el Éufrates y el Indo. Al paso que la Media era llana y fértil, la Persia antigua era muy caliente y árida y estaba cubierta de arcilla dura y de pantanos pestíferos. A esta inclemencia del medio obedecía, sin duda, la sobriedad y el vigor indomable de los persas. Según Herodoto, el, persa no enseñaba a sus hijos sino tres cosas: "montar a caballo, tirar el arco y decir la verdad". Las más célebres ciudades de este imperio –el más grande de la antigüedad– eran Persépolis, Susa y Ecbátana. Sabemos de las costumbres de los persas por los escritores griegos Estrabón, Herodoto y Jenofonte. La organización política de aquella inmensa monarquía recuerda, por lo sólida y vasta, la de los antiguos romanos y la de los ingleses. Dejaban a cada país sus costumbres, su lengua, sus magistrados y cierta autonomía. Así proceden los anglosajones en la India. Hubiera sido imposible imponer la homogeneidad a dominios tan abigarrados en que se hablaba lo menos veinte lenguas distintas. Darío no exigía de sus súbditos sino impuestos regulares en proporción con los recursos de cada territorio. Dividió sus Estados en veinte satrapías, La provincia de Persia, que comprendía a Persépolis y Pasagarda, estaba exenta de todo tributo. Estas contribuciones se pagaban en numerario o en caballos y carneros. Babilonia, por ejemplo, pagaba en jóvenes eunucos. El sátrapa era espiado por un secretario regio y un general que ejercía la autoridad militar.

El imperio fue desmembrado en diferentes épocas. Bajo los Sasanidas quedó reducido al Asia Menor. A partir de la conquista de los árabes, Persia cambió su nombre por el de Irán. Devorada por un sol tórrido, pobremente regada por ríos que se pierden en los arenales, es hoy casi un yermo. Contiene, sin embargo, algunos valles fértiles y bosques de pinos, álamos y robles verdean en las faldas de sus montes, en cuyas entrañas abundan el cobre, el plomo, el mármol y las piedras preciosas. Perales, olivares, cerezos y melocotoneros pueblan sus jardines. Sus caballos, dromedarios y camellos eran famosos; rebaños de búfalos y cabras pacían en sus llanuras, y el oso, el león y el leopardo llenaban sus selvas. Sólo dos razas, de origen ario, los medas y los persas, dominaban en el Irán. La Media, el país de las llanuras, ocupaba la región que se alarga desde la frontera de Asiria hasta la Ecbátana. Persia ocupaba la parte montañosa.

—Continúe, doctor. Le escucho extasiado.

—Los persas fundaron un imperio colosal, pero no inventaron nada nuevo, ni en ciencias, ni en arte, ni en industria. Hasta su advenimiento, el viejo mundo oriental había sido gobernado por semitas como los asirios o medio semitas como los egipcios. Con el persa, el genio ario aparece por vez primera en la historia. Rejuveneció la savia de las razas decrépitas y, agrandándose poco a poco, llegó a su auge con los griegos, herederos de la civilización asiática. Al hundirse la monarquía babilónica, al empuje de los persas dirigidos por Darío, la misión de los semitas parece terminada. Mil años más tarde, con los árabes, pudo creerse que los persas marchaban a la cabeza del progreso; pero su influjo en el desenvolvimiento humano fue casi nulo. El persa era asimilador, pero no original. Con el roce de los pueblos sojuzgados, su carácter se corrompió. Imitaron a los caldeos en el uso de las joyas, de la orfebrería y del adorno, y a las babilonios en el de los amuletos. Se pirraban por las sortijas, los collares, los brazaletes, los vidrios de colores, las copas de plata y los muebles incrustados de oro y marfil. Contra este lujo fastuoso tronaron vanamente los retóricos griegos. Eran admirables jinetes, no superados ni por los partos ni por los árabes, sus discípulos. La caballería persa caía sobre el enemigo como una tromba y desaparecía lo mismo. Su procedimiento consistía en provocar y fatigar al adversario. El soldado persa, montado al revés, con los pies hacia arriba y la cabeza hacia abajo, mientras el caballo corría, disparaba sus flechas. La infantería no era menos aguerrida. Su equipo se componía de una tiara de fieltro, de una túnica con mangas, de una coraza de hierro, de largos pantalones y de altas botas atadas con cordones. Sus armas eran un escudo de mimbre, un dardo arrojadizo, un arco, flechas y un puñal pendiente de la cintura. Cada legión, vestida a la usanza nacional, marchaba aisladamente. El incontable ejército de Jerjes debió de ofrecer la más brillante y multicolora perspectiva.

Los asirios ostentaban cascos con cimera y corazas de lino acolchado; los escitas, bonetes puntiagudos; los indios, túnicas blancas; los caspianos, sayones de pelo de cabra; los árabes, larga ropa talar remangada; los etíopes, pieles de leopardo; los tracios, tocas de zorra, y los pobladores de la Cólquida, cascos de madera. En medio de este deslumbrador desfile iba el monarca en su carro, tirado por dos caballos nisanos, según la descripción de Herodoto. Cuando se cansaba de ir en el carro, manos femeninas le trasladaban a una litera.

Del lujo de los persas nos hablan los griegos que encontraron en el campo de Mordonius, después del triunfo de Platea, tiendas tejidas de oro y plata, lechos dorados, cráteras, copas y vasos de oro.

Quitaron a los muertos los brazaletes, los collares y las cimitarras, que eran también de oro.

En general, el persa se mostraba clemente con el vencido, sobre todo si se recuerda la crueldad de los asirios. Sólo la rebelión era castigada sin piedad. Con todo, su historia está plagada de escenas de sangre. El epiléptico Cambises y Jerjes cometieron no pocas iniquidades. El persa se sometía sin protesta a la voluntad del soberano. Soportaba, sin quejarse, los mayores suplicios. Cambises, antes de casarse con su hermana, de quien se enamoró perdidamente, convocó a los jueces reales para consultarles si había alguna ley que permitiera el matrimonio entre hermanos. Los jueces –muertos de miedo– le contestaron que no existía ninguna ley aplicable al caso; pero que sí había una que autorizaba al "rey de los reyes" obrar como se le antojase.

Los hábitos sanguinarios y sensuales de Oriente están contados con riqueza de pormenores en los primeros capítulos del Libro de Ester. Fíjese en cómo se describe el boato de Artajerjes, el Asuero bíblico:

"Se habían tendido por todas partes toldos de color azul celeste y blanco y de jacinto. sostenidos de cordones de finísimo lino y de púrpura que pasaban por sortijas de marfil, y se ataban a unas columnas de mármol. Estaban también dispuestos canapés o *tarimas* de oro y plata, sobre el pavimento enlosado de piedra de color de esmeralda o de pórfido y de mármol de Paros, formando varias figuras, *a lo mosaico,* con admirable variedad. Bebían los convidados en vasos de oro y los manjares se servían en vajilla siempre diferente; presentábase asimismo el vino en abundancia y de exquisita calidad, como correspondía a la magnificencia del Rey".

—Pero ¡qué memoria tan admirable tiene usted! –exclamó Plutarco.

—Es lo único que me queda –contestó Baranda.

—¿Y cuál es la religión de los persas, doctor?

—El estudio de los Vedas (código religioso, en vigor todavía entre los Brahamanes) ha demostrado que la religión persa nació del naturalismo. Los magos persas (mago, en pehlvi, significa sacerdote) tomaron sus doctrinas a los gimnosofistas indios (Diógenes Laercio). El persa cree en un Dios bueno –Ormuzd– (equivalente al Indra védico) y en un Dios malo –Ahrimán–, eternos rivales. Formaban la corte celestial, como si dijéramos, de estos dioses, personificaciones de los fenómenos naturales y genios que representaban las fuerzas vivas del Cosmos, especie de hipóstasis de todo lo que tiene inteligencia y cuyo origen debe buscarse en la adoración de las almas. El mazdeismo simbolizaba la lucha entre el bien y el mal, la luz y las tinieblas, la vida y la muerte. Para conjurar al espíritu maligno inventaron plegarias, ritos y ceremonias, toda una ciencia de sortilegios y evocaciones. El gran profeta de esta religión fue Zarathustra, Zoroastro o Zerdusch. Mítico o real, pues nada se sabe de su vida, se considera como el legislador religioso de los persas. Se le atribuyen libros sagrados, de los que sólo se conservan fragmentos en el *Avesta*. Para los griegos y los romanos fue el fundador de la magia, dígase taumaturgo.

Según Estrabón, Gregorio Nazianceno, Amiano Marcelino y otros, el tipo clásico del mago y del encantador en Occidente fue el persa. Una planta que los arios empleaban en sus libaciones –*aclepsia acida*– se convirtió entre los persas en un símbolo, que, al decir del *Avesta*, daba la muerte, la vida, la salud y la belleza. Para ellos personificaba el genio de la victoria y de la salud, que se dejaba beber y comer de sus adoradores.

Con el nombre de *Avesta* se designa el conjunto de los textos mazdeístas o "libros sagrados de los antiguos persas", que se hallan hoy en Bombay, en poder de los Parsis, y en Persia, en poder de los Guebres.

El *Avesta*, libro litúrgico, tal como ha llegado hasta nosotros, representa los ritos del *Gran Avesta* primitivo, cuya destrucción parcial se atribuye a Alejandro. Según la tradición parsi, el *Avesta* se componía primitivamente de veintiún *nasks* o libros, de los cuales se poseían fragmentos en tiempo de los Sasanidas. De estos libros sólo se conserva uno completo: el *Vendidad*, de carácter civil y religioso, en que se tratan cuestiones cosmogónicas. Está redactado en forma de diálogos entre Ormuzd y Zoroastro. La antigüedad conoció el *Avesta*; pero la Edad Media y el Renacimiento le ignoraron. El *Vendidad* recuerda la Ley mosaica.

La limpieza fue siempre la principal preocupación de las religiones orientales. Casi todas las leyes judaicas obedecen a la higiene. Se proscribe el cerdo porque el cerdo es nauseabundo. En el *Avesta* el objeto impuro por excelencia es el cadáver porque engendra la corrupción y la peste.

El fin de la purificación es evitar el contagio que pasa del muerto al vivo. De donde viene la prohibición de arrojar los cadáveres al agua. El líquido –la ciencia moderna lo ha confirmado– es el conductor principal de la impureza. El gran purificador es el fuego.

Toda la religión del *Avesta* descansa en esta mezcla de misticismo y de previsiones higiénicas. El perro, a quien la mayoría de los pueblos orientales mira con desprecio, es muy estimado de los mazdeístas, lo cual puede que responda a que el perro es el amigo y el protector del hombre, el adversario siempre vigilante de sus enemigos y el guardián de sus rebaños.

El *Vendidad* consagra todo un capítulo a las leyes que tiran a protegerle. "Cincuenta palos al que maltrate a un perro de caza; setenta, a un perro vagabundo; doscientos, a un perro de pastor; de quinientos a ochocientos al que mate a un perro. Mil palos al que mate a un erizo..."

Sin proclamar como el budismo la piedad universal, el mazdeísmo proclamó los deberes del hombre para con el animal, particularmente para con el buey que le ayuda en su labor, le da su carne y le viste con su piel. Según

Darmesteter (cuya traducción francesa de los libros del Irán le recomiendo), el advenimiento de la religión de Zoroastro representa el advenimiento de la justicia para los animales. "El alma del buey lloraba. ¿Por qué me has creado? Heme aquí víctima de los malvados que me maltratan. No tengo más protector que tú. Asegúrame un buen pasto..."

La nota predominante de esta religión, que no excluye los tormentos del infierno, es una dulzura penetrante. Zoroastro triunfa del mal por la santidad y la plegaria. Muchas páginas del *Avesta* exhalan un inefable perfume evangélico.

—¡Qué hermoso es el estudio! —exclamó Plutarco, perdida la mirada a lo lejos de la Avenida del Bosque, que tenía algo de fantástico.

—Gracias al estudio —prosiguió Baranda—, hemos podido penetrar en el alma de aquellas arcaicas civilizaciones. Champollion descifra los jeroglíficos egipcios: Botta y Layard hacen surgir de los desiertos de Asiria suntuosos palacios; Rawlinson y Oppert leen en los libros que dormían entre el polvo de las ruinas de Nínive... La arqueología, que ha pulverizado tantas leyendas, la bíblica inclusive, hace hablar a la esfinge que parecía eternamente muda; obliga a las pirámides a contar sus secretos seculares, y da vida y movimiento a los laberintos, los obeliscos y las necrópolis. Del suelo de la Mesopotamia brotan capitales enteras, dueñas un tiempo del Asia, que nos revelan, con los extraños caracteres de sus muros, su idiosincrasia mental... La historia, de simple relato novelesco, se ha transformado en ciencia. Hasta poco ha se creía que los griegos habían sido los iniciadores de toda cultura, que eran originales y que nada debían a las civilizaciones que les habían precedido. Mientras los helenos vivían en la barbarie, en las orillas del Nilo y en las llanuras de Caldea florecían magníficos imperios.

—Quisiera saber algo de la Persia moderna, doctor. Por ejemplo, cómo vive el Sha —preguntó Plutarco, cada vez más anheloso de instruirse—. ¡Es tan interesante todo eso!

—Precisamente he leído en estos días la relación de un viaje a Teheran de cierto diplomático francés.

El palacio real —dice— consta, como toda casa persa, de dos partes: una destinada a los hombres, y otra, al harén. Está rodeado de jardines de rosas, sombreados por cipreses, pinos, plátanos y sauces, arrullados por el rumor de fuentes de porcelana azul. Al este del jardín de las Rosas, *el sol de los palacios* levanta sus dos torres cuadradas con *belvederes* exornados de arabescos amarillos y azules. Desde estas torres, las odaliscas observan la entrada populosa de los bazares. Al pie de las torres se abre una galería cubierta de tapices de Gobelinos que representan *El coronamiento del Fauno* y *El triunfo de Venus*. En la parte norte está el museo, una sala sin fin, de riqueza incomparable. El suelo desaparece bajo las alfombras persas más caprichosas, magistrales modelos del arte antiguo. Allí se yergue el trono de los Pavos reales, deslumbrante de oro y esmaltes preciosos, cuajado de pájaros fantásticos y de quimeras que se eclipsan ante las fulguraciones del diamante–sol, evaluado en ciento cincuenta millones.

Luego viene el Cuarto de los Diamantes, tapizado de espejos y de cristales que cuelgan del techo en irisadas estalactitas.

Después, la Biblioteca, tesoro de viejos manuscritos con inestimables miniaturas. Después viene la Puerta de las Voluptuosidades que conduce al harén y que sólo pueden franquear el Sha y los eunucos.

Al salir de las habitaciones reales, se atraviesa una galería que da sobre un patio redondo. Allí está el Ministerio de relaciones extranjeras. Una serie de ventanas de madera y una reja le separan de un jardín sembrado de plátanos. En el centro del jardín corre una fuente. Un gran vano se abre en la fachada: es la Sala del Trono. Las columnas de alabastro sostienen el entablamento. En las paredes una serie de retratos de reyes arrojan una nota grave atenuada por la vecindad de múltiples espejitos de brillantes facetas. En el fondo una arcada sombría se ilumina de súbito: son los cambiantes de los vidrios floridos que se reflejan en el agua de un estanque.

En primer término está el Trono. Es de mármol blanco, transparente, con incrustaciones de oro. Está sostenido, en el centro, por columnas cortas, con leones sentados en la base. A los lados ostenta pequeñas estatuas de pajes vestidos a la persa. El respaldo, especie de encaje cincelado, se extiende entre dos columnitas, que conducen a una galería baja, recargada de inscripciones, que completa esta magnífica tribuna imperial.

En torno del estanque rectangular se mueven los dignatarios, con sus grandes turbantes de tela blanca, sus amplias y largas túnicas, en que enormes grapas incrustan sus raros botones, de los que penden cadenitas de perlas.

Un silencio repentino acalla el rumor de esta multitud inquieta y parlanchina; las cabezas se doblan, las actitudes se tornan humildes y suplicantes. El rey de los reyes acaba de entrar. Atraviesa lentamente los jardines, sube al trono donde se sienta a la usanza oriental, apoyado en cojines recamados de perlas. Su levita negra, cerrada con botones de diamantes, se esfuma ante el relampagueo de las piedras.

La cresta, insignia del Poder, se abre como un abanico de fuego sobre un rostro melancólico y dulce. Con gesto rítmico e inconsciente acaricia sus largos bigotes, mirando en torno suyo con mirada misteriosa que sale como de un sueño, mientras su poeta favorito canta las glorias de la tribu de los Kadjors. Cada vez que suena el nombre de Mouzaffer–ed–Din, la muchedumbre se prosterna. De los labios del Sha caen algunas palabras benévolas. Después se le presenta la taza de café y el *Kalian* de oro y por último empieza el desfile de tropas y funcionarios al trueno tempestuoso de las músicas militares...

—¿Verdad que el cuadro tiene vida y color? –agregó Baranda terminando su conferencia.

—¡Admirable, admirable! –exclamó Plutarco viendo con la imaginación, a la luz de aquella puesta del sol parisiense, el fausto y la opulencia de la corte oriental.

– XI –

Alicia recibió furiosa al médico.

—¿Te parece bien que me haya pasado el día, este día tan hermoso, encerrada?

—Porque has querido.

—No. Porque no has querido tú acompañarme. Me aburro de andar sola por esas calles como perro sin amo. ¡Con qué placer hubiera dado un paseo por el Bosque!

—¿Y por qué me niego a acompañarte? Porque el salir contigo es un eterno disputar. Apenas ponemos los pies en la calle, empiezan las recriminaciones y los insultos, y todo a gritos para que se enteren hasta las piedras. Comprenderás que pocas ganas han de quedarme luego para volver a salir contigo.

—¿Y acaso te calumnio? ¿No eres un hombre sin pudor? ¿Cómo llamas a eso de vivir públicamente con una mujer que no es la tuya legítima?

—Yo no vivo públicamente con mujer alguna. Esa mujer –te lo he dicho mil veces– es una amiga.

—¡Mientes!

—Una amiga que me ayuda en lo que tú no puedes ayudarme. ¿Puedes tú copiarme los artículos, tomarme notas?...

—¡Si no sé leer! ¿Por qué me lo repites? ¡Para humillarme!

—Bueno. ¡Déjame en paz!

—¡Qué he de dejarte en paz! ¿Por qué no me hablabas así en Ganga? ¡Hipócrita!

—¡No me nombres tu tierra! ¿Hipócrita yo? ¿En qué? ¿Qué diré de ti? Recuerda lo que fueron nuestros amores en Ganga. Puramente epidérmicos.

—¡Ah, si me hubiera entregado del todo, no te hubieras casado conmigo! Me hubieras plantado como has hecho con otras. Pero, claro, el deseo de poseerme...

—¡Valiente posesión! Cuando empleas preservativos, te estás quejando una hora de la matriz porque el agua fría te daña; y cuando no les empleas, me obligas a realizar el acto a medias. ¡Y quieres que me acueste contigo!

—¡No, no quiero tener hijos! ¡Soy más honrada que tú!

—Si tanto miedo tienes a los dolores del alumbramiento, ¿por qué no te casaste con el Espíritu Santo? Hubieras concebido por obra y gracia suya...

—¡No te burles!

—Pero eso me tiene sin cuidado. Después de todo, puede que tengas razón. ¿A qué engendrar más infelices? A mí lo que me importa es la paz.

—¿Cómo quieres que la haya después de tus continuas infidelidades? ¡Qué inmundicia es la vida conyugal! Por un matrimonio honrado y puro, ¡cuántos como los que describe Octavio Mirbeau en *Le journal d'une femme de chambre*!

—¿Cómo has podido leerle?

—¡Me le ha leído Nicasia, hombre! No me fastidies más. Después que me has corrompido...

—¡Corromper! ¡Corromper! Todos, hombres y mujeres, nacemos corrompidos. ¡Cuán otro hubiera sido contigo si me hubieses tratado con más ternura!

—¿Que no he sido tierna contigo? ¡Qué descaro! ¡A ver, mírame de frente!

—Suponiendo que fuesen ciertas todas esas traiciones sentimentales de que me acusas...

—Al fin, confiesas.

—¿No tengo otros méritos a tu consideración? Pero a la mujer ¿qué la importan los méritos intelectuales del hombre? Ya puede ser un canalla, un inepto, que con tal de que la ame y la sea fiel, todo se lo perdona. Y ya puede ser un genio, que si no se pliega a sus caprichos y no la rinde parias[143], no la merecerá el más mínimo respeto.

—Tú ¿inspirarme respeto? ¿Porque tienes los ojos melancólicos y sabes unas cuantas paparruchas?...

—Ya que no por lo que valgo mentalmente —eso eres incapaz de apreciarlo— por haberte al menos sacado de la oscuridad en que vivías. ¿Quién eras tú? Una miserable inclusera[144]...

—En Ganga no hay inclusa. ¡Mientes!

143 *Rendir parias*: fig. someterse, prestar obsequio, del tributo que paga un príncipe a otro en reconocimiento de su superioridad
144 *Inclusera*: persona criada en la Inclusa, casa de niños expósitos; proviene de Nuestra Señora de la Inclusa, nombre dado a una imagen de la Virgen traída en el Siglo XVI desde la isla de l'Ecluse (Holanda) y entronizada en la casa de expósitos de Madrid

—Una india...

—¿Y tú? ¡Quién sabe de qué huevo saliste!

—¡Alicia!

—Tú puedes ofenderme; pero yo no.

Toda conversación era inútil. El médico no la amaba y ella sentía por él la sorda inquina que sucede a los amores contrariados y la envidia tácita que inspira a todo ser inferior–sea mujer u hombre– la superioridad desdeñosa.

Tratar de convencerla era machacar en hierro frío. Nadie podía alejarla de su delirio lúcido. Aquel hombre, a quien ella juzgó honrado –para la hembra la honradez masculina se reduce a la monogamia–, aparecía a sus ojos despechados como un libertino despreciable. No abrigaba otro designio que vengarse infernándole la vida. Su salud, cada vez más quebrantada, sus pérdidas de dinero, sus cavilaciones, sus disgustos, maldito lo que le preocupaban. Él, con toda su instrucción y su talento, no había parado mientes[145] en que la mujer todo lo soporta, golpes e injurias inclusive, menos la indiferencia amorosa. Una mujer, desdeñada corporalmente por el hombre a quien ama, es capaz del crimen. Ser imaginativo y sentimental, no puede menos de representarse por modo plástico el desdén como la prueba más palmaria de una traición. Y entonces ve, al través del vidrio de aumento de los celos, al hombre, a un tiempo querido y odiado, prodigar a una rival las lúbricas caricias que ella se figuraba haber monopolizado de por vida.

---

145 *Parar mientes*: considerar, meditar y recapacitar con particular cuidado

– XII –

Alicia se levantó aquella mañana más irritable que de costumbre. Empezó a trasladar los muebles, como solía, de un lugar a otro, dando gritos a la *femme de chambre*. Dormía poco y comía menos. Después de almorzar se echaba en el canapé, entre cojines, y allí permanecía adormilada una o dos horas.

—¡Es usted más cerrada que una mula! –decía a la sirvienta, que no sabía dónde meterse–. ¿A quién se le ocurre poner el biombo en el pasillo? A ver, déme usted acá ese *gueridon*[146]. ¡Y lárguese! No sirve usted más que de estorbo. ¡Bestia! –Y con una actividad de ardilla se ponía a revolverlo todo, tan pronto subiéndose en una silla como tendiéndose en el suelo para ver si había polvo bajo los muebles.

No eran las seis de la mañana. Una luz borrosa que entraba por los cristales del balcón dejaba ver la silueta de la *femme de ménage* que barría la sala.

—¡Pase usted la escoba por aquí! –la gritaba Alicia–. ¡Por allí! Vea usted cómo está eso de polvo.

No pudiendo dominar su impaciencia, tomaba ella misma la escoba.

—Pero, señora...

—¡Qué señora, ni qué señora! ¡Lárguese usted también! ¡No he visto gente más inepta!

Luego, pasando al pasillo donde estaba un gran armario de ropa, se ponía a contar los manteles, las servilletas, las toallas...

—¡Aquí faltan dos fundas de almohada! ¡Y tres sábanas!

---

146 *Guéridon*: pequeña mesa auxiliar

A los gritos despertaba el médico.

—Ya empezó Cristo a padecer –gemía–. A ver, que me preparen el baño. Tengo que salir en seguida.

—¡Aguarda, si quieres! Lo primero es arreglar la casa, que está hecha una inmundicia.

—¡Cuándo acabarás! No hay día en que no se te ocurra algún nuevo cambió. Deja los muebles. Los vas a gastar con tanto llevarles de un lado para otro.

—¡No me da la gana! ¿Me meto yo con tus enfermos? No te faltaba más que eso: que te metieras en las interioridades de la casa.

A cada olvido o equivocación de las criadas, respondían nuevos gritos, lamentaciones y lágrimas.

—¡Estas burras van a acabar conmigo!

—¡Y tú vas a acabar con todos! –exclamaba el doctor desesperado.

Daban las once y Alicia, desgreñada y polvorienta, continuaba trajinando locuaz y febricitante.

El médico por no oírla se largaba a la calle.

—¡Es lo mejor que puedes hacer! –aullaba Alicia tirándole la puerta.

Cambiaba de sirvienta todos los meses. ¿Quién podía soportar aquel delirio locomotor acompañado de apóstrofes?

– XIII –

El Círculo Voltaire estaba en la rue Laffite. Desde lejos se le distinguía por los dos grandes faroles que esclarecían la entrada. A la izquierda de la puerta principal había una sala de recibo que se poblaba, al caer la tarde, de cocotas que iban en busca de sus amantes o de jugadores gananciosos.

Traspuesto el vestíbulo y empujando una mampara de cristales, se llegaba a un salón oriental tapizado de rojo y rodeado de columnas. En el centro se erguía, sobre empinado pedestal, una estatua de bronce con un candelabro de cinco bujías, ceñida en la base por un diván circular de cuero junto a cada columna había un jarrón con plantas tropicales. A la izquierda se abría una sala con una mesa de cuatro asientos, provista de carpetas y avíos de escribir, y no lejos, en una mesa arrimada a la pared, se amontonaban los periódicos del día. Sobre aquella mesa sólo se escribían angustiosas epístolas en demanda de dinero. No había que preguntar: cada carta era un sablazo.

A la derecha, en sendas mesitas, se jugaba al *ecarté,* al ajedrez y a los dados. En el fondo, separada del salón por otra puerta de cristales, estaba la sala del *baccarat,* muy lujosa, con grandes medallones en las paredes, que representaban simbólicas mujeres desnudas. Del techo colgaban dos enormes lámparas de bronce erizadas de innúmeros globos eléctricos.

A un lado y otro se extendían largos divanes de cuero castaño en que se echaban a dormir algunos jugadores recalcitrantes, perdido el último céntimo. Pasada la puerta, a mano izquierda, estaba el cajero, un judío obeso, de ojos saltones y adormilados, que apenas podía moverse. Tenía al alcance de la mano una caja cuyas gavetas abiertas, como el teclado de un armonium, contenían ordenadamente fichas de cinco y veinte francos y embutidos de oro y plata. En una ancha cartera negra depositaba los billetes de quinientos y mil francos que recibía a cambio de *placas.*

En torno de la mesa del *baccarat,* empujándose sobre los que jugaban sentados, se revolvía febril una muchedumbre cosmopolita: generales sur–americanos, viejos con la Legión de Honor y otras condecoraciones, banqueros, cómicos, literatos, corredores de bolsa, duques *entretenus* y vagos que vivían del sable. El tipo judaico predominaba.

—*Un louis tombe!* –voceaba uno.

—*Quart au billet* –decía otro.

—*Cent louis à cheval* –decía una voz catarrosa.

Y el *croupier* repetía las posturas. Luego agregaba gangosamente:

—*Lés jéux sont faits? Faités vos jéux, messieurs, faites vos jeux! Les jeux sont faits? Rien ne va plus!*

Y con la raqueta, semejante a un lenguado de ébano, pasaba de las manos del banquero a las del punto los naipes.

—¿Carta? –decía el banquero.

—Carta –contestaba uno de los paños.

—No –respondía el otro.

—Siete –replicaba el banquero tirando las cartas sobre el tapete y queriendo disimular el regocijo que chispeaba en sus ojos.

—*Bon partout* –agregaba el *croupier* barriendo con la hoz las pilas de fichas rojas, blancas y verdes de los puntos, que ponía luego en orden, no sin escamotear de cuando en cuando alguna que se deslizaba por la bocamanga de su fraque.

Un criado de librea pasaba de tarde en tarde un cepillo por el tapete para limpiarle de la ceniza de los cigarros.

El banquero, en cuya cara fangosa había algo de una quimera meditabunda de *Notre–Dame,* estaba de buenas.

Ganaba más de cien mil francos.

Algunos jugadores, levantándose de pronto, tomaban la puerta. Otros se quedaban allí rondando a los que ganaban para darles un sablazo, o jugando mentalmente. En muchos semblantes, pálidos y ojerosos, se reflejaba una ansiedad taciturna. En otros, una indiferencia de camellos. Nadie hablaba. Todos estaban pendientes de las cartas que, en su vertiginoso y monótono vaivén, se llevaban capitales enteros, sin un grito, sin una protesta, sin una convulsión...

La noche volaba en medio de este torbellino calenturiento, de este obstinado retar a la fortuna, ciega y caprichosa, tan goyescamente simbolizada por Jean Veber[147] en una mujer desnuda y cínica, con un ojo vendado, como caballo de picador, sujeta de una cuerda por un mendigo astroso que lleva una

---

147 *Jean Veber:* (1864-1928) caricaturista francés famoso por sus dibujos de carácter político con tendencias nacionalistas

rueda en un brazo. Y esta mujer, en cueros y borracha, con un plumero rojo en la cabeza y un palo atravesado sobre los hombros, baila al son de una murga de míseros idiotas...

—*La banque est brulée!* –gritó el *croupier.*

Todos los jugadores se levantaron.

—*Combien la banque, messieurs?*

—*Cinquante louis* –dijo uno.

—*Cent* –dijo otro.

—*Trois cents!*

—*Cinq–cents!*

—*Six cents!*

—*Mille!*

—*Mille louis* –pregonó el *croupier*–. *Personne dessus, messieurs?*

Y como nadie respondiese, añadió:

—*Adjugée á mille louis.*

Mientras el banquero cambiaba billetes por fichas y el *croupier* barajaba, como un prestidigitador, los naipes, un viejo gordo iba leyendo en voz alta el nombre de los jugadores inscritos en una pizarra. Entre esos nombres figuraba el de Petronio que acababa de llegar con Marco Aurelio, El alcohol y el libertinaje le habían aviejado. Sus ojeras eran más violáceas y su arco zigomático más hondo. Velaba sus pupilas una sombra siniestra y su labio inferior caído temblaba. A menudo se llevaba una mano a la pantorrilla porque imaginaba que un bicho repugnante le subía por ella.

Según contaba Marco Aurelio, muchas noches se figuró ver perros, gatos y ratones. Su inapetencia era tal que, con todo de ser las dos de la mañana, aún no había comido.

De su lío con la vieja austriaca sólo le quedaban quinientos francos. Estaba entrampado hasta los ojos y ya no podía pasar por los bulevares porque en todos ellos debía algo. Calándose el monóculo y mostrando a Marco Aurelio cinco fichas verdes, le dijo:

—¡Mis últimos cartuchos!

—*Faites vos jeux, messieurs* –gritó el *croupier*–. *Faites vos feux!* –y empezaron a llover sobre la mesa placas de todos colores y billetes de banco. El tapete semejaba una ensalada de remolachas, patatas y pepinos.

Petronio pidió un cognac. Luego encendió un cigarrillo.

—Nueve –dijo el banquero.

—*Bon* –respondió uno de los puntos arrojando las cartas con violencia al centro de la mesa.

—*Exquis!* –añadió el otro punto.

Petronio se quedó mirando fijamente, con una mirada de odio profundo, al banquero que sonreía con aquella boca que le cogía de oreja a oreja, mientras el *croupier* recogía las posturas.

—*J'ai la guigne aujourd'hui*[148] –dijo uno de los jugadores.

—*Faites vos jeux, messieurs! Faites vos jeux! Les jeux son faits? Rien ne va plus! Rien tombe!* –gritó el *croupier*.

—Ocho –dijo el banquero, cada vez más sonriente.

—*Bon partout* –respondió el *croupier* segando de nuevo aquel campo de fichas.

—¡Mal rayo te parta! –gruñó Petronio.

—*Cet homme là est extraordinaire. Quelle veine!* –exclamó uno de los puntos.

—*Jamais j'ai vu une chose pareille! Il a passé... Combien des fois il a passé?* –preguntó otro.

—*Ce soir–ci?* –dijo una voz–. *Sais pas. Mille fois je pense.*

—*Faites vos jeux, messieurs! Faites vos jeux!*

Los jugadores, lejos de retraerse y esperar a que pasase la racha, triplicaban las posturas, como hipnotizados por el banquero y atraídos por las fichas, los luises y los billetes que se acumulaban, creciendo, delante del *croupier*. Era curioso observar la timidez con que jugaban cuando ganaban y el atrevimiento con que apostaban cuando perdían. ¿Era el placer áspero que despierta exponerse a un peligro?

—¿Cuánto hay en banca? –preguntó Petronio con voz aguardentosa.

—Sesenta mil francos –respondió el *croupier*.

—Quinientos luises –añadió Petronio, no sin sorpresa de los circunstantes.

—*A qui la main?* –preguntó uno.

—*A moi* –respondió Petronio con desdén.

—Carta –dijo el banquero.

—Carta –pidió uno de los puntos.

—Carta –añadió Petronio, temblándole las manos.

—Cuatro –respondió el banquero.

—Dos –dijo uno de los puntos.

—*Baccarat* –dijo Petronio, casi tan bajo que apenas se le oyó.

Al ver que no daba señales de vida, el banquero y el *croupier* le interrogaron simultáneamente con los ojos.

—*Monsieur?...* –osó decir el *croupier*.

Los jugadores se miraban los unos a los otros estupefactos.

—No tengo dinero –respondió Petronio tras una larga pausa.

Un rumor de colmena corrió entre la muchedumbre atónita.

—Pues cuando no se tiene dinero –dijo el banquero, en voz alta– no se juega.

—Pero ¡se mata! –rugió Petronio descerrajándole un tiro a boca de jarro y emprendiendo la fuga. La multitud le rodeó tratando de desarmarle. A la detonación acudió la policía. No faltó quien, aprovechándose de la confusión, robase del tapete algunos luises. Petronio, viéndose perdido, volvió el arma contra sí perforándose el cráneo.

148 *J'ai la guigne aujourd'hui*: hoy tengo mala suerte

– XIV –

Cuanto ganó don Olimpio en Ganga, vendiendo comestibles averiados, iba pasando a manos de la Presidenta...

Doña Tecla nada veía. Su anemia cerebral iba en aumento. Se figuraba que el único lazo que les unía era la animosidad que sentían por el médico. ¿Por qué le aborrecían? Porque el doctor no se recataba para decir a quien quisiera oírle que la Presidenta era una tía y don Olimpio, un zoquete. Además, don Olimpio no olvidaba ni el desdén con que contestó a su brindis la noche del banquete en Ganga ni el haber seducido en su propia casa a Alicia.

Todo, no obstante, se lo hubiera perdonado si Baranda hubiera sido una medianía. ¿Quién era don Olimpio? Un pobre diablo salido del fondo de una aldea que no figuraba en el mapa, como quien dice. Si no hubiera visto nunca al médico de cerca, de juro que hubiera formado en el número de sus admiradores. Pero el hecho de rozarse con él, de frecuentar su casa, de saber, por la misma Alicia, ciertas intimidades que le pintaban como hombre apocado e irresoluto, suponía que le autorizaban a tratarle de tú por tú. Esta pretensión igualitaria no pasaba de mera pretensión, porque en presencia del doctor no se atrevía a desplegar los labios. Habituado, por otra parte, al despotismo de aquellos países, que a la larga envilece y familiariza el espíritu con los medios violentos, no se postraba, en rigor, sino ante el palo y la amenaza.

Un hombre tolerante, que no andaba a cintarazos, le parecía tonto de capirote, por intelectual que fuese. El desdén silencioso del médico le mortificaba, le hería en el amor propio. Se desquitaba a su modo, propalando malignamente que Baranda era un cirujano de pacotilla.

—En Ganga –decía para probarlo– operó cierta vez a una señora y luego de cosida tuvieron que abrirla de nuevo. ¡Porque se dejó olvidado un bisturí en el vientre de la víctima!

El hecho era cierto: sólo que el cirujano a quien aludía no fue Baranda. Nadie daba crédito a estas paparruchas; pero la calumnia corría. La venganza que urdía la Presidenta y él era obligarle a abandonar a Rosa. Con insinuaciones primero y sin ambages después, influían en el ánimo de Alicia para que no le dejase a sol ni a sombra.

—Tú no debes permitir eso, hija mía. Figúrate que se le antoje testar en su favor. Nada, que te quedas en la calle. Ustedes no tienen hijos...

—Eso –agregaba don Olimpio–. No tienen hijos. De modo que no tienes derecho sino a la cuarta marital. Poca cosa.

Alicia se quedaba meditabunda. Luego exclamaba:

—Quien tiene la culpa de todo es ese correveidile de Plutarco. ¡Le odio! ¡Le odio! ¿No sabes, hija, que quiso violarme en el buque cuando me trajo a París? Y en cuanto a la Rosa... ¡A esa la arranco yo los ojos! ¡Ah, estas francesas, estas francesas!

La Presidenta, más astuta que don Olimpio, pudo apreciar el efecto de su malévola sugestión.

* * *

La escena entre el doctor y Alicia, a raíz de esta conversación, empezó siendo dramática y acabó en idilio.

—Como me sigas embromando –gritaba el médico– te planto en medio del arroyo. Como suena. ¿Dónde está la ley que me obligue a seguir viviendo contigo? A ver ¿dónde?

Alicia, temerosa de que el doctor pusiese en planta lo que decía y sorprendida por aquella energía inesperada, rompió a llorar.

—¡Me dices eso porque no me quieres! ¡Porque nunca me quisiste! ¡Porque soy pobre y no tengo a nadie en el mundo!

Después de un silencio entrecortado de sollozos continuaba:

—Me parece que lo que te pido nada tiene de absurdo. ¡Porque te amo, sí, porque te amo! –y se le echaba encima a besarle–. ¡Porque estoy celosa!

Baranda, a su pesar, enternecido, la calmaba:

—Vamos, no llores.

—Estoy enferma, me lo has dicho muchas veces haciéndome trabar frascos y frascos de bromuro y de cuanta droga hay en la botica. ¿Qué culpa tengo de estar enferma?

Luego añadía jeremiqueando [149]:

149 *Jeremiquear*: lloriquear, gimotear

—Bueno. Si no quieres dejarla, no la dejes. Yo no puedo ni quiero obligarte. ¡Cuánto me has hecho padecer! ¡Cuánto he llorado por ti! ¡Y dices que me vas a plantar en el arroyo! ¡Qué desgraciada soy! ¡Qué desgraciada!

De sobra sabía el efecto que semejantes reproches, velados por una ternura, tal vez ficticia, tal vez sincera, pero transitoria y superficial, producían en el alma, naturalmente sensible, de su marido. Era artera y perspicaz, como todas las histéricas, y sólo el miedo al castigo ponía dique a sus arrebatos.

—Te prometo —continuó—, te prometo enmendarme. Pero ¡no seas tan duro! ¡Y no me dejes tan sola!

Y la escena acabó en una cópula sobre el diván, en una cópula de gallo, rápida y desabrida.

Alicia pudo entonces convencerse de que todo había concluido, de que ya no le inspiraba el amor más mínimo, la más ligera ilusión. Lloró en silencio, con lágrimas ardientes, y pensó en su madre cuyo recuerdo no podía consolarla porque nunca la había visto. Luego la entró una curiosidad irresistible de saber quién fue y cómo era físicamente y si había tenido más hijos. De súbito la asaltó una sospecha. ¿Sería su padre don Olimpio, aquel viejo repugnante y lujurioso? ¡Ah, no! No se hubiera atrevido a querer seducirme. ¿Era el primer caso, después de todo, de que un padre —y un padre natural— tratase de corromper a su propia hija? El hombre es capaz de todo. Impúber, se masturba o se pervierte en el dormitorio de los colegios con los condiscípulos, sin menoscabo de violar gallinas, gatas y perras... De hombre, no respeta edad, ni categoría social, ni parentesco, ni lazos de amistad como haya una falda por medio.

—¡Ah, qué nauseabundo es el hombre! ¡Qué nauseabundo! —exclamaba haciendo una mueca de asco.

– XV –

La muerte de Petronio produjo al principio cierta dolorosa sorpresa en la colonia sur–americana. Cada cual la comentó a su modo.

—No me coge de improviso –exclamó Baranda.

—Era un alcohólico. Y los borrachos acaban por lo común suicidándose.

—¡Pobrecito! –gimió doña Tecla–. No puedo olvidar que era paisano mío. Marco Aurelio apenas pudo dar cuenta de lo sucedido. ¡Fue tan rápido! Además, él no estaba presente. Escribía en aquel momento una carta a don Olimpio pidiéndole cien francos.

A Plutarco tampoco le sorprendió.

—¿No dije que iba a acabar de mala manera? No se puede vivir impunemente como él vivía.

—Me parece estarle viendo –decía Marco Aurelio– con aquel andar lánguido y tortuoso de quien no está habituado a pisar en calles iguales y rectas, sorteando centenares de transeúntes encontradizos. Hablaba siempre a gritos, moviendo los brazos como quien nada en seco.

—Me acuerdo –añadía por lo bajo don Olimpio, dirigiéndose a los hombres– de que recién llegado a París, andaba como loco. —"¿Quién es ésa?" –me preguntaba a cada paso. —"Una cocota". —"¿Una cocota?" —"Sí, una cocota de un luis". —"¿De un luis? ¡Si parece una gran señora!" —"¡Ay, amigo, le replicaba yo. ¿Qué pensará usted cuando vea a las grandes en el Casino de París o en el Bois?" Luego me preguntaba cómo había que hacer para conseguirlas. —"Mírelas, sígalas –le contestaba yo–. Ellas le abordarán. ¡Cosa más fácil!" (Y don Olimpio aprovechaba la coyuntura para echarla de corrido y conocedor del cocotismo elegante). —El pobre –continuaba– salía siempre pitando porque le sacaban el quilo[150]. —"¡Qué mujeres más metalizadas!, decía. Aquí hay que andar con cuatro ojos!" —¡Pobre, pobre!

—Si hubiera seguido los consejos del doctor –repuso Plutarco– el día en que vino a pedirle doce luises... El doctor estaba dispuesto a pagarle el viaje de regreso a Ganga, a pesar de las necedades que escribió contra él, cuando unos cuantos canallas se conchavaron para apedrearle.

Don Olimpio empezó a pestañear y a tragar saliva.

—Pero no había modo de arrancarle de París.

La Presidenta, que solía reírle los chistes, tuvo para él unas cuantas palabras de simpatía. Observándole una vez, pensó que debía de ser maestro en el arte de hacer gozar a las mujeres. Semejante presunción tomaba cuerpo cuando le veía andar cayéndose sobre las caderas como buey que baja una cuesta; pero nunca pudo atraparle, porque Petronio, sobre visitarla de higos a brevas, andaba aturdido entre el alcohol, la timba y los cafés–conciertos.

Alicia y la Presidenta estaban ansiosas de saber el efecto qué había producido en Rosa un anónimo que la mandaron.

Se habían confabulado para hacerla romper con Baranda. En ese anónimo la decían que el doctor estaba mal de dinero (y no mentían), que ya no sentía por ella ni amor ni cariño y que estuviese alerta porque de un momento a otro, podía plantarla.

Baranda comprendió en seguida, tan pronto como Rosa le enseñó la carta, que todo aquello era obra de Alicia en complicidad con la Presidenta. En el ánimo de Rosa quedó, sin embargo, cierta desconfianza. Lloró abrazada al médico recordándole lo mucho que le quería y pronosticándole que se arrojaría al Sena si la abandonaba. El médico se mostraba más apasionado de ella cada día. La blancura deslumbrante de su piel y el azul mimoso de sus pupilas irradiaban sobre él una especie de sugestión lasciva inexplicable. Rosa había adquirido una melancólica belleza otoñal; su ingenio se había aguzado con los años, la lectura y el continuo roce intelectual con el médico, y su sensibilidad de francesa se impregnó de la caliente morbidez tropical de su querido. Éste salía aturdido de sus brazos, con el oído lleno de arrullos, la boca de besos anchos, húmedos y sonoros y el cuerpo tembloroso de eléctricas caricias...

¿Por qué no se resolvía a vivir de una vez con ella lejos, donde Alicia no pudiera sorprenderles? ¿Por qué se resignaba a seguir viviendo con aquella histérica, con aquella víbora, como él decía?

—¡Lógica, lógica! –exclamaba–. ¿Es que la lógica existe fuera de nuestra razón? ¡Quién penetra en lo subconsciente, quién explica el automatismo de nuestra vida interior!

---

150 *Sacarle el quilo*: hacerle vomitar su interior; de *quilo,* la sustancia en que se convierten los alimentos en el estómago.

– XVI –

Alicia continuaba gastando en su persona; pero al médico le contaba hasta las camisas que se ponía.

—Hay que economizar –decía.

Compraba lo peor del mercado, en términos de que el doctor se quedaba a menudo sin comer. Sustituyó la luz eléctrica con lámparas de petróleo. La sospecha de que la pudiese dejar en la calle, según la insinuación de la Presidenta, despertó en su alma de lugareña una avaricia sorda. Del dinero que el médico la daba mensualmente para los gastos domésticos, se guardaba la mitad.

Cuando el doctor se quejaba de su tacañería en unas cosas, en las necesarias, y de su despilfarro en otras, en las superfluas, exclamaba colérica:

—¿Te pido yo acaso cuenta del dinero que te gastas con *la otra*? Yo, a lo menos, soy tu mujer legítima y tengo derecho a lo tuyo, al paso que *la otra* es una advenediza, una intrusa que no tiene derecho a nada.

Alicia, auxiliada por la marquesa de Kastof, la vieja polaca, había dado con una costurera que, mediante una determinada retribución, se prestaba a todo género de enjuagues. Presentaba cuentas ilusorias de ilusorios trajes que Alicia simulaba pagar guardándose los cuartos.

Baranda, para pagar una de esas facturas, tuvo que recurrir cierta vez a un prestamista.

—Te advierto –la dijo– que de hoy más se acabaron las cuentas. Así lo he comunicado a todos los *fournisseurs*. Conque ya lo sabes.

Alicia gritó, pateó, lloró, como siempre que se la contrariaba; pero el doctor se mantuvo firme. Tenía que guardar los honorarios de los enfermos bajo llave porque al menor descuido pasaban al bolsillo de Alicia. Iba poco a poco formando una a modo de alcancía con las rapiñas caseras. Las alhajas y los vestidos podía venderles mañana en caso de apuro.

Su aversión por Baranda crecía silenciosamente. Una vez que estuvo en cama, apenas si entró en su cuarto. "¡Ojalá reviente!", exclamaba para sí. No tenía para él un solo gesto agradable. Cuando no se pasaba semanas enteras sin hablarle, le dirigía las mayores ofensas.

—El *bello* –le llamaba con ironía–, el *irresistible*.

—Eso sería antes –agregaba–, porque lo que es hoy ¡estás más envejecido y más feo! Claro. ¿Crees que se puede ser Tenorio impunemente?

—Porque *non dare* –respondía Baranda para enfurecerla.

—¿Cuándo me acerco yo a ti? ¡Si me das asco, hombre! ¡Vanidoso! Por fortuna que yo no necesito de machos para vivir. No soy sensual. Además, desprecio a los hombres. Si quisiera, tendría los amantes a porrillo[151]. ¡Figúrate, en París! ¿Qué mujer, hasta las viejas, no le tiene?

—Si tanto me odias y tan antipático te es el hombre, ¿por qué no te separas? –contestaba el médico.

—¡Eso es lo que tú quisieras! ¡Que te dejara a tus anchas con *la otra*! Pero no lo conseguirás. ¡Qué mal me conoces!

—¿Y si un día tomo la puerta?

—¡Atrévete! Te seguiré hasta el fin del mundo. No por amor, no te hagas ilusiones, sino por fastidiarte. ¡No sabes todavía con quién has dado!

Alicia andaba dentro de casa, salvo los días de recibo en que se elegantizaba, con el pelo suelto, la cara untada de vaselina que la daba cierto repulsivo aspecto culinario, y una bata roja desteñida y sucia. No era así como podía despertar estímulos amorosos en el médico. Rosa, por el contrario, cuidaba mucho de su persona, mostrándose siempre atildada, limpia y aromosa.

151 *A porrillo*: en abundancia

– XVII –

Las casas y los hotelitos del Bosque se escondían discretamente entre los follajes, a medias de un esmeralda pálido, a medias de un cobre rojizo. Una bruma ligera suavizaba los contornos de las cosas y el claror rubicundo que fluía del cielo, de un cielo nostálgico, penetraba en la verdura como reflejos sutiles. Del césped húmedo, de los árboles leonados se desprendía un ambiente de tristeza indefinible.

Los tonos calientes y viriles que el estío había fundido en una opulenta uniformidad, propendían a disgregarse, diferenciándose en una descoloración que era como la agonía de las hojas.

—El invierno y el estío –observó Baranda– son estaciones estancadizas: la savia dormita en los troncos y en los ramajes secos llenos de escarcha; la exuberancia vital se entumece en el espesor de las frondas paralíticas cuando los soles de Julio y Agosto calcinan hasta el aire. Pero la primavera y el otoño son estaciones ardientes y movedizas, en que el jugo de la naturaleza pasa del apogeo a la indigencia y de la indigencia al apogeo. Abril y Mayo son un himno de amor y de vida; Octubre y Noviembre son una elegía.

En anchas victorias, de pesados caballos negros y aurigas sexagenarios, tomaban el aire, envueltos hasta el vientre en gruesas mantas, viejos valetudinarios[152], de mirada errabunda y boca entreabierta. El París elegante y rico, el París de las *demi–mondaines,* de las actrices célebres, de los banqueros, de la nobleza hereditaria, de los hombres de letras, de los extranjeros acaudalados y de los granujas de levita, se mostraba alegre y orgulloso en aquella *vanity fair*[153].

---

152 *Valetudinario*: enfermizo, delicado, de salud quebrada
153 *Vanity fair*: novela de William Makepeace Thackeray (1811–1863) sátira acerca de la sociedad inglesa de principios del siglo XIX con sus lujos y caprichos,

Baranda y Plutarco se sentaron en un banco, a la sombra ficticia de un fresno.

—Me siento fatigado –suspiró el médico, llevándose una mano a los riñones y contrayendo los músculos faciales.

—Este aire matinal le hará bien –contestó Plutarco.

—Si pudiese irme al Mediodía, a un lugar seco y templado... Los inviernos me matan. Pero ¿cómo dejo la clientela? Los enfermos son caprichosos, las mujeres sobre todo, y poco les importa la ciencia del médico, si no simpatizan personalmente con él.

Había enflaquecido mucho; sus ojos parecían más grandes y profundos y su voz revelaba una penosa laxitud psíquica.

Después añadió sonriendo con amargura:

—Ayer recibí un anónimo...

—De Alicia sin duda –le interrumpió Plutarco.

—Dictado por Alicia y escrito por la Presidenta. En él se me dice que Rosa tiene un *amant de coeur* con el que se gasta el dinero que la doy.

— ¿Cabe mayor calumnia? –agregó irritado.

—Una mujer celosa, doctor, es capaz de todo.

—Más que celosa, despechada. Yo no creo que Alicia tenga celos. Los celos nacen del amor y usted sabe que Alicia me detesta.

Después de un silencio, producto de su fatiga mental, continuó:

—El otoño cuadra más con mi temperamento que la primavera. Fíjese usted en la languidez con que ruedan las hojas por la atmósfera pálida, en la melancólica magnificencia de esos tapices salpicados de virutas de oro y herrumbre, en la lejanía brumosa, como la de los lienzos de Corot, y en estas avenidas elegíacamente risueñas... ¿No parecen hablarnos, a su modo, de lo efímero de las cosas, de la irremediable decadencia de cuanto existe?

Por el centro del gran paseo rodaban con profusión toda clase de vehículos, desde el sólido landó hasta la frágil *charrette* tirada por diminutos *ponyes*. Por una de las *allées* laterales pasaban en trotones caballos de largo cuello y mutilada cola, estirados jinetes, paisanos y militares, de alborotados bigotes rubios, que parecían salir de un cuadro de Détaille[154].

—He pensado seriamente en el divorcio: pero el divorcio en Francia no es cosa hacedera. Requiere tiempo y ciertas formalidades engorrosas. Por otra parte, no basta que uno de los cónyuges o los dos le pidan. La ley francesa se pasa de absurda. Los únicos motivos valederos a sus ojos son el adulterio flagrante o la condenación a una pena aflictiva o infamante de uno de los contrayentes. Lo que se refiere a las injurias, a las mil vilezas que amargan la vida en común, queda al arbitrio del juez. La autoridad eclesiástica ¡quién lo diría! es más liberal en este punto que el Código. Aparte de esto, ¿usted cree que una mujer como Alicia no me acusaría de todo lo imaginable? Y yo saldría perdiendo. Los pocos enfermos que me quedan, acabarían por abando-

154 *Détaille*: Edouard Detaille (1848-1912) pintor francés especializadoi en temas de carácter militar

narme. No veo solución.

El ladrar de los perros que pasaban retozando junto a ellos, suspendió sus reflexiones. Les había de todas las razas: ingleses, de enorme cabeza, chatos y de expresión criminal; alemanes, largos, rechonchos y sin patas, como si hubieran crecido bajo una cómoda; japoneses, de fino pelo, grandes orejas caídas y nariz roma; daneses, con la piel manchada de negro y blanco; terranovas, majestuosos, nobles e inteligentes; galgos temblorosos y tímidos; lanudos, artísticamente esquilados, con sus collares de plata, nerviosos, audaces, de mirada imperiosa y atención intensa. Eran los más revoltosos. Pasaban de una acera a otra culebreando entre los coches, persiguiéndose con fingido enojo, ladrándose, revolcándose sobre la yerba. De pronto se sentaban y quedaban mirándose fijos, inmóviles, como si fueran de porcelana.

—Hasta en los perros hay clases –observó Plutarco–. ¡Qué diferencia de estos perros aristócratas a los plebeyos de Lavillette, por ejemplo! Estos venden alegría, juventud y fuerza. Aquéllos respiran tristeza, decrepitud y hambre. Sin duda que el perro imita a su amo hasta en el modo de andar. Fíjese usted, doctor, en el perro de esa vieja: va cojeando, soñoliento y de mal humor. En cambio, aquel que sigue a ese mozo robusto, de andar firme y rápido, corre y salta con vigor juvenil comunicativo.

Baranda, reanudando su pensamiento, continuó:

—Créame usted, querido amigo: soy digno de compasión. La mayor desgracia que puede aquejar a un hombre es caer en las garras de una mujer así. Le perseguirá mientras viva con la tenacidad de la idea fija rayana en locura. Nada, ni la misma muerte, podrá aplacarla. Tales mujeres obran impelidas por una fuerza irresistible, por un fanatismo calenturiento que las lleva al crimen o al heroísmo. Son verdaderas maníacas contra las cuales no hay defensa posible. No perdonan, no excusan. Carecen, como todas las mujeres, del sentimiento de la justicia. Y esto nace de su debilidad. El hombre mata de un golpe; la mujer se ensaña y goza viendo padecer a su víctima. Si yo le contase a usted las pequeñeces de Alicia, creería tal vez que exageraba. Hace cuanto puede por infernarme la vida. A ratos me entra un deseo incontrastable de huir, de huir muy lejos. Pero me falta la decisión. Voy derecho a la abulia. Cada día me siento más idiota de la voluntad...

Plutarco experimentaba un dolor sincero al oír las quejas de su protector.

—Su paciencia me asombra –le decía–. Yo que usted, la mataba.

—Tengo frío –repuso Baranda poniéndose en pie.

Echaron a andar hacia la *Porte Dauphine*. En un banco, casi frente al *Pavillon Chinois,* estaban Nicasia y Alicia conversando. El doctor y Plutarco, fingiendo no verlas, pasaron a la otra acera, en dirección a la Avenida de las Acacias. Ya quedaba poca gente. Alicia y Nicasia habían entrado por la Avenida Henri–Martin. Se habían detenido ante los lagos entreteniéndose en echar migas de pan a los patos y los cisnes que se arremolinaban voraces junto a la orilla. ¿De qué hablaron luego? Del divorcio.

—La ley es injusta con las mujeres –dijo Nicasia–. Concede al hombre el derecho de matarnos si le somos infieles. En cambio, el hombre puede tener todas las queridas que quiera...

—Como que son ellos –arguyó Alicia– los que hicieron la ley. Para ellos, lo ancho; para nosotras, lo angosto. Lo de siempre.

—¿Conoces el *Otelo,* de Shakespeare? –preguntó Nicasia.

—No –contestó ligeramente avergonzada Alicia–; pero ¿quién no sabe que Otelo es la encarnación del celoso?

—Pues en el *Otelo* dice Shakespeare, por boca de Emilia, que la mujer es tan apasionada y frágil como el hombre y que tiene los mismos caprichos.

—Vele a decir eso a mi marido. Te saldrá con que la mujer es un ser inferior. Mi situación –continuó después de una pausa– es verdaderamente angustiosa. Figúrate que a ese hombre se le antoja testar en favor de Rosa. Nada, que me quedo en la calle. ¿Qué harías tú en mi caso?

—¿Yo? Pues no lo sé. Tal vez, resignarme. ¿Qué vas a hacer? Si te divorcias, lo más que puedes lograr es una pensión con la que apenas podrás vivir. Eso, suponiendo que la ley te dé la razón. Tú no puedes probar que ese hombre tiene una querida. ¿Cómo lo pruebas? Según me has dicho, la casa está a nombre de ella. En cuanto a sorprenderles... ¿Y qué sacarías con eso? Dar un escándalo y... quedarte en la calle. Yo que tú, empleaba otros medios: la dulzura, la bondad...

—¿Dulzura con ese infame? ¡Jamás!

—Pues, hija...

De pronto, con la faz demudada, exclamó Alicia:

—¡Es ella!

—¿Quién? –preguntó Nicasia sorprendida.

—¿Quién ha de ser? ¡Rosa! Mírala, viene por la Avenida de las Acacias.

—¡Y qué elegante viene! Con su bolero de nutria con cuello de chinchilla y su sombrero de fieltro rojo con plumas. Eso cuesta –añadió Nicasia con cierta envidia.

—De fijo que se han dado cita en el Bois –continuó Alicia sin escuchar a Nicasia.

Todo era pura casualidad. Plutarco y el doctor entraron por su lado y Rosa por el suyo sin la menor connivencia. ¿No era el Bosque un paseo público?

Al atravesar Rosa la *Grille,* Alicia se la plantó delante y con el mayor desgarro la dijo:

—¡Qué ganas tenía de encontrarme con usted frente a frente!

—No comprendo –contestó Rosa asustada.

—Hágase la tonta. ¡Hipócrita! ¡Cínica!

Rosa, sin contestar, retrocedió aturdida.

—¡Canalla! –rugió Alicia, encarándose de nuevo con ella.

—Usted será la canalla –replicó Rosa mecánicamente, con voz trémula y palideciendo.

—¿Qué has dicho, grandísima pelleja? –rugió Alicia, echándosela encima, temblorosa y quebrándola la sombrilla en la cabeza. Luego la arrancó el sombrero, arañándola en la cara, entre un torrente de injurias.

—*Au secours, au secours!* –sollozó Rosa, fuera de sí, defendiéndose torpemente, con los ojos cerrados.

A los gritos acudieron Baranda y Plutarco.

—¿Qué significa esto? –exclamó el médico consternado–. ¿Te has vuelto loca?

Plutarco cogió a Alicia por un brazo mientras Rosa, atolondrada y llorando, se pasaba el pañuelo por el rostro salpicado de sangre. Nicasia trataba en vano de calmar a Alicia, que gritaba cada vez más recio, pugnando por desasirse de Plutarco:

—¡Ramera! ¡Meretriz!

Baranda, volviéndose a Rosa, la preguntó con cariño:

—¿Te ha hecho daño? ¿Te ha hecho daño esa... miserable?

—¡Tutéala, tutéala delante de mí, hijo de perra!

—¡Alicia! –exclamó Plutarco, apretándola con fuerza.

—¡Cobarde, no me apriete!

La gente se arremolinaba en torno de ellos preguntando qué ocurría. Algunos cocheros se chuleaban.

—*Ah, la, la!* –exclamó un biciclista riendo.

Mientras Baranda recogía el sombrero y la sombrilla de Rosa, Plutarco, levantando en vilo a Alicia, la empujaba hacia un coche. Alicia, dando patadas y mordiscos, continuaba gritando las más obscenas palabras.

—¿Por qué no me han dejado matarla?

Ya en el cupé con Nicasia, sacando la cabeza por la ventanilla, con el pelo sobre la frente y el sombrero ladeado, no cesaba de vomitar sobre Rosa y el médico los más corrosivos insultos.

Baranda acompañó a Rosa hasta su casa, prodigándola en el camino toda clase de consuelo.

—Esto no puede continuar así –decía–. Esto tiene que acabar. Pero ¡cómo! Pero ¡cómo! –agregaba, con la voz entrecortada de sollozos.

—No te aflijas, querido, no te aflijas. No ha sido nada. Unos arañazos.

Y hubo besos y abrazos de una ternura exquisita, y palabras de amor y de consuelo, reveladoras de dos almas débiles que se refugiaban en una misma tristeza.

* * *

Llegado a su domicilio, el médico, rendido de fatiga, de debilidad (aún

no había almorzado) y de angustia, se echó sobre el canapé gimiendo y llorando copiosamente, como si se le hubiera roto un tumor de lágrimas en cada ojo.

—¡Llora, llora! –exclamaba Alicia con infame complacencia.

—¡Miserable! ¡Miserable! –tartamudeó Baranda incorporándose y dirigiéndose hacia Alicia en ademán de estrangularla.

Pero ella, irguiéndose como una culebra, chispeantes los ojos, apretada la
boca, le rechazó diciéndole:

—¡Qué has de atreverte, qué has de atreverte!

Tenía en la mano un bisturí.

– XVIII –

¡Con qué malignidad femenina se comentó en la tertulia de la Presidenta el episodio del Bosque! Alicia se jactaba de haber abofeteado en público a *la querida de su marido* (eran sus palabras).

—Si todas las mujeres fueran así –hablaba la Presidenta–, ya se tentarían los hombres la ropa antes de meterse a seductores.

Mistress Campbell, que había vuelto del Cairo, sin decir agua va, condenaba con dureza la conducta del doctor. No transigía con el vicio, como ella llamaba al amor de las otras mujeres; pero eso no la impedía entregarse con las depravaciones de una *troteuse* del bulevar, al hombre que la gustaba.

Nadie podía sospechar que, al través de aquella cara de una pudibundez *botticellina,* se escondiese un pensamiento tan corrompido. Al fin, por enredarse con alguien, se enredó clandestinamente con Marco Aurelio, Marcuos Aureliuos, como ella decía pronunciando a la inglesa. Pero de quien estaba enamorada era del médico. Se disputaban a menudo porque la vieja tenía la pretensión de no querer pagar con larguеza a aquel libertino los placeres que la proporcionaba. La Presidenta era quien instigaba al hijo para que la explotase.

—Hubiera dado cualquier cosa –dijo la de Yerbas– por haber presenciado la escena del Bois. ¡Lo que gozo yo cuando humillan a esas mujeres sin pudor, perturbadoras de la paz de los hogares!

—Si yo fuera gobierno –objetaba la inglesa– las mandaba azotar desnudas en la plaza pública, para que sirviera de escarmiento.

—Y yo –agregó Alicia–. Pero las azotaba sin piedad.

Los ojos azules y malignos de la inglesa reían con candelillas de sádico regocijo.

—¿Y qué tal es esa... Rosa? —preguntó la Presidenta.

—¡Cualquier cosa, hija! —dijo Alicia con desdén.

—Es muy hermosa —rectificó Nicasia—. Es muy blanca, de pelo muy rubio, como el oro, y unos ojos dulces y expresivos. Hay que ser justa.

—No lo crea usted —continuó Alicia—. Es un tipo vulgar. Una de tantas francesas que vemos por ahí.

—Yo no la conozco —saltó la inglesa—; pero si es así, no revela el doctor tener muy buen gusto.

—No sabemos —dijo maliciosamente la Presidenta— sus *habilidades*. Puede que no sea bonita y, sin embargo...

Y las más libidinosas alusiones empezaron a llover sobre Rosa, cuyo único delito consistía en ser guapa y en haber logrado lo que las otras no: poseer al médico. Marco Aurelio no podía menos de burlarse en sus adentros de los alardes de moral intransigencia de aquellas mujeres, empezando por la inglesa y acabando por su propia madre, sobre todo cuando recordaba a mistress Campbell en camisa dando suelta a sus genésicas aberraciones.

—Estuve la otra noche en la Comedia a ver *Cyrano de Bergerac* —dijo la Presidenta, dando otro giro a la conversación.

—¿Qué es eso de *Ciriaco?* —interrumpió doña Tecla.

—Un drama, hija, un drama. Creo que a su marido no le gusta —añadió dirigiéndose a Alicia.

—No sé —contestó ésta.

—No recuerdo quién me contó que dijo que todo él era pura hojarasca.

Para el doctor —era verdad—, el *Cyrano* no pasaba de ser un drama lírico insustancial, a la manera de los de Leopoldo Cano[155] y otros dramaturgos españoles de la propia laya. —Hay allí —observaba— unos *astros que pacen en unas praderas,* que, por contraste, sugieren la imagen de unos bueyes que alumbran. ¡Cuánto ripio sonoro y hueco!

Don Olimpio habló de una compañía dramática que estuvo en Ganga y que acabó casi pidiendo limosna por las calles. Doña Tecla y Alicia rieron. La Presidenta alababa el *Cyrano*, no porque fuese capaz de apreciarle, sino por seguir la corriente y por ir en contra de la opinión de Baranda.

—¿Y usted, don Olimpio —preguntó la inglesa—, ¿piensa permanecer mucho tiempo aún en París?

—Lo ignoro, mi señora. El cambio en Ganga está al 1.500. No sé adónde vamos a parar. La culpa, en parte, la tiene ese cochino gobierno italiano, que nos obliga a pagarle a tocateja más de diez millones de liras; de lo contrario, nos bombardea. La agitación en Ganga es grande. Todo el mundo está dispuesto a dejarse ametrallar antes de consentir en semejante infamia. ¡Diez millones de liras! Si fueran liras de poetas, tendríamos de sobra con que pa-

---

155 *Leopoldo Cano*: (1844-1932) militar, poeta y escritor español de abundante producción teatral

gar... Cuando se es débil, no cabe más remedio que bajar la cabeza y decir amén. Pero ¿de dónde va a sacar nuestro pobre país esa enorme suma? El café está por los suelos, la exportación de ganados no aprovecha sino a unos cuantos agiotistas. ¡No sé, no sé! Si las cosas siguen así, querida Tecla, no tendremos más recurso que volvernos para allá.

—En seguida –respondió doña Tecla–. No anhelo otra cosa.

La Presidenta, poniéndose pálida, exclamó con cierta inquietud:

—No, ustedes no pueden vivir en los trópicos después de haber vivido en París. Ganga, ¡qué horror! Esa crisis pasará, don Olimpio. En aquellos países, usted lo sabe, hay que contar siempre con lo imprevisto. Puede que dentro de unos días reciba usted un cable anunciándole la normalidad en los negocios.

—¿Quién sabe?

—¿Y le gusta a usted París? –continuó la inglesa, sin haber entendido la mayor parte del palique de don Olimpio, que hablaba en un francés imposible.

—Sí –contestó con desabrimiento–. ¡Qué corrupción, mi señora, qué corrupción! En nuestro país ¡qué han de verse las cosas que se ven en Francia! ¡Aquí no hay hogar, ni familia, ni nada! ¿Qué mujer casada no tiene un amante?

—Verdad –asintió doña Tecla.

—Nosotros estaremos más atrasados, pero tenemos más moralidad.

—Cierto –recalcó doña Tecla.

Alicia hizo un gesto de burlón escepticismo.

Don Olimpio no había visitado un solo museo, ni conocía de París más que algunas calles; no leía periódicos porque no les entendía y, con todo, daba su *opinión* tan campante sobre la complicada vida parisiense.

La Presidenta, volviéndose a Alicia, la interrogó por lo bajo:

—Supongo que *eso* se habrá concluido. Después de lo del Bosque...

—¡Qué ha de concluirse! Yo, por de pronto, estoy satisfecha. ¡Ay, hija, usted no sabe el gozo que se siente después de haber abofeteado a un enemigo!

—Me lo imagino –repuso la Presidenta–. Y su marido, ¿qué dice de todo eso?

—¡Qué ha de decir! Sufre y calla. Es un calzonazos.

—Pero ella ¿no la pegó a usted?

—¿A mí? ¡Si me tiene un miedo cerval!

—¿Y del anónimo ¿no ha sabido usted nada?

—Nada. Eso no da resultado. –Después añadió:

—Y cada vez que me la encuentre, haré lo mismo. ¿Qué puede suceder? ¿Qué me lleven a la Comisaría? No me importa. Estoy dispuesta a todo.

—¡Qué mujercita, qué mujercita! –exclamó la Presidenta dándola una palmadita en el hombro.

Alicia despreciaba a la Presidenta, en cuyas adulaciones no creía.

—¡Mire usted que liarse con ese sapo de don Olimpio! –pensaba para sí;
pero la convenía su amistad para sus fines ulteriores. No ignoraba que todo
aquello lo hacía, no por ella, sino por despecho. A la única que estimaba realmente era a Nicasia, incapaz de nada indigno. Censuraba al médico por sus
relaciones ilícitas con Rosa, pero reconocía su talento y sus otras buenas cualidades. Era también la única que se conservaba irreprochable en aquel mundo de mentiras, de rivalidades ruines y de supercherías.

En ambas había cierto fondo análogo de honestidad; pero Nicasia era muy
superior moralmente a Alicia. Nadie pudo señalarla un amante, un solo desliz desde la muerte de su marido a quien guardó fidelidad absoluta. Vivía con
modestia y orden de lo poco que la dejó el difunto, que colocó en una compañía de seguros a cambio de una renta vitalicia. No tenía hijos ni ambiciones, y su temperamento equilibrado y frío era su mejor custodia.

TERCERA PARTE

– I –

E staba París insoportable, de día, sobre todo. De las alcantarillas salían
ráfagas pestilentes que obligaban a taparse las narices. Las calles des-
panzurradas, mostraban sus tripas pedregosas. Las montañas de ta-
rugos negros y las enormes y humeantes calderas rotativas de asfalto hirvien-
te interceptaban la circulación en muchas de las principales arterias de la
ciudad. En casi todos los barrios se veían andamios y albañiles, carros que
arrastraban cantos ciclópeos y se oían martillazos estridentes sobre hierros y
maderas, chirriar de sierras que cortaban piedras, rechinar de grúas, y gritos
y latigazos de carreteros.

Una llovizna de cal flotaba en el aire caliente. Los teatros estaban cerrados y sólo los *music–halls* de los Campos Elíseos y el *Moulin Rouge* alegraban
las primeras horas de aquellas noches cálidas de Agosto. No quedaban sino
los pobres y los extranjeros, inglesas desgalichadas de *canotier,* que recorrían
los museos con el Baedeker[156] en la mano o pasaban en pandillas, alargando
sus cuellos de cigüeñas, en los *breaks* de la Agencia Cook[157].

El sudor removía las secreciones acumuladas de los cuerpos que no se la-
varon durante el invierno una sola vez. De cada portería brotaba un vaho caliente de pies sucios, de bocas comidas de sarro, de efluvios acres de estóma-
gos que digieren mal o se alimentan de legumbres, de queso y de cerveza
barata.

Las calles estaban poco menos que desiertas e impregnadas de la melancolía que invade a las capitales populosas en esta época del año cuando todo

---

156 *Baedeker*: famosas guías de viajes publicadas hasta el día de hoy por la casa editorial
    fundada por Karl Baedeker (1801-1859)
157 *Agencia Cook*: agencia de turismo fundada por Thomas Cook en 1851 y primera en vender
    paquetes turísticos con todo incluído.

el mundo sale en busca de oxígeno a orillas del mar. La bulliciosa nube de bi-
ciclistas que durante la primavera interrumpía el curso de los coches, se reducía a empleados de las tiendas y correos, que serpenteaban desgarbadamen-
te en larguiruchas y despavonadas máquinas de lance, a través de los fiacres
y los ómnibus.

De noche en la *Taverne Royale* o en *Maxim's,* que arrojaban sobre la acera sus luminosas manchas rojizas, se veían algunas cocotas de desecho en compañía de españoles y sur–americanos que venían a París por uno o dos meses. Por los bulevares y las *allées* de los Campos Elíseos se paseaban infelices
busconas muy pintadas, cuya decadencia física disimulaba la sombra de los
castaños.

Algunos iban a la *Gran Rueda* a ver la *Danza Oriental,* donde varias francesas de Argel o de Batignolles, al son de un piano, de unas panderetas y un
tamboril, se dislocaban las caderas, la cintura y el vientre, con penosas con-
torsiones de envenenados con estricnina.

En los bulevares exteriores los bandidos hacían de las suyas. Rara era la
noche en que no reñían entre sí, dejando, ante la policía impotente, un regue-
ro de cadáveres y heridos. Los periódicos daban cuenta de asesinatos y *cam-
briolages*[158] en pleno corazón de París. Los más de estos delincuentes eran *souteneurs* que, durante el invierno, vivían de la prostitución. En estío, en que
París se vaciaba, recurrían a desvalijar las casas y asaltar a los transeúntes, revólver en mano.

Era peligrosísimo andar de noche por la ciudad solitaria y silenciosa, mez-
quinamente alumbrada por agónicos mecheros de gas.

Baranda, de puro aburrido, tomó un coche, después de comer.

—A los Campos Elíseos –dijo al cochero que, del bulevar Malesherbes,
torció por la rue Royale, y atravesando la plaza de la Concordia, se dirigió hacia el Arco, por la gran avenida. Subían y bajaban otros coches con un hombre y dos mujeres o dos hombres y una mujer que se besuqueaban entre risas y algazara. Un polvillo luminoso que no dejaba ver sino la mancha
hierática de los castaños que sombreaban la avenida, envolvía los objetos. Las
linternas venecianas de las bicicletas y los faroles, color de yema de huevo,
verdes y rojos de los ómnibus y los coches, culebrando aquí y allá, semejaban
una fantástica fuga de pupilas multicoloras. En el fondo, envuelto en sombras, se destacaba solemne el Arco de Triunfo como un mastodonte petrifi-
cado, sin cabeza ni cola.

El cielo amenazaba lluvia. La luna pugnaba por salir de entre la masa de
nubes, gruesas y blancuzcas, que la ahogaban. Algunas constelaciones brillaban muy lejos, en desgarrados celajes, que hablaba al corazón dolorido del
médico de cosas olvidadas y muertas.

Había perdido toda esperanza de paz. Desde el escándalo del Bosque, Alicia se había crecido y le trataba con la más irritante insolencia. Lo que él no

158 *Cambriolage:* (fr.) desvalijamiento

podía soportar, acaso tal vez por su hiperestesia[159] enfermiza, eran los gritos, los insultos y los modales groseros. Y Alicia no le hablaba una vez sin ofenderle, sin echarle en cara su *asqueroso lío* con Rosa.

Rosa era su idea fija. Si la hubieran dado un céntimo cada vez que pronunciaba su nombre, tendría un capital. Rosa por aquí, Rosa por allá. ¡Rosa a todas horas! ¿Eran celos? Sí; pero no de amor. Eran celos originados por la posibilidad de que Rosa la suplantase definitivamente. Alicia había renunciado a todo comercio carnal con el médico. Le veía con otros ojos. El joven simpático y seductor que conoció en Ganga, había desaparecido de su memoria. En él sólo veía ahora al hombre falaz que quería despojarla de lo que a ella se le antojaba suyo. Una rabia impotente la roía en silencio. No se atrevía a decirle cuál era la causa de su constante malhumor, de sus raptos de cólera.

—¡Quién sabe –reflexionaba ella– si, después de todo, no se le ha ocurrido dejarme en blanco! Ella no sabía de leyes, pero sí sabía que, no habiendo hijos, la ley no la autorizaba a anular el testamento. El médico no tenía parientes. De modo que era libre de dejar su fortuna a quien quisiera. El temor de Alicia aumentaba cuando en sus fugaces momentos lúcidos, consideraba su conducta para con él. Nicasia tenía razón: "la mujer, si quiere ser amada a la postre, tiene que perdonarle mucho al hombre. La infidelidad masculina difiere de la infidelidad de la mujer en que no suele tener trascendencia. El hombre rara, muy rara vez, llega puro al matrimonio. Antes de casarse ¿qué hombre no ha tenido queridas o, por lo menos, no ha tenido que ver con centenares de mujeres?"

Estas reflexiones duraban poco; como el cielo abierto por un relámpago, su inteligencia se abría un segundo a la crítica; luego se cerraba, volviendo a la oscuridad de la obsesión.

Baranda no podía irse de París. Mal que bien, en París vivía de su profesión. Se sentía muy fatigado para liar el hato, y el hecho de verse en otro país, sin recursos, luchando para formarse otra clientela, le causaba una angustia indecible. Estaba seguro, además, de que Alicia le seguiría a dondequiera que fuese. Y entonces ¿de qué le hubiera servido el cambio? No había en él un arranque masculino, una erección de la voluntad, ya decaída. En Rosa, tan psíquicamente tímida como él, no veía una aliada capaz de secundarle, de sugerirle una resolución, algo, en suma, que pusiera fin a aquel martirio.

—Coseré, lavaré, guisaré. Viviremos pobremente –se concretaba a decir–. ¿Cómo iba él a conformarse con vivir en la estrechez, y menos ahora en que se sentía tan enfermo y descaecido? Era como un buque en alta mar, sin brújula ni timón.

—A casa, cochero –dijo al ver que se internaba demasiado en el Bois. Un aire fresco, voluptuoso, saturado del aliento húmedo de la floresta, acariciaba sus sienes y cerraba sus párpados. De un café lejano, que brillaba melancólico entre el bosque sombrío, salían voces alegres y sollozos de violines hún-

---

159 *Hiperestesia*: aumento de la sensibilidad

garos. Deseos de morir, de morir allí mismo, solo, entre los árboles, en el silencio sugestivo de la noche, le asaltaron. ¿Para qué quería vivir? No realizó ninguno de sus sueños. Se calificaba de *raté* en ciencia, en política y en amor. Ya era tarde para empezar una nueva vida.

—¡Si a lo menos tuviera salud!

Había envejecido mucho; su cabello, el hermoso cabello negro de su juventud, que tantas bocas besaron con amor, se había vuelto casi blanco; en sus sienes se entrelazaban con profusión las arrugas y sentía por todo una indiferencia de esquimal...

El cielo fue poco a poco despejándose y hacía frío. Se levantó la solapa de la levita y encendió un puro. La luna, triste como su alma, más que alumbrar, le pareció que sollozaba con sollozo mudo y largo que hacía pestañear compungidamente a las mismas estrellas...

– II –

E l día amaneció moralmente borrascoso, más borrascoso que de costumbre. Baranda, después de desayunarse, se preparaba a salir para ver a sus enfermos, cuando Alicia entró en el consultorio, simulando buscar algo.
El doctor se la quedó mirando con cierta sorpresa.

—¿Qué me miras? –le preguntó con marcada hostilidad.

El médico, sin contestar, continuó mirándola con fijeza.

—Ya sé que intentas dejarme plantada –agregó Alicia con tono agresivo–. Claro, quieres eliminarme para poder entregarte libremente a la otra.

El doctor no respondió palabra.

—¿Para eso me seduciste?

—Sedujiste, sedujiste.

—Bueno, sedujiste o seduciste. Da lo mismo. A mí nadie me ha enseñado nada. Yo pude casarme muy bien en mi país. ¡Cuán otra hubiera sido mi situación!

—Sí, andarías en chancletas, comida de piojos... –contestó Baranda.

—¿Conque en chancletas, eh? ¿Conque comida de piojos, eh? –replicó Alicia poniéndose en jarras y sacudiendo el busto–. Conmigo te das tono; pero yo no veo que en París te hagan caso. ¿A qué celebridad asistes? ¿Quién te conoce fuera de nuestra colonia? ¿En qué revista de circulación escribes? Y lo que escribes ¿quién lo lee? Claro, al lado de don Olimpio, que es un besugo, eres una lumbrera; pero al lado de las lumbreras, eres menos que un fósforo.

Baranda se puso lívido de ira.

—¡Alicia, vete! ¡Vete o te estrangulo!

—¿Estrangularme tú? ¡Cobarde! ¿Por qué no estrangulaste a don Olimpio en Ganga cuando te contó Plutarco que iba a apedrearte? ¡Estrangular tú! Lo que hiciste fue tomar el buque, de prisa y corriendo.

Baranda se tapaba los oídos, convulso, ceniciento.

Alicia continuaba cada vez más provocativa:

—¡Medicucho sin enfermos! ¡Bellâtre! [160]

—¡Miserable, ladrona! –rugió él fuera de sí–.¡Lárgate o llamo a la policía! ¡Lárgate!

—¡Cobarde! Todo lo compones con eso: con llamar a la policía. Llámala. ¿Crees que me metes miedo?

El médico se puso el gabán y como Alicia le cortase el paso, la dio un empellón.

—¡Cobarde, cobarde! ¿Conque en chancletas, eh?

—Sí, en chancletas, prostituyéndote a todo el mundo, porque de atrás le viene el pico al garbanzo...

—¿Qué quieres decir con eso? Que mi madre fue una...

No concluyó la frase. Cayó de espaldas, víctima de una convulsión, dando alaridos como si la degollasen.

—¡A ver si no revientas! –exclamó él tomando el sombrero.

—¡Ese hombre, ese hombre! –sollozaba al poco rato volviendo de su paroxismo.

—Cálmese, señora –dijo la sirvienta atribulada.

—Déme usted acá la valeriana. Aquel frasco, el de la derecha –añadió llorando.

Tomó una cucharada. Luego, al verse sola, se puso a registrar el despacho. En una de las gavetas había un cofrecito cerrado con llave.

—¿Qué habrá aquí? –se dijo sacudiéndole y tratando después de abrirle–. Tal vez su testamento.

Con unas pinzas intentó en vano descerrajarle. Luego abrió otra gaveta del escritorio. En un sobre halló tres billetes de cien francos que se metió apresurada en el seno.

Por vez primera se fijó en el busto de la joven que estaba sobre la biblioteca giratoria.

—El dice que fue su *novia*. ¡Vaya usted a saber!

Una hora después estaba Alicia en el portal, elegantemente vestida, llamando un coche. El cual la condujo a la capilla española de la avenue Friedland, a donde acudía lo más selecto de la colonia hispanoamericana.

160 *Bellâtre*: (fr) quien falsamente pretende de bello

– III –

Baranda estuvo ausente, al lado de Rosa, varios días, al cabo de los cuales sintió un deseo vehemente de volver junto a Alicia, como el asesino a la casa donde cometió el crimen. Abatido, sin confianza en sí propio, delegó en Plutarco para que se entendiese con ella.

Cuando Plutarco llegó a casa del médico, Alicia se aprestaba a salir. Al verle, su corazón dio un vuelco.

—Vengo –dijo Plutarco– de parte del doctor.

Alicia, disimulando su sorpresa, respondió con fingida altanería:

—Aquí no tiene usted que venir a buscar nada.

—Es que se trata de algo muy grave.

—¿De algo muy grave? –preguntó Alicia consternada. Después, reponiéndose, añadió:

—Pasemos al recibimiento.

Y sentados, repuso:

—Usted dirá.

—Alicia, usted sabe que soy su amigo.

—¡Mi amigo! ¡Qué ironía! Continúe.

—Que me intereso por usted...

—¡Ja, ja!

—Créame.

—Bueno. ¿Y qué?

—El doctor tiene sobrados motivos...

—Si empieza usted por disculparle, le dejo solo.

—No, demasiado sabe usted que digo verdad. La vida con usted se le ha hecho ya imposible. Usted le prometió enmendarse y no ha cumplido su palabra. Está enfermo.

—Yo también.

—Sí, pero su enfermedad de usted...

—*Histérico*, ya me lo han dicho.

—Está enfermo. Tiene albuminuria y esta enfermedad requiere una vida sin emociones depresivas.

—¿Albuminuria? Nunca me lo dijo. Sin duda, los excesos, pero no conmigo.

—¿Cómo quiere usted que la diga nada si sabe que a usted lo suyo no la importa?

—Bueno. Tiene albuminuria. ¿Y qué?

—Dejémonos de más exordio y al grano.

—Al grano, eso es.

—El doctor me encarga que la proponga a usted lo siguiente, ya que, por lo visto, la conducta de usted no reconoce otro móvil...

—¿Con qué derecho habla usted de los móviles que pueda yo tener? ¿Está usted dentro de mí?

—¿Quiere usted cuarenta mil francos y el pasaje hasta Ganga?

Alicia se levantó iracunda y se puso a pasearse.

—¡Cuarenta mil francos! ¡Ocho mil cochinos pesos! ¡Pero ese hombre está loco!

—Pues si usted no se va, se irá él.

—¿A Ganga? –repuso Alicia riendo.

—Pero usted ¿qué se propone?

—Y a usted ¿qué le importa?

—Óigame, Alicia –añadió Plutarco en tono conciliador–. ¡Tenga usted compasión de ese hombre!

—¡Compasión! Cualquiera creería que le martirizo. ¡Pobre niño inocente! ¿Qué hago yo? Lo que haría cualquier mujer en mi caso. ¿Usted imagina que no tengo dignidad? ¿A usted le parece bien que un hombre tenga una querida en mis propias narices y que se gaste con ella lo que a mí me corresponde?

—¡Usted no tiene corazón! Usted es una serpiente.

—¡Ojalá lo fuera, para inocularles a todos ustedes la muerte! Pero le advierto que si continúa usted por ahí, le pongo en la calle.

Plutarco calló por un momento, al cabo del cual, no sabiendo qué decir tomó el sombrero y se dirigió a la puerta. Alicia le detuvo.

—En resumidas cuentas, ¿qué pretende ese hombre? ¿Que me largue para que pueda a sus anchas divertirse con *la otra*? Pues no lo conseguirá. ¡No lo conseguirá! Que me lleve a los tribunales, que entable cien demandas de divorcio. ¡Que haga lo que quiera! Todo, menos eso. Le pondré de manifiesto, le calumniaré, si fuere preciso. Él está habituado a dar con mujeres débiles, y yo, sin saber leer ni escribir, no me doblego a sus caprichos. ¿Quiere paz? ¡Que deje a esa mujer! Y que no me venga con mezquinas transacciones de dinero.

—No se haga usted la desdeñosa del dinero, porque para usted no hay más que eso. ¡Que la ofrecieran a usted quinientos mil francos...!

Después de un largo silencio, agregó:

—¡Cómo se la ha subido a usted París a la cabeza! En Ganga no era usted así. ¡Qué humos!

Plutarco no la calumniaba. París la había transformado. Su ambición dormida despertó con los incentivos del lujo parisiense, como esas semillas encontradas en los sepulcros egipcios que arraigan a la luz del sol. La idea de heredar al doctor, a quien suponía rico; la de poder disfrutar, una vez viuda, de una libertad completa, sin preocuparse del mañana, la roía sordamente. Su mórbida excitación nerviosa, por un lado, y por otro su falta de tacto y de diplomacia, no la permitían seguir en frío un plan encaminado a realizar sus aspiraciones.

—Ya sé yo –prosiguió Plutarco– quiénes son sus inspiradores: don Olimpio y la Presidenta, ese par de libertinos indecentes.

—¡Mis inspiradores! ¿En qué? ¿Necesito, yo de alguien para ver? Ellos dicen lo que todo el mundo: que no se explican cómo soporto que *ese hombre* tenga una concubina públicamente.

—Se le ha dicho a usted un millón de veces: Rosa es una amiga del doctor y sólo una amiga.

—No me juzgue usted tan imbécil. ¡Una *amiga*! Si, una amiga con quien se acuesta. Pero usted ¿es padre o hermano de *ese hombre*?

—No. Es mi amigo y mi protector. Después de todo, la culpa no es de usted. Es suya. Si a cada escándalo la administrase a usted una paliza, ya se guardaría usted muy mucho de reincidir. Pero el doctor carece de energía, y, claro, usted abusa.

—Y a usted ¿quién le mete? ¡Es usted un intruso, un enredador!

—Yo seré lo que usted quiera, pero usted es una miserable, una ladrona, y seré yo quien acabará por meterla en la cárcel.

—¡Y usted es un indio, un alcahuete! ¡Un vividor!

Y le tiró furiosa la puerta a la cara.

– IV –

Una de las cosas que más preocupaban al médico era cómo había de sacar sus muebles y sus libros de la casa, sin escándalo de Alicia. El miedo al ruido, a la acción violenta, llegó a ser en él una manía.

—Otro en mi caso –pensaba– lo arreglaría todo en un periquete.

Después de muchos proyectos, el de embarcarse para América entre otros, resolvió volver. No era él, en rigor, quien obraba y menos deliberadamente; era un impulso interior casi mecánico.

Durante muchos días no se hablaron. Comían uno enfrente del otro como dos estatuas, dirigiéndose furtivas miradas de rencor. Entre plato y plato el médico se entretenía en acariciar a *Mimí* o en hacer bolitas con la miga del pan. Alicia tecleaba con los dedos sobre la mesa o miraba al techo. La sirvienta entraba y salía silenciosa y cabizbaja como una sirvienta de pantomima. En la casa flotaba una atmósfera de tristeza y abandono, semejante a la que se advierte en las casas vacías o en aquellas donde ha ocurrido una desgracia. Hasta de los muebles se escapaban bostezos de fastidio.

La criada, temerosa de que ocurriese algo trágico, pidió un día su cuenta, con mal disimulado regocijo de Alicia.

Buscaré una *fémmé dé ménagé* que nos haga la limpieza y el almuerzo y cenaremos en el *restaurant*. Así me veré libre de más quebraderos de cabeza. Si tuvieras tú que luchar con las criadas...

Ambos se despreciaban con ese desprecio taciturno de quienes, habiendo agotado todo linaje de invectivas, no creían ya en la eficacia de las palabras, simples articulaciones sin sentido. Ella, con todo, ejercía sobre él un influjo dominador, principalmente cuando le clavaba aquellos ojos negros y vivos de culebra, ceñidos de ojeras de color de cedro, que revelaban un corazón inexorable.

Consideró la vuelta del marido como una capitulación, en extremo lisonjera para su amor propio.

—¿Vuelve? –pensó–. Luego transige. ¿Transige? Luego me tiene miedo.

Al principio comían en los restaurantes módicos de los alrededores de la gare Saint–Lazare.

—Yo no puedo –acabó por decir Alicia– con estos pollos de cartón y estas sopas sin sustancia. Prefiero ayunar.

—¿Adónde quieres entonces que comamos? –balbuceó Baranda.

—Vamos a Durand o a Larue.

—Que cuestan un ojo de la cara –añadió el médico con sarcástica sonrisa.

—Pero se come. Yo te aseguro que a la hora de haber comido en estos restaurantes baratos, tengo hambre.

El toque para Alicia estaba en hacerle gastar, a fin de que *la otra* no cogiese un cuarto.

Un sentimiento de piedad por sí mismo, por su falta de impulsión psíquica, le sumía a menudo en una especie de letargo mental, de ensueño errabundo, como de quien mira al cielo en pleno mediodía. Envidiaba a los impostores, a los atrevidos, a todos aquellos que logran abrirse paso, sin curarse de la opinión pública. ¿Por qué ese temor a lo que al fin ha de saberse? ¿Qué le impedía irse, abandonarlo todo, casa, clientela y amigos, a cambio de sustraerse de aquella mujer que era su perdición? La necesidad de lógica, privativa del espíritu humano, le movía a discurrir así; pero de sobra sabía que todo ello radicaba en la parálisis de su voluntad.

* * *

El calor apretaba. Alicia, menos belicosa que otros días, propuso a su marido pasar el mes de Agosto en alguna playa.

—Bueno –contestó él–; pero no lejos de París; porque pueden llamarme con urgencia. No olvidemos que vivimos de la salud del prójimo.

Alicia empezó a arreglar los baúles. Su cuarto se transformó en una montaña de encajes, de faldas, de cintas, de fichúes, de blusas, de cajas de sombreros.

—¡Ni que fuéramos a dar la vuelta al mundo! –exclamó Baranda.

—¡Déjame! –contestó con aspereza–. No voy a andar hecha una facha. Tan pronto hacía como deshacía el equipaje.

—¡A ver, ayúdeme usted! –decía nerviosamente a la *femme de ménage*–. Déme usted acá esa falda. No, la otra, la azul. ¡Malditos baúles! ¡No cabe nada! ¡Nada! ¿Dónde meto estas enaguas? ¿Y estos corpiños? Y arrodillada ante el baúl, perpleja, casi llorosa, sudaba a chorros.

—¡Hija, no te impacientes! –exclamaba el médico, haciendo de tripas corazón–. Ten calma.

—¡Déjame en paz, y no fastidies! ¿Qué entiendes tú de esto? A ver, déme usted acá esas medias. ¡Cuidado, no me pise usted el sombrero! ¿Será bruta? ¡Que no cabe nada! Lo dicho. Y lo que es así, no voy. ¡No voy! Y la culpa es tuya, tuya.

—¿Mía? ¿No eres tú quien ha propuesto el viaje?

—Bueno, hombre. Lárgate. Estos hombres no sirven sino de estorbo. Pero ¿dónde rayos meto yo esto?

Y abría los brazos llevándose las manos a las sienes. Después se sentaba, aturdida, paseando los ojos de un lado para otro.

El médico acabó por dejarla sola con la criada.

Se figuraba que le habían metido por el esófago aquel promontorio de trapos y sombreros. Alicia continuó su faena con ensañamiento.

—¡Uf, qué calor! ¿A que todavía se me olvida algo? ¡Ah, sí, los pañuelos! Cuando yo lo decía. ¡Estoy muerta! –exclamó al término de dos horas de aquel trajín que daba jaqueca–. ¡Uf, qué calor! –y se tendió abanicándose en una *chaise–longue.*

Al día siguiente empezó a enfundar los muebles, a enrollar las alfombras, a guardar la ropa de invierno, salpicándola de alumbre, en los armarios. Una verdadera mudanza.

Alquilaron una *villa meublée* en Onival–sur–Mer, a tres horas largas de París. Por encargo del médico, Plutarco, con quien Alicia hizo las paces, como pueden hacerlas el gato y el perro, se entendió con el propietario. La villa, que se llamaba *La tempête,* no podía estar mejor situada: el frente daba al mar y uno de los costados a la llanura, una llanura pelada, sin un árbol, a trechos verde, salpicada de haces de trigo y sembraduras de remolacha; a trechos, hacia la parte que coincidía con la playa, cubierta de oscuros guijarros que parecían una sábana de almejas.

—¡Ay, qué feo es esto! –exclamó Alicia, apenas bajaron de la diligencia que les condujo de la estación al pueblo–. ¡Si parece un cementerio! ¡Y qué playa tan horrible! Toda de galetes[161]. ¡Y no hay un árbol! Aquí me entierran a mí...

El doctor y Plutarco se miraban afligidos. Entraron en la *villa.* Desde el balcón se dominaba el caserío, en parte de chozas, que trajo a la memoria de villas, de Alicia el caserío de Ganga, en parte esparcidas aquí y allá, entre las lomas, con sus techos brillantes de pizarra y su maderamen multicolor, y el mar, circunscrito por enormes *falaises*[162] de greda. Un aire fresco, impregnado de yodo y de salitre, envolvía la casa.

A poco descendieron a la playa, matizada de tiendas y cabinas. Los chi-

---

161 *Galetes:* guijarros chatos y redondos como las tortas homónimas
162 *Falaises*: (fr.) acantilados

cos hacían fosos y castillos en la arena.

—¡Uf, qué burguesía tan antipática! –exclamó Alicia–. No hay una sola mujer *chic.*

—Hija, no hemos venido sino a respirar aire puro y a descansar un poco. Probablemente no trataremos a nadie –dijo Baranda.

—¡Qué diferencia de la gente que va a Cabour y a Biarritz! Allí sí que hay elegancia y lujo...

La marea se venía pérfida, con blando murmullo, hacia la costa, enarcando sus crestas de espuma. Algunas mujeres tejían y bordaban bajo las sombrillas. Otras, sentadas a la turca en el suelo, se entretenían en arrojar galetes al agua, riéndose de las enormes barrigas de silenos y de las canillas de algunos bañistas que no habían visto el mar ni en pintura. Las mamás luchaban a brazo partido con sus chicos que se resistían, chillando y pataleando, a bañarse. Se veían muchos pies sucios y callosos, enemistados con el agua desde el verano anterior, muchos cuerpos disformes por el trabajo manual o la vida sedentaria de las oficinas, muchas caras anémicas y mucho traje de baño estrambótico y desteñido. Una jamona muy gruesa, vestida de rojo, escotada hasta el ombligo, era objeto de malévolos comentarios. No sabía nadar y el bañero la sostenía por la barba y el vientre, mientras ella se tendía a lo largo, removiendo las piernas y resoplando como una foca. No lejos flotaba panza arriba, cubierto de vejigas y calabazas, una especie de cerdo, de cara rubicunda. Con los pantalones arremangados hasta la rótula, unos cuantos viejos y niños chapoteaban en los remansos o pescaban camarones y cangrejos. Se oían risas, gritos y ladrar de perros que se zambullían participando del general regocijo.

La marea llegaba ya hasta las casetas. La reverberación solar sobre la inmensa lámina movediza, color de asfalto, lastimaba la retina. A lo lejos se divisaban velámenes de barcos de pesca o el penacho de humo negro de algún remolcador.

—Plutarco, véngase a almorzar con nosotros –dijo Baranda–. Puede que en el hotel estén ya en los postres.

Alicia no dijo una palabra. Echó a andar por delante con languidez recogiéndose las faldas.

—Me siento cansada –dijo arrellanándose en una mecedora, así que llegaron a la *villa.*

—No más que yo –repuso el médico–. El aire del mar amodorra.

—Y excita –añadió Alicia–. A lo menos, a mí me pone frenética.

Todo era malo y cursi para ella. Al sentarse a la mesa exclamó:

—¡Ah! *Moules?* ¡Me dan asco! No, no.

Baranda inclinó resignado la cabeza, haciendo girar un cuchillo.

—No hagas eso, que me pone nerviosa.

—¿*Te pone?* –dijo el doctor, llenándose el plato del sabroso marisco–. ¿A usted no le gustan, Plutarco?

—¡Oh, sí, doctor! Mucho.

—Pues a mí el lugar, con franqueza, no me parece feo. Es melancólico y respira una quietud que concuerda con mi carácter –agregó Baranda.

—¡Vaya que tienes un gusto! A mí me parece horroroso, horroroso. Ni con pinzas se halla nada más triste.

Alicia también hizo ascos al *ragout,* el segundo plato.

—Bazofia de obreros –dijo–. A ver, que me hagan una tortilla de yerbas.

Terminado el almuerzo, se echó a dormir, a pesar de los reiterados consejos del doctor.

—Nosotros vamos a tomar aire y a conocer el pueblo. Dormir con el estómago lleno no es sano. ¿Vienes?

—No. Tengo sueño.

—Andando se te quita.

—No. Déjame.

—Se te va a agriar el almuerzo.

—Mejor.

Al médico se le daba un comino de que durmiese o no. Lo que le inquietaba era que después de la siesta se mostraba de pésimo humor.

Estaba harto de aquellas continuas recriminaciones, de aquel hablar a gritos sin ton ni son, de aquellos modales bruscos y de aquel rostro avinagrado.

Cuando volvieron, cerca de las cuatro, aún Alicia dormía. El sol picaba de veras espejeando en la superficie de laca del mar. No soplaba la más ligera ráfaga de aire. Una calma chicha pesaba en la atmósfera, opacamente vaporosa hacia el horizonte y diáfana en el cenit.

El pueblo era feísimo y sucio, de callejuelas estrechas y tortuosas; pero la campiña no podía ser más pintoresca.

—¿Se han divertido? –les preguntó Alicia con el ceño adusto, marcado de las arrugas de la almohada y los ojos fruncidos.

—Algo –respondió Baranda con displicencia.

—Pues yo encuentro este poblacho cada vez más odioso.

—Pero si no le has visto, a no ser en sueños.

—Me le figuro. Ganas me están dando de volverme a París.

—Tendría gracia, después de haber pagado dos meses de alquiler.

—¡Psi! Qué más da.

—Como no eres tú quien paga...

—Sí, hombre, eres tú. No tienes para qué decirlo. Señor don Plutarco Álvarez: sepa usted que quien paga la casa es el doctor don Eustaquio Baranda. ¿Estás satisfecho?

El médico, volviéndola la espalda, se asomó al balcón. Espació la vista por la llanura, luego por el mar que, al retirarse de la playa, había dejado al descubierto anchas franjas de arena húmeda y reluciente.

—Bueno, doctor, hasta luego –dijo Plutarco–. Me voy al hotel a descansar un rato.

El sol, de un rojo de sangre arterial, iba sumergiéndose en el mar poco a poco. El cielo, en algunas partes, palidecía cuajándose de estrellas claras; en otras, se desgarraba en nublados violetas y amarillos. El agua temblaba rota a pedazos por anchos regueros de escarlata.

El sol se hundía, cada vez más apoplético de púrpura, orlado de un ceño violáceo obscuro. De repente desapareció como si el mar se le hubiese tragado. Franjas de carmín y oro se degradaban en moribundas lejanías. La luna, como una ceja de ópalo, blanqueaba en una isla celeste de un azul ideal. La sombra fluía con invasión apenas perceptible, apagando los ruidos de la llanura, alargando quiméricamente la perspectiva de las cosas. Sólo el mar levantaba su rumor de telas que se desgarran.

En el alma del médico aquella agonía vespertina se filtraba lenta y silenciosa humedeciéndole los ojos e incitándole a morir en el seno de la naturaleza, incompasiva y piadosa a la vez en su misma indiferencia...

—¿De dónde –reflexionaba– habrá nacido la idea de una vida ulterior? Durante el largo período paleolítico el hombre no se cuidó de enterrar a los muertos, y la carencia de sepulturas en la época cuaternaria lo confirma. La creencia mística aparece en el período neolítico. ¿Se fundará en el espíritu de conservación, principio activo de la vida, según Epicuro y Schopenhauer? ¿Habrá nacido –como pretende Herbert Spencer– de la dualidad del yo, de la comparación de los fenómenos del sueño con los de la vigilia?

A Baranda, familiarizado con el espectáculo de la muerte, no le asaltaban las dudas y temores de Hamlet. Morir, según él, era descansar para siempre, volver al mismo estado de la preexistencia.

– V –

Transcurrieron diez días y el fastidio de Alicia aumentaba.

—Me vuelvo a París, aunque me ase de calor, que no me asaré –dijo una mañana–. ¡Esto es muerte! Si quieres, quédate con Plutarco.

Baranda trató en vano de disuadirla. Estaba resuelta.

—¿Qué dirán los porteros al verte volver sola?

—¡Los porteros! ¿Qué me importan a mí los porteros? ¡Como si no estuvieran enterados de todo! En París me distraigo: voy a las tiendas, me paseo por el Bois...

—Aquí también puedes pasearte. Podemos hacer muy bonitas excursiones al Tréport, a Dieppe...

—No. Déjame a mí de excursiones. Para nada, además, me necesitas. Quédate y ve a tu Tréport y a tu Dieppe. Yo me vuelvo a París. Es cosa hecha.

—Pero...

—No hay pero que valga. Si me quedo aquí un día más, reviento. ¿Qué ojos humanos resisten esa playa y esa gente que parece de Ménilmontant? ¡Oh, no, no! A París. –Y se puso a hacer el equipaje.

El médico se alegró en parte, porque todo lo que fuese tenerla lejos, le alegraba; pero tembló ante la idea de aquella mujer sola en París derrochando el dinero en coches y trapos. Además, el hecho de venir al campo presumía para él una pérdida porque durante ese tiempo no ganaba. Había alquilado la casa por dos meses y no era cosa de dejarla por el capricho de Alicia.

—Puesto que insistes en irte, vete. Yo me quedo. Necesito reposo y aire. Mi salud, cada vez peor...

—No me des explicaciones. Haz lo que quieras. No soy yo *quien paga.* –Y la misma tarde cogió el tren camino de París, no sin pedirle al médico mil francos.

Baranda, al verse solo en aquella casa, pensó en Rosa. ¡Con qué placer pasaría una temporada junto a ella a orillas del mar! Luego recapacitó:

—¿Y si la otra da en el chiste de volverse y nos coge con las manos en la masa? ¡Ojalá! Aquí nadie nos conoce. Lo más que puede suceder es que me dé otro escándalo. Mejor. Así acabará la cosa más pronto.

Había llegado a un punto en que todo le era indiferente. Alicia no era tonta y ya evitaría sorprenderle. ¿Qué conseguiría con ello? Empeorar su situación.

Era un día claro y fresco que convidaba a andar. Rosa, el doctor y Plutarco salieron por la carretera, hacia Cailleux. *Mimí* iba delante corriendo y ladrando. Se encontró con otro perro. Se olieron en salva sea la parte y empezaron luego a orinar, levantando la pata, contra un poste del telégrafo. *Mimí* orinaba primero, después el otro, sobre el mismo punto.

—Diríase un diálogo de vejigas –observó Plutarco.

Las gavillas de trigo en forma de conos, semejaban a cierta distancia monjes orando de rodillas. En un montículo tres molinos, moviéndose, fingían un calvario giratorio. Las vacas rumiaban sacudiéndose las moscas con temblores de la piel, unas echadas, otras en pie. De cuando en cuando se metían la lengua en las narices o volvían de repente la cabeza para sacudirse la nube de insectos que las mortificaban sin descanso.

Los trigales temblaban como sacudidos por invisibles corrientes eléctricas. A lo lejos una hilera de álamos larguiruchos corrían fantásticamente agitados por el viento.

Siguieron andando. Un rebaño de ovejas de amarilloso vellón pacía en los rastrojos y un perro felpudo, de ojos sanguinolentos que chispeaban al través de la maraña de pelos que le caía sobre la frente, las vigilaba, ladrando a intervalos a la que se salía del redil, mientras el pastor dormía a pierna suelta. Entre los trigos sangraban las amapolas. La perspectiva humosa, caliente, comunicaba al espíritu una sensación soporífera. No había un árbol. A medida que andaban, se desenvolvía a sus ojos ya un tablero de lechugas, ya otro de remolachas, ya otro de tomates, ya otro de zanahorias. El mar estaba muy azul, sin oleaje, sin respiración casi, aletargado por el sol. Unas cuantas velas diminutas se arrastraban en el horizonte brumoso como gaviotas a flor de agua.

Baranda, bajo el quitasol, saboreaba en silencio la placidez bochornosa del mediodía. Rosa, que había venido muy pálida, ya tenía colores y sus pupilas,

al influjo solar, brillaban con intensos visos turquíes. Iba recogiendo floreci-
llas silvestres, inodoras y pálidas, que colocaba luego en el ojal de sus amigos.
Se detuvo a ver un cordón de hormigas que arrastraban una mosca muerta.

—¡Qué curioso! –exclamó–. ¡Cómo se ayudan las unas a las otras! ¡Qué
unión reina entre ellas!

—Y con todo –arguyó el médico– carecen de ternura, según las experien-
cias de John Lubbock [163].

Rosa se paró luego a contemplar los ojos redondos y húmedos de las vacas que parecían rumiar tristezas y sueños. Algunas bicicletas pasaban descri-
biendo una estela de ruido y de polvo.

A lo lejos los *chalets* y las *villas* agrupados relampagueaban al sol. Una vieja ordeñaba una vaca colosal, de ancha y riquísima ubre, que pateaba sacudiéndose las moscas.

Baranda iba contento; pero su paseo era como el del preso a quien sacan
a dar una vuelta para meterle después en el calabozo. Alicia le aguardaba en
París. ¿Qué estaría haciendo? No sabía de ella. Su prolongado silencio, no dejaba de inquietarle. Deseaba verla, sin atinar a explicarse por qué.

Entraron en una *ferme*. Las gallinas escarbaban en el estiércol. El gallo,
con la cabeza erguida, las contemplaba. De pronto corrió tras una que, abriendo las alas, se echó para recibirle. Rosa volvió la cabeza un tanto ruborizada.

Pidieron leche. Allí mismo, a sus ojos, la ordeñaron. Una vieja, envuelta
la cabeza en un pañuelo, pasó por el patio arrastrando los zuecos. Una ma-
rrana recién parida la seguía gruñendo.

Salieron. Un carro cargado de paja rodaba rechinante por la carretera.
Varios grupos de segadores, diseminados aquí y allá, recordaban *Les glaneu-
ses,* de Millet[164]. Plutarco se detuvo a ver dos perros que jugaban jadeantes sobre la yerba, luchando por violarse el uno al otro.

—¿Cómo se explica usted, doctor, que el perro, que tiene tanto sentido
moral, modelo de constancia y de altruismo, sea a la vez el animal más im-
púdico?

¿Quién le ha dicho a usted que el impudor excluye ciertos sentimientos
generosos? El perro no es más cínico que el gallo; es ardiente. Prueba de ello es
que cuando está satisfecho no piensa en nada pecaminoso. Se echa y duerme.

Se sentaron en un banco. *Mimí* era objeto de las caricias de todos. Le hablaban y el animalito, poniendo las orejas eréctiles, fijaba la atención. Entendía.

—Ustedes son –dijo entristecido Baranda–, cada cual a su modo, mis únicos cariños.

A Rosa se la humedecieron los ojos; Plutarco le miró con profunda gratitud, y *Mimí* le saltó a las piernas. Después añadió:

—A usted, mi querido Plutarco, le recomiendo Rosa. Estoy seguro de morir antes que ustedes.

163 *John Lubbock*: sir John Lubbock, lord Averbury (1834-1913) naturalista e historiador
     británico conocido por su libro *Prehistoric Times* (1865) donde por primera vez emplea
     los términos "paleolítico" y "neolítico". También esscribió *Ants, Bees, and Wasps* (1882)
164 *Millet*: Jean-Francois Millet (1814 - 1875) pintor realista francés conocido por sus escenas
     del mundo rural francés

—¡Oh, doctor, no diga usted eso! —exclamó Plutarco conmovido.

—Tú nos entierras a todos —agregó jovialmente Rosa, tratando de disimular su emoción.

—Al tiempo. Siento que las fuerzas me faltan. Hasta la memoria, que me fue siempre fiel, empieza a flaquearme. ¡He padecido tanto! Ya es hora de volver —agregó tras un largo silencio.

Plutarco y Rosa se miraron como no se habían mirado nunca. Los ojos de aquel hombre casto adquirieron un brillo ardiente que sacudió los nervios de la francesa. En lo profundo de sus almas sintieron ambos como un estremecimiento de vergonzosa complicidad incipiente...

El ardor diurno se había transformado en un fresco ligeramente punzante. La naturaleza iba extinguiéndose en el silencio de la tarde y en la calma sedante del crepúsculo. Las palabras del médico, dichas en aquella hora de recogimiento universal, tenían algo de siniestras, algo que recordaba a un moribundo testando.

Sonó el *Angelus* y a Rosa se la antojó que todos aquellos molinos que abrían los brazos en la soledad de la llanura, imploraban misericordia. Una vaca mugía y su mugido catarroso se alargaba por el campo, lento, lento, lento... El mar se había alejado de la costa. El sol iba a su ocaso, primero amarillo, luego purpúreo. Todo respiraba la paz filosófica del adiós del día.

Cada cual iba sumergido en su propio pensamiento. Plutarco aplicó el oído a un poste del telégrafo. Funcionaba formando un sonido análogo al que se produce cuando se pasan los dedos por los bordes de una copa.

Una nube de golondrinas pasó tijereteando el aire. El segador, con la hoz al hombro, discurría entre los trigos caídos, evocando la tradicional figura de la muerte.

Una sombra rubicunda se tragaba el paisaje, del que sólo quedaban los contornos cenicientos, casi metafísicos.

– VI –

Después de cenar bajaron a la playa que estaba desierta. Los guijarros, bajo sus pies, crujían como nueces. En el cielo, lustrosamente negro, brillaban miríadas de estrellas titilando en el agua. El mar y el cielo se confundían en una inmensa mancha caótica salpicada de puntos luminosos. El faro alargaba con intermitencia sus antenas rectilíneas esclareciendo el oleaje. En lontananza pestañeaban minúsculas luces, unas de las barcas de pesca, otras de los pueblos circunvecinos. De pronto vieron acercarse un bulto con un farolillo. Rosa tuvo miedo. Era un pescador de crevettes[165] que venía con la red a la espalda y una chistera en la mano. Entre las colinas chispeaban, como luciérnagas, las lámparas de los *chalets* y las *villas*.

—¡Qué reposo, qué silencio! –exclamó Rosa.

—No se oye más que el flujo y reflujo del mar –añadió Plutarco.

De los bañistas, unos estaban en sus casas, otros habían ido al Casino de Ault, al teatro, o a jugar a los *petits chevaux*.

Después de haberse paseado de un extremo al otro de la playa, se sentaron sobre los galetes que, a su frescor mineral, unían el del relente y el efluvio marino.

Alguno que otro perro ladraba en el sosiego de la noche, con ladrido enigmático.

Baranda se echó boca arriba fijando los ojos en la bóveda estrellada.

—¿A qué obedece el movimiento del mar? –preguntó Rosa.

—A las atracciones del sol y de la luna –respondió Plutarco.

165 *Crevettes*: (fr.) camarones

—Todo en la naturaleza parece inmóvil, menos el mar –añadió Rosa.

—Pura ilusión –repuso Baranda–. Esas constelaciones puede que sean las mismas que admiraron los pastores de Caldea. A poco que se observe se nota que todo cambia. Copérnico fue el primero en destruir el error geocéntrico demostrando que la tierra es un planeta como los demás, que gira en torno del sol. Esas estrellas son soles como el nuestro, rodeados de satélites. Parecen fijos y se mueven. Cambian de lugar, aproximándose o alejándose unos de otros. Muchos han desaparecido y otros nuevos les reemplazan. Todo cambia, todo se modifica. El sol se dirige hacia la constelación de Hércules...

El médico hablaba natural y desordenadamente siguiendo la onda errátil de su pensamiento medio dormido por la brisa.

—¡Qué maravilloso es el mundo estelar! –dijo Plutarco–. Si tuviera tiempo me consagraba a la astronomía. Es una de las ciencias que más me cautivan.

—¿Y distan mucho esas estrellas unas de otras? –continuó preguntando Rosa con la curiosidad del ignorante a quien domina un gran espectáculo.

—Mercurio dista del sol –contestó Baranda poniendo en prensa la memoria– quince millones de leguas...

—Es para volverse loco –le interrumpió Plutarco.

—Venus, veintiséis. Saturno, treinta y siete. Marte, cincuenta y seis. Júpiter, ciento noventa y dos... Todos giran alrededor del sol y a la vez sobre sí mismos, arrastrando en pos de sí su cortejo de satélites.

Rosa sintió como un vértigo. Su imaginación no podía concebir semejantes distancias.

—¿Y cómo ha podido medirse la rapidez con que se mueven? –continuó Rosa.

—Sabemos –contestó Baranda– que los átomos se mueven en una proporción de quinientos a dos mil metros por segundo. No es aventurado suponer que un cuerpo celeste, que se compone de innumerables átomos, alcance una velocidad de treinta a ochenta kilómetros durante el mismo espacio de tiempo. Pero de poco te asombras. Hay estrellas cuya luz, a pesar de su rapidez vibratoria de trescientos mil kilómetros por segundo, tarda siglos en llegar hasta nosotros.

—Lo que a mí realmente me anonada –prosiguió Rosa– es el espacio, ese espacio sin fin...

—Si es difícil comprender lo infinito en el espacio –replicó Baranda–, figúrate lo difícil que será comprenderle tratándose de un ser, es decir, de algo infinito. El espacio es y no puede menos de ser infinito. Supongamos el universo encerrado en una esfera. Más allá del límite de sus paredes habrá espacio siempre.

Hubo un silencio. La respiración metálica del mar infundía en el alma medio mística de Rosa un terror secreto. Aquella inmensidad no podía mo-

verse por sí sola, según ella. Alguien, una causa superior, la imprimía, sin duda, aquella eterna agitación, aquel eterno ir y venir que daba angustia y que
era como una alegoría de las pasiones humanas. Cada generación busca su
playa, contra la cual se estrella después de luchar con las corrientes encontradas, con los huracanes y de tropezar aquí y allá contra los arrecifes...

—¿Por qué unas estrellas son de un color y otras de otro? –preguntó Rosa apartando los ojos del mar y volviéndoles hacia arriba.

—Eso obedece, desde luego –contestó Baranda–, a su composición química. Sabido es que en ellas se ha hallado sodio, manganesio, calcio, bismu-
to, hierro, mercurio, antimonio, etc. El P. Secchi[166] ha sometido al espectroscopio más de trescientas estrellas. El espectro de los soles blancos, como Sirio
y otros, le dio las rayas del hidrógeno, del sodio y el manganesio. El color blanco, responde a la juventud; el amarillo, a la edad viril que tira a la vejez, y el
rojo, a la decrepitud y la muerte. El mismo sol declina, como lo prueban sus
manchas y sus fáculas[167].

—Llegará un día entonces –prosiguió Rosa– en que no haya estrellas...

—No, porque a las que van desapareciendo sucederán las nebulosas, que
es el período gestativo del astro, como quien dice.

—¿Y qué son las nebulosas?

—La nebulosa no es una concepción abstracta, como creen algunos. Es
una especie de bruma lechosa y multiforme, visible al telescopio y aun a la
simple vista. Ejemplo: *la vía láctea.* El sol, al principio, fue una nebulosa, es
decir, una atmósfera difusa que se ha ido condensando poco a poco. El día en
que se solidifique acabará la especie humana y entonces se podrá, como ha dicho Faye[168], pasear por su corteza como se anda sobre las lavas de los volca-
nes apagados.

El presentimiento de la desaparición absoluta, de lo inútil del esfuerzo
humano ante el enigma del universo, les sumió en una tristeza silenciosa, casi visceral.

—Kant fue el primero, ¿verdad, doctor? en explicar el origen del mundo por la hipótesis de la nebulosa primitiva –dijo Plutarco.

—Sí, entre los modernos; pero su hipótesis tiene mucho de fantástico y
poco o nada de consistente. La verdadera, la confirmada por la termodiná-
mica, es la de Laplace. Kant afirmaba que la nebulosa primitiva se componía
de partículas independientes que se movían alrededor del centro con rapidez autónoma. Laplace sostenía que la nebulosa era una atmósfera gaseosa y
elástica cuyas capas se movían de consumo en torno de un eje común.

¿Saben ustedes que hace frío? –se interrumpió incorporándose.

Después, levantándose la solapa del gabán, añadió:

—Debe de ser tarde.

—Sobre las once –contestó Plutarco.

—Pues a casa.

166 *P. Secchi*: P. Angelo Secchi (1818, 1878), religioso de la orden Jesuita, director del Obser-
   vatorio Astronómico de Roma, escribió tratados clásicos como *El Sol* y *Las Estrellas*, se lo
   considera un pionero de la astrofísica.
167 *Fácula*: cada una de las partes más brillantes que se observan en el disco solar
168 *Faye*: Hervé Faye (1814-1902) Astrónomo francés.

La fosforescencia del mar llamó la atención de Rosa.

—Son los protistas, de Haeckel —dijo Baranda encaminándose hacia la cuesta que conducía de la playa a la terraza del Hotel Continental—: organismos microscópicos, monocelulares que pueblan profusamente la superficie marina.

El pueblo dormía. Sólo alguna que otra luz brillaba en la oscuridad de las colinas. Un piano sonaba a lo lejos, los perros ladraban a intervalos en el sosiego de la noche, con ladrido enigmático, mientras el mar hervía rompiéndose contra los derrumbaderos y las peñas.

– VII –

Al día siguiente salieron por la tarde a dar un paseo como de costumbre.

—Prefiero –dijo Baranda– estos paisajes melancólicos de Europa a los paisajes de una alegría estrepitosa de América. Esta luz tenue, tamizada, inclina el pensamiento a la reflexión poética, suave y resignada, al paso que aquel exceso de luz zodiacal no sugiere sino hipérboles vacías e imágenes sin claroscuro. Un cielo gris, una claridad tibia y un campo de palideces multicoloras despiertan en mí más ideas y emociones que un cielo deslumbrante, una atmósfera cálida y un bosque lujurioso.

—A mí me pasa lo mismo –dijo Plutarco.

—Yo creo que una de las causas de lo prosaico, de lo cursi de casi todos nuestros literatos, obedece a la exuberancia de luz. No sé de poetas más ramplones que los nuestros. Mucha palabrería, eso sí; pero ni una idea, ni una emoción. Nada sincero, nada sobriamente artístico, nada hondo.

—Que no le oigan a usted, doctor. Se le comerían vivo. ¡Ellos que se llaman entre sí: "Velázquez del verso", "Donatelos de la prosa", "egregios", "maravillosos"...!

—Nuestra vanidad puede que también radique en el exceso de sol. En nuestros países se padece una irritación crónica del cerebro.

—¿Y qué me dice usted de la envidia? En cuanto sale alguien independiente, que no adula, que no se casa con nadie, a *formarle el vacío*.

—Es el procedimiento jesuítico.

—No, no le discuten. Le aíslan. ¡Y ay del infeliz que tenga que vivir de ellos!

—¿Eso me lo cuenta usted a mí? ¡Si usted supiera la guerra que me han hecho en mi país, el odio que me profesan, en parte porque vivo en el extranjero, en parte porque me burlo de sus ídolos de arcilla...! Ellos quisieran que volviese. ¿Sabe usted para qué? Para darse el gusto de desdeñarme.

El paisaje era espléndido. Dos mares se movían. En primer término, uno rubio, de trigo, dorado por el sol, y en segundo término, otro, azul, salpicado de espumas.

—Eso es más interesante –dijo Baranda– que el hígado de nuestra raza, que es el órgano predominante en ella.

El cielo se fue tiñendo de un rosa pálido primero y de un rojo de almagre después.

—¡Qué mejor refugio para el alma entristecida –añadió el médico– que la contemplación de la naturaleza! Ella nos enseña a ser estoicos, a ver con suprema ironía las pequeñeces de los hombres.

De pronto Plutarco se detuvo.

—Juraría que es Alicia –dijo fijándose en una hermana de la Caridad que pasó apresuradamente junto a ellos, esquivando sus miradas.

—No, usted ve visiones –contestó Baranda sonriendo.

—¿Visiones? ¡Ca! Yo le digo a usted que es Alicia –y echó a andar, casi corriendo, tras la monja. Esta, al notarlo, apretó el paso, mientras Rosa y el médico, entre sorprendidos y temerosos, se les quedaron mirando. A medida que Plutarco la seguía, la hermana aceleraba el paso hasta echar a correr. Plutarco corrió tras ella.

Entonces la monja, parándose en seco, le gritó en un mal francés:

—Si da en seguirme, pido socorro.

Plutarco, temiendo insistir, retrocedió.

—Es Alicia –balbuceó jadeante.

—No –contestó Rosa temblando.

—Pero ¿está usted seguro? –añadió Baranda.

—Lo que es seguro, seguro, no; pero tengo casi la convicción. Su voz, alterada por la carrera, me pareció la de Alicia y su acento, ese acento es el suyo.

—Pero ¿qué diablos ha venido a buscar aquí y en ese traje? Está loca. No me cabe duda.

—Lo que le digo a usted, doctor, es que si viene a repetir la escena del Bosque, se lleva chasco.

—¡Ah, no *par exemple!* –dijo Rosa con cierta energía.

—No lo permitiré –agregó Baranda.

—Se ha disfrazado para que no la conozcamos y ha venido, sin duda, para sorprenderle, doctor.

—Y se ha perdido de vista –continuó el médico mirando al horizonte–. En Onival no hay más que dos hoteles: sería fácil saber en cuál está.

—¿Y si no está en ninguno –arguyó Rosa– sino en una pensión o en alguna de las casas que alquilan cuartos aquí?

—¿Qué hacer entonces? –dijo Baranda.

—Nada, doctor, dejarla y seguir nuestro paseo. ¿Quiere usted, con todo, que vaya a la villa a prevenir a la criada?

—¿Y qué sacamos con eso?

—Pues evitar que entre allí y nos dé un escándalo.

La *villa* no estaba lejos. Plutarco fue y volvió en un relámpago. Entretanto Rosa y el doctor no cesaban de mirar a todas partes como quien teme un asalto. Apenas se hablaron.

—Pues estuvo en la *villa* –dijo Plutarco echando los bofes.

—¿Cómo? –exclamaron a una Rosa y el médico.

—Verán ustedes. Cuenta la criada que una hermana de la Caridad tocó la puerta preguntando por usted. Al decirla que había usted salido, añadió si había salido usted solo o con la señora. Agregó que estaba nerviosa y que hablaba el francés como *une vache espagnole*. Alicia, nada, Alicia. He recomendado a la criada que cierre la puerta y que sólo a nosotros nos abra. Y ahora que entre.

—¡Qué ocurrencia de mujer! –exclamó Rosa–. Yo no he visto nada igual. Es una *toqueé*.

—¡Bah! –dijo Baranda–. Sigamos nuestro paseo y lo que fuere sonará.

Andando, andando llegaron a un molino. Por un plano inclinado, hecho de cadenas y tablitas, subía un caballo ciego, subía, subía y nunca llegaba, haciendo girar aquella a modo de correa metálica que ponía en movimiento el molino.

Daba angustia verle trepando, trepando sin cesar, fatigoso, resbalándose, por aquella pendiente movediza, mientras el trigo caía hecho polvo en una caja. El médico halló cierta similitud entre el destino de aquel pobre animal ciego y el suyo. Ambos subían por una cuesta penosa y dura sin esperanza de reposo, a no ser en la muerte. Cuando el caballo jadeante, sudoroso, se paraba para cobrar aliento, un latigazo le recordaba que debía seguir andando sin tregua como si formase parte de aquel mecanismo que se movía gracias a él. El ruido de sus cascos se confundía con el del herraje de la correa y el del molino que trituraba el trigo. Fuera, en el campo verde y luminoso, pacían otros caballos sueltos y alegres, de piel lustrosa y ojos fulgurantes...

El mar se había retirado lejos, muy lejos. En el horizonte, entre un boscaje de nubarrones grises, llameaba el sol. Grandes brasas de ópalo y naranja centelleaban en el fondo. Desgarraduras bermejas atravesaban el seno de una nube de un violeta profundo. Por el mar, casi inmóvil, rodaban ligerísimos copos de espuma. Un inmenso nublado se deshizo de pronto en flecos de áureos bordes encendidos. Brujas, elefantes, enanos sin cabeza, torsos y brazos, pájaros de abiertas alas, bloques de estatuas a medio esbozar, como las esculturas de Rodin, corrían empujados de aquí para allá por el viento, transformándose en los mil caprichos que la imaginación de la luz combina en la tela celeste. Anchos vellones policromos, como las telas de Liberty, flotaban en islas de fuego, en golfos de cinabrio, en selvas escarlatas, en lagos azules, enredándose a las cumbres de montañas de oro que se derrumbaban en fantástico derrumbe con los cambiantes cegadores de una danza serpentina.

—Ahí tienen ustedes, amigos míos —dijo el doctor—, un espectáculo que no me cansa nunca: la puesta del sol.

—Yo soy como los incas del Perú —añadió Plutarco—: idólatra del sol; pero la hora en que realmente le amo es ésta: la hora de la gran anemia universal.

—¡Y pensar que ese sol que tanto nos maravilla es sólo "un simple soldado en el gran ejército celeste"!, como dice Young —agregó Baranda—. Millones de estrellas le sobrepujan en magnitud y brillo.

—Por supuesto que es mayor que la tierra —preguntó Rosa, temiendo decir un desatino.

—¡Oh, sí! Trescientas treinta mil veces mayor que nuestro globo —respondió el médico.

—Y su constitución química —continuó Rosa— no será la misma que la de la tierra.

—Por el espectroscopio sabemos —respondió Baranda— que en el sol hay hierro, calcio, níquel, cobalto, sodio, cobre, plomo, aluminio, oxígeno, etcétera. La cromosfera, por ejemplo, o sea la capa gaseosa rosada que se advierte alrededor de la superficie luminosa, se compone de hidrógeno.

—¿Y dista mucho de la tierra? —continuó Rosa.

—Se calcula que dista de nosotros unos ciento cuarenta y ocho millones de kilómetros. Y a pesar de su lejanía, nos vivifica, en términos de que, si durante un mes se apagase, todo movimiento cesaría en la corteza terráquea. Sin calor solar no habría vegetación y sin vegetación no habría animales. Es él quien, merced a la conservación de la energía, empuja las cataratas, hace rodar los ríos y los mares, fructificar el germen, andar nuestras máquinas de vapor...

Rosa admiraba aquel esfuerzo de la imaginación humana por explicarse los fenómenos cósmicos; pero interiormente no creía en aquellas razones científicas que se la antojaban oscuras. Hubiera preferido una explicación espiritualista, mientras más absurda mejor, de acuerdo con sus sentimientos religiosos. Por respeto y cariño a Baranda no se atrevía a contradecirle en nombre de su catolicismo. De modo que la Biblia —pensaba— ¿es una sarta de mitos? Porque en ella se dice lo contrario de lo que la ciencia afirma.

Plutarco, a pesar de sus aficiones astronómicas, apenas prestaba atención a la charla del médico. Iba preocupado con la extraña aparición de Alicia.

—Tal vez –meditaba– nos la encontremos al llegar a casa y el doctor no está para emociones fuertes.

Aquellos días de reposo, de amena compañía y de aire puro le habían mejorado relativamente; pero no estaba bien. Los riñones le dolían y se fatigaba del menor esfuerzo. Sólo preguntándole lograban hacerle hablar. Por lo común permanecía silencioso y ensimismado.

– VIII –

El mar estaba agitadísimo aquella mañana de mediados de Septiembre. La resaca era muy fuerte. Al llegar a la orilla las olas chocaban unas contra otras rompiéndose en turbios espumarajos. El cadáver de una raya danzaba entre el oleaje y las boyas rojas se sumergían y emergían, como enormes tomates, a capricho de los tumbos de la marea que subía invadiendo toda la playa hasta llegar a las casetas. Al descender, con una rapidez incontrastable, arremolinaba los guijarros, que sonaban como si les triturasen en una paila de aceite hirviendo. El cielo, oscuramente gris, estaba muy bajo.

El médico, arrebujado en su bufanda, con la gorra hasta las orejas y las manos en los bolsillos del gabán, gozaba con el espectáculo del mar que acariciaba a las rocas con efusiones de un amor salvaje. Una lluvia menuda y tenaz desdibujaba y entenebrecía los objetos.

Por las calles fangosas y malolientes del pueblo pasaban de prisa algunos bañistas con las capuchas de los impermeables caídas sobre los ojos. El viento levantaba irrespetuoso las faldas femeninas y volvía del revés los paraguas. Por las bocacalles que daban al mar pasaba zumbando con un cortejo de papeles y basuras. Una mancha blancuzca hormigueaba a lo lejos en la llanura brumosa. Era un rebaño de ovejas. Los árboles temblaban arqueándose como histéricos.

Junto al establecimiento de baños termales empezó a apiñarse, con avidez creciente, un grupo de bañistas envueltos en sus *peignoirs*.

—¿Qué ocurre? –preguntó Baranda acercándose al gentío.

—Una mujer que se muere –dijo uno–. Apenas entró en el mar empezó a dar voces pidiendo socorro.

—Pero ¿está muerta? –añadió acercándose más.

Uno de los bañeros alejó a Baranda alegando que hasta que no viniera el médico municipal nadie podía tocarla.

La mujer estaba tendida en el suelo, sobre una tabla, medio desnuda, con la cabeza cubierta con una toalla. Era muy blanca y robusta, grande, de largas y contorneadas piernas. ¿Quién era? Nadie lo sabía. Había venido sola y no tenía, al parecer, familia. Quién, decía que era alemana; quién, que era inglesa o rusa. No estaban mejor informados en el hotel donde se alojaba. Al cabo de una hora llegó el médico con dos soldados. La mujer había muerto. Es más: la habían sacado cadáver del agua. Envuelta en una sábana, al través de la cual se marcaba la cadera maciza, sobre una camilla, la llevaron, a las tres o cuatro horas, entre dos marineros, al camposanto. Iba sola, sola, al través de la llanura desierta, bajo la lluvia inclemente.

Rosa, conmovida, rompió a llorar.

—¡Pobre! –gemía–. ¡Pobre! –Y se quedó mirando con respeto supersticioso a aquella inconmensurable masa de agua, rugiente y crespa.

Cada cual comentó el hecho a su guisa.

—Debían esperar veinticuatro horas –objetaba uno–. ¿Y si resulta que está viva? –Y citó varios casos de muerte aparente, no sin horror de los circunstantes.

—Esa está muerta –contestó otro–, y bien muerta, por desgracia.

¡Triste destino! –sollozó una vieja–. Llegó anoche y al primer baño... Diríase que vino expresamente a ahogarse.

Y todos volvían los ojos hacia la inmensa llanura espumosa.

—Hoy es día muy peligroso para bañarse –observó un bañero–. La mar está muy picada y el oleaje es muy recio.

—¿Ha visto usted a mi hijo? –preguntó acongojada al bañero una señora de luto que venía del pueblo atraída por la noticia de la muerte.

—No –contestó el bañero.

—Le busco por todas partes y no le hallo. ¿Le vio usted bañarse?

—Señora, no lo sé. ¿Sabe nadar?

—¡Oh, sí, muy bien!

—Pues si sabe nadar no tema usted, por más que la mar no está hoy para bromas. Vea, vea usted la resaca. Esta playa tiene el inconveniente de ser muy desigual, y cuando hay resaca se forman grandes hoyos en que cabe un hombre.

—¿Y el chico es grande o pequeño?

—De doce años –contestó la madre–. ¿No podrían echar un bote al agua en su busca? –añadió–. Tal vez la corriente se le ha llevado lejos. Le pago a usted lo que me pida.

Y el botero se echó al mar, en medio de aquella furia de olas, en busca del joven.

La señora, después de recorrer febricitante toda la playa y de haber abierto todas las cabinas y buscado en todos los rincones, se volvió al hotel con el alma en un puño.

—Yo no puedo hacer nada –decía nerviosamente el propietario del establecimiento–. Todo el mundo quiere hacer su voluntad. Por más que les aconsejo que no se bañen en días así, como si cantara. No es culpa mía si se ahogan. Por otra parte, los baños de mar no se deben tomar sin previo dictamen facultativo. Hay personas cardíacas e histéricas a quienes el agua fría produce un efecto mortal. Esa señora –la muerta– no debió bañarse. Ya ve usted, tenía un aneurisma. Yo lo lamento. Pero ¿tengo acaso la culpa?

Los boteros se cansaron inútilmente de dar vueltas y vueltas por la costa.

A las cinco de la tarde, cuando ya nadie se acordaba del joven, el oleaje arrojó sobre la playa un cadáver. Era el suyo. Allí mismo, sin pérdida de tiempo, le colocaron desnudo en una parihuela. Estaba pálido como la cera, con la boca y las narices llenas de una espuma azulosa y coagulada. Dos hombres, uno de cada lado, le subían y bajaban los brazos rígidos y glaciales, mientras el doctor le tiraba rítmicamente de la lengua con unas tenazas. Luego le frotaron con un guante cerdoso empapado en alcohol. En torno del cadáver se movía una muchedumbre afligida preguntándose por lo bajo si había esperanzas de salvarle. No, no había ninguna. Según Baranda, la muerte databa de algunas horas. Entretanto, en el hotel, la madre se retorcía sin consuelo, entre convulsiones y gritos.

¡Qué sincera compasión despertaba su dolor sin nombre en el alma de las otras mujeres! Porque el único sentimiento real y hondo, que no cambia, es el de la maternidad –pensaba Rosa.

De aquel cuadro lúgubre se desprendía una angustia indecible. Bajo un cielo de pizarra, en una atmósfera húmeda y fría, sobre la playa desierta que parecía una prolongación solidificada de aquel mar turbulento y sombrío, dormía para siempre un cuerpo joven, aún no manchado –a juzgar por lo suave y liso de su piel de virgen, sin una arruga– por las impurezas del amor carnal.

Aquella casi adolescencia muerta, antes de la virilidad, y muerta de un modo trágico, arrancaba silenciosas lágrimas a todos.

—Dichoso él –dijo Baranda–, que ha desaparecido sin esas dos agonías: la de ir envejeciendo y la de morirse poco a poco en una cama...

– IX –

Cuando el médico, de vuelta del campo, entró en su casa, Alicia no estaba; había salido. A la impresión de triste descoloramiento que le produjo la ciudad después de dos meses de comunión diaria con el mar y la llanura sin límites, se unió la que le produjo su casa silenciosa y fría como un sepulcro.

—La señora no está –le dijo la portera, ganosa de chismear–. Por lo común no come en casa y vuelve tarde.

—Durante mi ausencia ¿ha venido alguien a preguntar por mí?

—Que yo sepa, no. Sólo han venido los amigos de la señora –y por las señas que le dio supuso que eran los de siempre.

—Con quien más ha salido –prosiguió– es con esa señora polaca a quien llaman la marquesa.

—Sí, la marquesa de Kastof. Una tía.

La portera compartió la opinión del médico con una sonrisa.

—¿Se fijó usted si durante mi ausencia la señora hizo algún viaje?

—No lo sé, señor; pero creo que sí. A lo menos una noche no durmió en casa. ¿Quiere el señor que le haga un caldo o una taza de café? –añadió al oírle quejarse de fatiga.

—No. Sólo deseo echarme. Estoy cansado.

—¿No le ha hecho bien el mar al señor?

—Sí–contestó incrédulo.

Cuando la portera le pidió permiso para retirarse, el médico la puso en la mano dos luises.

—Gracias, señor, muchas gracias. Si en algo me necesita, no tiene más que llamarme. Estoy siempre en la portería.

—Oiga usted. ¿Qué dijo la señora cuando volvió del campo?

—¡Ah, señor! Que aquello era muy feo.

—Y de mí ¿no dijo nada?

—Tantas cosas ha dicho de usted otras veces que ya ni me acuerdo. Siempre habla mal de usted.

—Y ya usted sabe que yo no la niego nada.

—Sí, señor, lo sé. Es usted demasiado bueno. Todo el mundo lo dice.

—Bueno. Adiós.

Baranda entró en su gabinete. Todo estaba, al parecer, como lo había dejado, salvo el polvo que cubría los muebles y los libros. Con todo, al abrir una gaveta notó que varios sobres que dejó cerrados estaban rotos. Eran apuntes y notas personales sin importancia para nadie. Después advirtió la ausencia de las acuarelas de Gustavo Moreau, que tenía en el despacho. En la sala se fijó en que faltaban varios cuadros y un jarrón de porcelana con un pedestal de ónix.

—¿Quién se habrá atrevido a llevárselos? –se preguntaba paseándose con cierta inquietud.

En esto llegó Alicia acompañada de la marquesa.

—Buenas tardes –la dijo el médico.

Alicia, sin responderle, sin mirarle siquiera, se llevó a su amiga al saloncito.

A poco llegó Plutarco con un mozo de cuerda que traía el equipaje.

—¿Me quieres decir, Alicia, dónde están las acuarelas y los cuadros de la sala? –la interrogó en voz alta.

Alicia, sin contestarle, siguió hablando muy quedo con la marquesa.

Baranda, aproximándose, insistió:

—Que dónde están las acuarelas y los cuadros.

El mozo de cuerda dejó los baúles en el pasillo y se fue.

Exasperado el doctor por este silencio ofensivo, se atrevió a gritarla:

—Te pregunto que dónde están los cuadros...

—A mí ¿qué me cuentas? ¡Yo qué sé!

—¿Cómo que no sabes? ¿No has estado aquí durante mi ausencia? ¿Quién ha entrado aquí? ¿Quién me ha robado los cuadros?

Plutarco contemplaba silencioso y pálido la escena. Alicia y la marquesa se miraban sin desplegar los labios.

—O me dices quién me ha robado los cuadros o ahora mismo doy parte a la policía y te hago llevar a la cárcel.

La marquesa se movía nerviosa en la silla con ganas de tomar la puerta.

El doctor hizo subir a la portera.

—¿Ha visto usted –la dijo– salir a alguien de aquí con unos cuadros?

La portera, después de mirar a Alicia con cierto embarazo, respondió con timidez:

—No, señor. A nadie.

—¡Rayos! –exclamó dando una patada– ¿Quién se ha llevado entonces los cuadros? ¿Quién?

Al ver que todos callaban, continuó dirigiéndose a la portera:

—¡Hable usted o llamo al comisario de policía!

—Hable usted –insistió Plutarco–, no tenga miedo. Hable.

—Yo soy quien va a hablar –dijo Alicia encarándose con el médico–. Y empiezo por decirte ¡que eres un canalla, un cínico! ¿Niega, niega que te has pasado todo este tiempo con Rosa?

—¿Ve usted, doctor, cómo era ella? –añadió Plutarco.

—¿Vio usted, doctor, cómo era ella? –repitió Alicia gangosamente burlándose de Plutarco–. Sí, era yo. ¿Y qué? Quería convencerme y me he convencido. En cuanto a los cuadros les he vendido porque necesitaba dinero. Ahora da parte a la Policía. Haz lo que quieras.

Baranda, arrojándose sobre ella colérico, la dio un puñetazo en la cara.

—Bien hecho –exclamó Plutarco–. Lástima que sea uno solo.

Alicia dio un grito y cayó desplomada.

—No, la culpa no es sólo de ella –dijo la portera, colocando a Alicia en el sofá–. Esa señora es quien la ha ayudado a vender los cuadros.

—¿Yo? –contestó la marquesa poniéndose lívida.

—Sí, usted.

—¡Fuera de aquí! –bufó el médico cogiéndola por un brazo y echándola a la calle– ¡Fuera de aquí, alcahueta indecente! ¡Fuera de aquí!

La marquesa tomó la puerta más que de prisa sin atreverse a replicar.

Alicia fingió un soponcio, suponiendo, sin duda, que con este ardid y la trompada todo acabaría. Comprendiendo lo vituperable de su conducta y temerosa esta vez de que el médico pudiera matarla, permaneció callada e inmóvil en el sofá.

—Me siento malo –dijo Baranda derribándose sobre una silla–. Quiero acostarme.

La cama no estaba hecha y el cuarto era un hielo. Mientras la portera la hacía, Plutarco encendió el chubesqui.

—Bien ha podido usted pasar la escoba aunque hubiera sido una vez –dijo Plutarco a la portera.

—La señora no me dijo nada...

—Se necesita una sirvienta. A ver si mañana mismo la trae usted. Y ahora haga usted una taza de caldo o caliente un vaso de leche. Si no la hay, corra por ella.

—Eso lo puedo yo hacer muy bien –dijo Alicia desperezándose como si despertase de un sueño.

Plutarco, mirándola con soberano desprecio, continuó arreglándolo todo. Él mismo ayudó al médico a desnudarse y, metiéndole en la cama, le arropó cuidadosamente. Luego se fue a cenar y volvió en seguida.

Baranda, temblando de frío, se quejaba de la cabeza y de agudos dolores lumbares. Durante la ausencia de Plutarco, Alicia se le apareció con un vaso de leche que el médico rehusó.

—De ti, nada, ni la gloria si existiese.

—Mejor –dijo ella algo corrida–. Después de todo, a ver cómo no revientas. ¡Lo que te habrás *divertido* con la otra! Ahora di que soy yo quien te ha puesto así.

El médico, después de reflexionar, convino con Plutarco en no volver sobre el asunto. ¿Qué lograba él con dar parte a la policía? Meter a Alicia en la cárcel y no recuperar los cuadros. Sería un escándalo mayúsculo que redundaría en perjuicio suyo.

—Cuando esté mejor ya veremos lo que se hace. Me siento muy mal y no tengo fuerzas para nada. A ver, tómeme el pulso. Creo que tengo fiebre.

—Sí, está usted febril –respondió Plutarco–. El disgusto.

En esto subió la portera con una carta.

—Ábrala usted, Plutarco –le dijo el médico.

Era una carta en que una de sus mejores clientas le acusaba indignada de haber revelado el secreto profesional. Sólo Alicia, a quien el médico había confiado privadamente –y no en son de chisme sino más bien de lástima–, que aquella señora padecía de la matriz, se lo podía haber contado.

—¿De quién es y qué dice la carta? –preguntó el médico al ver que Plutarco tardaba en darle cuenta de su contenido.

Plutarco, perplejo, no supo al pronto qué decir.

—¿Alguna mala noticia? –añadió Baranda impaciente.

—Mala precisamente, no.

La duda para el médico, dada su nerviosidad, era peor que la certidumbre.

—A ver, démela acá –prosiguió sacando un brazo de la cobertura.

Plutarco se la dio maquinalmente.

—Acérqueme la vela –añadió, y, frunciendo el entrecejo, con una mano a guisa de pantalla ante los ojos, se puso a leer. Incorporándose de pronto le dijo que llamase a Alicia.

—¿Conque has ido a contar a esa señora lo que yo te conté en secreto, eh?

—¿Yo?

—¡Sí, tú, tú, miserable!

Alicia trató de escabullirse; pero Plutarco la detuvo. Nunca había visto al médico tan nervioso y agresivo. El aire del mar le había irritado. Echándose de la cama la golpeó a su antojo.

—¡Canalla, canalla! ¡Estoy harto de ti, harto, harto!

—¡Cobarde, cobarde! –gritaba ella defendiéndose.

Baranda se desplomó sobre la cama lívido, desencajado, con la nariz afilada y los ojos radiantes de fiebre. Los dientes le castañeteaban y grandes cercos violáceos sombrearon sus párpados carnosos. Plutarco pasó la noche junto a él como una hermana de la Caridad, mientras Alicia, vestida, roncaba tirada en el canapé, con una botella de cognac, medio vacía, entre los brazos.

—Bebo para olvidar –decía.

– X –

A la noticia de la enfermedad de Baranda se llenó la casa de gente.

—Es el mal de Bright[169] –dijo el médico que le asistía–. Vea usted los orines: son sanguinolentos. Vea usted la edema de la faz.

Plutarco convino en todo con su cofrade.

—Leche a pasto, aguas alcalinas –continuó el médico–; fricciones secas, e inhalaciones de oxígeno. Y reposo, mucho reposo. Nada de emociones fuertes. Si pudiera irse a un clima cálido y seco... le haría mucho bien.

—Doctor –le dijo aparte Plutarco–, ¿no podríamos trasladar al enfermo a una casa de salud? Porque lo que es aquí... –y le contó la triste historia de su vida doméstica.

—Eso lo veremos más adelante –contestó el médico tratando de zafar el cuerpo.

Luego agregó:

—Si los dolores lumbares persisten, le pondremos unas ventosas. ¿No tiene perturbaciones visuales y auditivas?

—Creo que no.

—Ya vendrán, ya vendrán –y tomando el sombrero se despidió del paciente y de su amigo.

Ya en la puerta, le recomendó que no dejase entrar a Alicia en la habitación.

169 *Mal de Bright*: glomérulonefritis, llamada así por Richard Bright (1789-1859) médico inglés de gran prestigio quien en 1827 publicó su descripción

—Hay que evitar toda emoción.

Entretanto en el saloncillo charlaba Alicia con sus amigas.

—¿Qué quieres, hija mía? –dijo a la Presidenta–. Se ha pasado dos meses de orgía con la *otra*. Está reventado.

—No hables así –respondió Nicasia–. Eres terrible.

—¡Defiéndele, defiéndele! Era lo único que me faltaba.

—Ni le defiendo ni le acuso. Me da lástima. Es un ser que sufre, y todo ser que sufre no puede menos de inspirarme simpatía.

—Tiene usted razón –arguyó con su natural hipocresía la Presidenta–; pero eso no impide que busquemos la causa del mal.

—Cualquiera creería que es usted médico –contestó riendo Nicasia.

—*Poor man?* –exclamó mistress Campbell.

—Sí, es muy digno de piedad; pero también esta infeliz... –añadió la Presidenta señalando a Alicia.

—Ahora todos se vuelven contra mí –dijo Alicia–. Sí, soy una infame que tiene la culpa de todo.

—¿Y qué tal ha pasado la noche? –preguntó don Olimpio fingiendo un interés que distaba mucho de sentir.

—Mal –respondió Alicia con indiferencia–. Es decir, creo que mal. Quien debe de saberlo es Plutarco.

—¡Qué amigo! –exclamó Nicasia.

—Sí, con su cuenta y razón –insinuó Alicia.

—Hija, no seas tan mal pensada. Él trabaja y se gana la vida.

—¡Psi! –silbó Alicia.

—Yo quisiera verle –dijo la inglesa–. *Poor man, poor man!* –y se dirigió al cuarto, sin más ni más.

—¿Cómo está, doctor? –le preguntó acercándose a la cama.

—Mal, muy mal, señora –contestó el médico con voz apagada.

—¡Ah! ¡Cuánto lo siento! ¿Qué puedo hacer por usted, *dear?*

—Nada, señora. Gracias.

La inglesa, acercándose hasta el lecho, se puso a arreglarle las sábanas, y después de acariciarle las barbas, le dio un beso en la frente.

Luego se le quedó mirando con ojos fijos y febriles.

Al entrar Plutarco en la alcoba le dijo:

—Ya usted sabe: si en algo puedo ser útil no tiene más que avisarme al hotel, rue Lord Byron.

Y le dio su tarjeta.

—Gracias, señora –respondió Plutarco.

Su altruismo de sajona se reveló en aquel momento. Seguía enamorada del médico; pero la compasión que le inspiraba era más fuerte que su amor.

Al salir de la alcoba, la Presidenta la preguntó con malicia:

—¿Y cómo va el enfermo? ¿Habló usted con él?

—Sigue lo mismo. ¡Pobre!

A poco llegó el diputado Grille, que manifestó vivo interés por el médico. Mientras departía con Plutarco, la inglesa contaba sus impresiones del verano. Había estado en Biarritz.

—¡Qué playa más hermosa! –decía–. Todas las mañanas íbamos a Bayona en bicicleta y muchas tardes a San Juan de Luz o San Sebastián, en automóvil. Por las noches, al *Nouveau Casino*. Aquello es muy alegre y divertido.

—Pues nosotras –dijo la Presidenta– hemos pasado un mes en Cabourg, que es una playa muy *chic*. Toda la colonia hispanoamericana estaba allí.

—También estuve en Fuenterrabía –continuó la inglesa–. ¡Oh, un pequeño paraíso de verdura! El verano que viene le pasaré allí. ¡Cuánta luz, cuánta ruina poética y melancólica!

—Pues, hija –dijo Alicia–, yo he pasado un verano muy agradable en París. Por las tardes al Bois, alguna que otra noche a los Embajadores o a Folies–Marigny, y después del almuerzo, a las tiendas. ¿Verdad, Nicasia?

—Te habrás asado de calor –dijo doña Tecla.

—Usted olvida que soy del trópico. A mí el calor me gusta. Es cuando vivo. El invierno me aflige y amilana.

La inglesa no sabía cómo quitarse de encima a Marco Aurelio cuyas continuas demandas de dinero la encocoraban. Fue un capricho senil que pasó pronto y del que se mostraba arrepentida. Mientras estuvo en Biarritz la escribió un centenar de cartas que empezaban con fingidas protestas de amor y acababan con súplicas pecuniarias. Entre bromas y veras la había sacado más de veinte mil francos. Un viaje al Cairo era el único medio de poner fin a aquella explotación.

Doña Tecla y don Olimpio, arruinados por la Presidenta, se preparaban a volverse a Ganga de un día a otro. Alicia se quedó medio dormida en una butaca. A cada rato, en los intervalos de su modorra, entraba en el comedor para atizarse un trago de cognac.

—En esta calle –observó la inglesa– hay mucho ruido.

—¡Oh, no me hable usted! –dijo Alicia desperezándose–. Tenemos la *gare Saint–Lazare* a dos pasos y el *bureau* de ómnibus en la esquina.

—Y el tranvía eléctrico que pasa por la puerta –añadió Nicasia.

—A ciertas horas –continuó Alicia –la calle parece un trueno.

—Tanto ruido tiene que hacerle daño al doctor –indicó Nicasia.

—También culpa mía –agregó Alicia con sarcasmo.

Después de tomar el té, todos se fueron, menos Nicasia que se quedó acompañando a Alicia. La Presidenta cuchicheó con ésta largo rato en la puerta, primero, y en el comedor, después. *Mimí* salía de la alcoba del enfermo. Después de estirarse, sacudirse las orejas y de dar una vuelta por la casa, con aire triste y decaído, se volvió junto al médico metiéndose bajo la cama.

La Presidenta, despidiéndose de Alicia, la dijo:

—No te descuides, no te descuides.

—¿Quieres que te sea franca, Alicia? Esa mujer no me gusta. Me parece hipócrita.

—¿Por qué, Nicasia?

—Siempre anda con secretos e insinuaciones. No te fíes.

—¡Fiarme! No me fío ni de mi sombra.

—No creas que te quiere. Recuerda cuando se le metía a tu marido por los ojos.

—A propósito. Voy a llevarle la leche.

Plutarco dormitaba en una butaca, rendido de fatiga. Baranda dormía profundamente.

—La leche –dijo Alicia despertándole.

El médico se volvió contra la pared.

—¡La leche! –repitió Alicia imperiosa.

—Déjele usted que duerma –contestó Plutarco.

Alicia, aproximándose a la cama, repitió más recio:

—¡La leche!

—¡Diantre con la mujer! –exclamó el médico irritado–. No la quiero. Déjame en paz.

—¡Ay, qué ordinario y qué mal agradecido! –y tirándole la leche con vaso y todo sobre la cama, salió furiosa.

Plutarco, reprimiéndose para no pegarla, recogió el vaso y secó las sábanas.

¡–Qué fiera, qué fiera! –exclamó el médico, revolviéndose en la cama–. No la deje usted entrar, Plutarco.

—Si se cuela como una sombra.

—Cada vez que entre, échela.

—Ya ves, Nicasia. No ha querido la leche. Luego dirá que soy una histérica que le amargo la vida. Yo misma se la he llevado.

—¡Ay, hija!, eres insoportable. Si no la quiere ahora, ya la tomará luego. No le violentes.

—Pero ¿en qué le violento? Si no se la hubiera llevado, habría dicho que le abandono. Vaya, que mi situación es deliciosa...

—¿Cómo quieres que te reciba después de lo que le has hecho? Permíteme que te diga que tu conducta para con él es muy reprensible.

—¿Y la suya? ¿Te parece bien que se haya pasado dos meses con la querida públicamente? ¿Eso no es reprensible?

—Sí, lo es. Pero tu deber es perdonar.

—Yo no perdono. No puedo.

—No hay nada más hermoso, nada más noble que el perdón. En la incertidumbre en que vivimos de poder juzgar a los demás –nadie sabe los móviles que nos impulsan a obrar– lo que aconseja la moral cristiana es el perdón.

—Déjame a mí de filosofías. ¡Cómo se conoce que eres viuda!

—Pero ¿acaso crees tú que yo no perdoné muchas veces? Por eso logré que me amasen. No se cazan moscas con vinagre. Si tú hubieses perdonado desde el primer día, estoy segura de que tu marido hubiera cambiado; pero ¿qué hiciste?

—Llorar mucho –contestó Alicia–. Me casé con muchas ilusiones, con mucho amor. Pero ¡ah! ¿Sabes tú lo que significa sorprender al hombre a quien se ama en brazos de otra? Eso es peor que la muerte. Es el terremoto moral. Si me hubiera sido fiel, le hubiera adorado. Tú lo has dicho: no podemos juzgar a los demás.

Después de una pausa continuó:

—Ya sé que él dice que soy una histérica. Los hombres lo arreglan todo con eso. Lo seré, no lo niego; pero la causa de mi *locura* no es sólo mi histerismo. Me dirás que nunca he carecido de nada, es cierto; pero una mujer como yo no se conforma con eso sólo. Yo necesito algo más, lo que necesitamos todas las mujeres: ¡cariño, respeto, estimación! Mi ignorancia no disculpa su proceder. Yo no he leído en los libros, pero he leído en la vida. Él morirá sin haberme conocido, aunque con la pretensión de haberme juzgado. Así son los hombres: ilusos y vanidosos.

Lo que hay es lo que hay –prosiguió tras un silencio–. Que se cansó muy pronto de mí. Y no le demos vueltas.

La lámpara arrojaba una luz tibia, discreta e insinuante que incitaba a las confidencias. En la casa reinaba un silencio interrumpido a intervalos desde fuera por el cascabeleo de los coches y las trompetas de los tranvías y los ómnibus.

—Y ahora te pregunto yo una cosa –continuó Alicia irguiéndose en la butaca–. Ese hombre, ¿no puede testar a favor de la otra y dejarme en la calle? ¡Y figúrate mi situación! Sobre cornuda... ¡Oh, no! –y se puso a pasearse febril–. ¡Y quieres que perdone! ¡Si yo pudiera decirte lo que siento! ¡Si yo pudiera comunicarte las ideas que pasan por este cerebro inculto y los estremecimientos de mi corazón!

Se sentó bruscamente, y apretándose las sienes con las manos se puso a mover la cabeza y los pies. Luego, levantándose y dejando caer los brazos, exclamó:

—¡Soy más desgraciada de lo que imaginas!

Nicasia no sabía qué responder. Estaba compungida.

Alicia continuó:

—La idea de que la *otra* se quede con todo lo mío me vuelve loca. ¿Qué quieres? Soy mujer de pasiones y la pasión es ciega. ¡Qué raro! Soy india –¿a qué negarlo?– y las indias suelen ser apáticas y sumisas. ¿Cómo te explicas tú eso?

—Los ingleses son flemáticos y yo he conocido algunos muy irritables. No se debe generalizar –contestó Nicasia.

– XI –

Pasaban los días y los días y el doctor no mejoraba. Alicia se oponía a que se le trasladase a una casa de salud, a pesar de las reiteradas instancias del médico que le asistía.

—Aquí no tiene aire ni quien le cuide como se debe –decía Plutarco– ¡Le está usted matando!

—¿Quién puede atenderle mejor que yo? –replicó Alicia–. No, de aquí no sale.

Plutarco se quedó atónito ante aquel cinismo inconsciente. No sólo no le atendía, sino que cada vez que entraba en el cuarto era para insultarle.

—¡Cuándo acabarás de reventar! –le decía.

Muchas veces, a media noche, cuando el enfermo dormía, se colocaba sigilosa, como un gato, en la alcoba y sé ponía a revolver el escritorio y a registrar las ropas del médico que colgaban de la percha. Si hallaba dinero, la vuelta de algún billete con que se pagó la botica, se le guardaba en el seno. La alcoba permanecía toda la noche tibiamente iluminada. Así se explica que Baranda hubiese podido sorprenderla una noche.

—¿Qué haces ahí? –la gritó.

—¡Ay, qué susto me has dado! –respondió–. Vine a saber si dormías.

—No, no duermo –agregó el médico con intención.

Otras noches roncaba vestida, durmiendo la mona, en el sofá de la sala. Plutarco se la acercaba quedo, muy quedo, silbando y entonces cesaba de roncar. A las cuatro o las cinco de la madrugada se despertaba de muy mal humor, y hablando consigo misma, medio en sueños, se desnudaba acostándose de una vez. A las siete ya estaba en pie dando vueltas por la casa.

—¡Por Dios! –exclamaba Plutarco en voz baja–. No haga usted ruido, que va a despertarle.

—Y a mí ¿qué me importa? –y continuaba yendo y viniendo del comedor a la cocina, no sin tropezar en el pasillo con algún mueble.

—¿Qué tal noche ha pasado? –preguntaba luego como podía preguntar qué hora era.

Plutarco, sin responderla, volvía en puntillas a la alcoba y cerraba suavemente la puerta.

Algunas noches, cuando Alicia, borracha, dormía, entraba Rosa, después de aguardar largo rato en el descanso de la escalera a que Plutarco la abriese. Pasaba una media hora junto al paciente y luego de besarle con infinita ternura, salía, casi sin pisar, resguardada por Plutarco que la acompañaba hasta la puerta. Rosa solía permanecer hasta dos horas en la escalera y al menor ruido bajaba precipitada y silenciosamente como un ladrón, temerosa de que Alicia pudiese sorprenderla. Peinaba al enfermo, le perfumaba la barba con un pulverizador que traía ella misma y le frotaba con un guante de cerdas los riñones. La presencia de aquella mujer tan dulce y cariñosa le levantaba el espíritu.

Plutarco, a la postre, no tuvo más remedio que poner en autos al comisario de policía y al juez de paz de lo que pasaba, y dos médicos certificaron que el paciente carecía de asistencia y que debía trasladársele a toda prisa a una casa de salud.

Alicia estaba con Nicasia y otras amigas en el saloncito. De pronto se oyó el rodar de un coche que entraba en el zaguán. Era la *ambulancia*. Dos hombres subieron una camilla que colocaron a la puerta del gabinete del médico. La sorpresa de Alicia fue tan honda que no supo qué decir. Se quedó estupefacta. Sacaron al paciente de la cama. Al mirar el cuadro del Greco, se le figuró una copia de aquella escena. Luego le colocaron en la camilla. Sus ojos tristes se pasearon dolorosamente por las paredes y los muebles; después se fijaron en Alicia, como si se despidiera de ella para siempre. Aquel adiós mudo, largo, de una melancolía penetrante, no pudo menos de enternecer a todos.

Alicia, reaccionando en aquel momento crítico, rompió a llorar gritando:

—¡Yo quiero darle un beso! ¡Quiero abrazarle por última vez! ¡Oh, yo le amo, yo le amo! ¡Nicasia, Nicasia, se lo llevan, se lo llevan! ¡Ya no volveré a verlo!

Se detuvo en la puerta de la escalera vigilando la camilla para echarse encima cuando fueran a sacarla. Plutarco, comprendiéndolo, la dijo de pronto:

—Alicia, se necesita un pañuelo.

Y aprovechando el momento en que entraba en su cuarto, bajaron al enfermo que echó una última mirada de angustia a su casa, a aquella casa don-

de tanto había padecido. Diríase el entierro de un vivo. Le metieron en el carro que partió hacia la casa de salud entre el bullicio de París que brillaba aca-
riciado por la melodía rubicunda de un largo crepúsculo de otoño.

Cuando Alicia, al volver con el pañuelo, se dio cuenta de la añagaza, mon-
tó en cólera. Luego se introdujo en la alcoba y, echándose sobre la cama que aún
conservaba el hueco caliente del enfermo, se deshizo en sollozos y lamentos.

—¡Se lo han llevado! ¡Se lo han llevado! ¡Ay, Nicasia! ¡Cuánto sufro!
¡Cuánto sufro! ¡Qué sola estoy! ¡Qué sola me han dejado! —Y sus lágrimas
corrían abundantes y calientes.

—Si es por su bien, hija. Consuélate. Ya volverá —la decía Nicasia también compungida.

Entretanto el perrito se paseaba por la alcoba buscando con ojos llorosos
y adoloridos al ausente.

La aflicción de Alicia era más de rabia que de verdadero pesar. Habían
podido más que ella. Pasada la crisis, exclamó:

—Ahora mismo voy a ver al comisario de policía para decirle que se han
llevado a mi marido sin mi consentimiento. La policía me dirá dónde está.
Vaya que si me lo dirá. Nadie tiene derecho de secuestrarle. Yo le haré volver aquí. No puede ni debe tener mejor asistencia que la mía. Bien han podido decirme esos canallas adónde ha ido. Me han tratado como no se trata a
nadie, a nadie. ¡Esto es infame! ¡Esto es inicuo! ¿Quién, sino Plutarco, puede ser el autor de todo esto? Y ahora Rosa estará con él. ¡No, no y no! Acom-
páñame, Nicasia.

Y salieron juntas a ver al comisario. Éste, que estaba al corriente de lo que
ocurría, fingió no saber nada, pero prometió dar a Alicia las señas de la casa
de salud.

Alicia, en su aturdimiento, se puso sobre la *robe de chambre* un gabán del
médico y en la cabeza desgreñada, un sombrero rojo. Parecía una gitana vestida con el traje de una cantatriz de ópera de tres al cuarto.

Pasó la noche inquieta hablando, hablando sin cesar. Nicasia, muerta de
sueño en una butaca, abría de cuando en cuando los ojos.

—Sí, sí —silabeaba maquinalmente.

—¿Por qué no viene alguien a decirme siquiera cómo ha llegado? —continuaba Alicia—. Es criminal abandonarme de esta manera. ¿Qué he hecho yo
para eso, que he hecho yo?

A cada cláusula, se atizaba un trago de cognac.

—No te quepa duda, Nicasia; ese comisario es un sinvergüenza. Está en
el ajo.

—Sí, sí —respondía Nicasia cabeceando.

Y hasta el amanecer estuvo paseándose Alicia por toda la casa, como un
remordimiento hecho carne.

– XII –

La casa de salud estaba en Neuilly. A la entrada había un jardín plantado de acacias, pinos, castaños y sicomoros. En una gran muestra que daba sobre la calle se leía: *Hydrothérapie médicale*.

El doctor ocupaba un cuarto del segundo piso, con un balconcito, sobre el jardín, cubierto por una enredadera. De cuando en cuando se veía la *cornette* blanca de alguna hermana de la Caridad que subía con una taza de caldo.

Aquello, más que hospital, parecía por lo silencioso, pulquérrimo y apacible, una granja holandesa.

Contiguo al cuarto del enfermo estaba el de Rosa que no cesaba de prodigarle todo género de cuidados. Por la mañana le lavaba el cuerpo con agua tibia y alcohol de pino; luego le daba fricciones secas en ambos lados de las vértebras, le atusaba la barba y, si hacía sol, le sacaba al balcón en una silla.

El paciente iba poco a poco reponiéndose.

—Ya verá usted, compañero –le decía el médico de la casa de salud– cómo dentro de unas semanas puede usted volver a su clínica. Las inhalaciones de oxígeno le harán mucho bien.

—Yo lo creo –agregaba Rosa.

Baranda sonreía tristemente, con fingida credulidad.

Era un mes de Octubre primaveral que anunciaba un invierno benigno. El doctor se entretenía algunas mañanas en dar de comer en la mano a los gorriones que acudían en bandadas al balcón. Las hembritas, abriendo las alas y el pico, pedían piando a los machos que las nutriesen. Y los machos, metiéndolas el pico hasta el esófago, las atiborraban de migas de pan.

Estos idilios ornitológicos le causaban una melancolía indecible, una envidia taciturna. Pero Rosa ¿no estaba junto a él mimándole? Echaba de menos a Alicia. Sus nervios, habituados a la gresca diaria, sentían la nostalgia del dolor moral. Se explicaba que el hombre se adaptase a todo, la esclavitud inclusive, y que echase de menos el grillo y las rejas, una vez en libertad. El esclavo no se subleva por sí solo; necesita del hombre imperioso que le sacuda comunicándole un impulso artificial. ¡Cuántos pueblos, a raíz de salir de la servidumbre, suspiran por el tirano!

Plutarco se encargó de la clientela de Baranda.

La visitaba en sus domicilios, porque en casa del médico no se atrevía a poner los pies.

Un día se apareció Alicia, sin más ni más, en la casa de salud, reclamando a su marido. Al entrar en su cuarto advirtió varias prendas de mujer colgadas de la percha.

—¿Creías que esto iba a durar siempre? —le dijo al enfermo que se puso a temblar aterrado en su presencia—. Ahora mismo te vuelves a casa. Ahora mismo. ¿Conque Rosa vive contigo, eh? Ahora comprendo por qué insistías tanto en querer salir de casa. No, no era la falta de aire ni de asistencia. ¡Era que querías estar con esa sinvergüenza!

Rosa, encerrada con llave en su habitación, oía todo esto con el alma en un hilo, conteniendo a duras penas la respiración.

—¿Qué quiere usted que hagamos? —decía a Plutarco el director del establecimiento—. Es su mujer legítima y yo no puedo oponerme a su pretensión. Y crea usted que lo deploro.

—Pero es que esta vuelta al domicilio conyugal significa la muerte del enfermo —exclamaba Plutarco.

—¡Ah! ¿qué quiere usted? La ley está con ella —replicaba el director de la casa de salud—. Yo no puedo oponerme. Además, un escándalo me perjudicaría muchísimo.

—Sí, yo soy su mujer legítima. Esa mujer que ha estado aquí con él durante mi ausencia es su querida —replicaba Alicia con imperio.

Baranda, desfallecido, derrumbado, como el presidiario a quien, después de una penosa evasión, echan otra vez el guante, no hablaba; de sus ojos agonizantes salía un largo quejido, más desgarrador que si hubiera salido de su boca.

Y volvieron a meterle en la camilla, y de la camilla al carro, y del carro a su alcoba, y todo aquel fúnebre trajín se le antojó como un aprendizaje sepulcral. Aquel hombre vivo sabía experimentalmente lo que era morirse. Como suena, sin metáfora.

Al llegar a casa, *Mimí* salió a recibirle con una alegría inmensa. Mientras estuvo ausente no salió una sola vez de bajo de la cama, no comió y se pasaba las noches aullando.

Baranda sentía tal cansancio que no sabía dónde poner los brazos y las piernas. Si hubiera podido se los hubiera quitado como anhela uno quitarse las botas después de una caminata. En los riñones, sobre todo, el dolor era insufrible. Sentía como el peso de una hernia. La voz era débil, descolorida, sorda. Diríase que salía de una laringe de algodón y que se difundía por unas paredes de paja.

– XIII –

Baranda se negaba a tomar alimentos, no por que fuesen malos –Alicia le compraba aposta huevos de diez céntimos y leche aguanosa–, sino por lo que él decía a Plutarco:

—¿Para qué seguir viviendo? La vida es una adaptación del individuo al medio. Desde el punto en que el ambiente nos es hostil, la vida se hace imposible. Para mí (lo digo sin pizca de lirismo) no hay más solución que la muerte. Es más, no la temo. La idea de seguir viviendo con Alicia me da horror.

Y se quedaba absorto como delante de un gran peligro.

—Por mucho que prometiese enmendarse ¡lo ha prometido tantas veces! todo seguiría igual o peor. El pretexto es Rosa. Si no hubiera Rosas habría... cardos. Creo poco en los motivos. Si así fuera, todo el mundo obraría en igualdad de circunstancias lo mismo. ¿Por qué un banquero que quiebra se suicida y otro huye? ¿Por qué una mujer caída se encenaga y otra lucha por rehabilitarse? ¿Por qué yo no me he matado? El motivo no tiene la pujanza suficiente para hacernos obrar en oposición con nuestro carácter, para cambiar nuestra substancia.

En esto entró Alicia en la alcoba, en aquella alcoba en que se respiraba una atmósfera caliente de ácido úrico.

—¿Vas a tomar o no la leche? –le dijo con tono autoritario.

—Te he dicho que no. Si Rosa estuviera aquí, la tomaría.

—Pues te morirás en ayunas, porque lo que es esa tía no pone los pies aquí. ¡No faltaba más! ¡Cuidado que se necesita tupé...! ¿Qué te parece, Nicasia,

lo que me propone ese tipo? ¿Qué harías en mi caso?
—Yo accedería. Ese hombre ya no es hombre. Es un cadáver. ¿Qué peligro puede haber?
—Lo que es peligro... ¡Pero no me da la gana! ¿No quiere tomar la leche? ¡Que no la tome!
Un día en que Alicia estaba ausente, Baranda se levantó y, apoyándose en Plutarco, bajó las escaleras. No podía tenerse en pie. Las piernas le flaqueaban. Entre Plutarco y el cochero le ayudaron a entrar en el fiacre que le condujo a casa de Rosa, en la rue Mogador.
—Doctor, el día está muy crudo. Abríguese bien —le recomendó Plutarco, temeroso de que pudiera constiparse.
—Pierda cuidado —respondió el médico sacando la cabeza por la ventanilla.
Allí en casa de la querida, permaneció hasta el oscurecer. Rosa, al verle, no pudo disimular su asombro y su miedo.
—¡Oh! ¿Por qué has venido? —le dijo besándole.
—Porque no podía estar sin verte.
—*Oh, mon coeur adoré!* —añadió Rosa abrazándole con intensa ternura.
Le dio la mejor leche, los mejores huevos; le mimó con exquisita delicadeza y le besó en los ojos, en la frente, en las manos.
—¡Estoy muy malo! —suspiró—. Ya me quedan pocos días. Me siento como una persona medio viva y medio muerta que viviese en un semiletargo y a quien los objetos aparecen nebulosos y las gentes espectrales. Cuando me hablan me figuro que me hablan desde muy lejos, desde muy lejos...
Rosa lloró a mares.
—¡Oh, no, no puede ser! —sollozaba.
—Aquí te traigo esto —la dijo sacando del bolsillo un sobre cerrado—. Son diez mil francos. Siento no poder darte más. ¡Has sido tan buena conmigo! ¡Te estoy tan agradecido!
Rosa se le echo encima y le estrechó, deshecha en lágrimas, entre sus brazos.
Desde su vuelta de los trópicos, el médico la había ido dando sumas parecidas que ella depositaba en la caja de ahorros. Pasaban de ochenta mil francos.
—Puedes emplear tu dinero —la dijo— en un seguro vitalicio. Es lo mejor, puesto que no tienes hijos. ¡Oh, con qué gusto me quedaría aquí! —exclamó luego echándose en la cama.
Rosa, haciendo de tripas corazón, bromeó con él un rato. Después recordaron el buen tiempo estudiantil, su *grenier*[170] del barrio latino y lloraron juntos sobre el cadáver del pasado. Hablaban de sí mismos como de personas desaparecidas para siempre, intentando vanamente galvanizar aquellas memorias pulverizadas por el tiempo...
La despedida fue conmovedora. Ella le besó la cabeza, la boca, los ojos, el

170 *Grenier*: (fr.) el último piso de una casa de altos, bajo los techos; altillo

cuello, las manos, la ropa. La depresión de las acciones vitales era en él tan profunda, que apenas se dio cuenta de aquella explosión de cariño y de tristeza de su querida. Estaba como idiota.

Casi a gatas, y ayudado por el cochero, logró llegar hasta el primer piso en que vivía, deteniéndose, cadavérico y asmático, a cada cuatro escalones. Alicia no había regresado. De modo que no supo lo de la salida. Plutarco le aguardaba en la alcoba.

—Doctor, ha cometido usted una imprudencia. Ya se ha acatarrado usted —le dijo paternalmente al oírle estornudar.

—Sí, me siento muy mal. Tengo calentura —y daba diente con diente.

Se llamó al médico a toda prisa.

—Es la "grippe" —dijo—. Dada la debilidad general del paciente, esto puede complicarse.

Baranda había enflaquecido tanto que desaparecía bajo las sábanas como un niño. Los cabellos y la barba eran casi de nieve y la nariz y la frente parecían de marfil. Se le hincharon los párpados y las piernas y la cabeza le dolía como si le escarbasen los sesos. Se vio obligado a pasar muchas noches en una butaca porque no podía permanecer tendido.

Hubo junta de médicos.

—Se muere —opinaron.

Uno de ellos, llamando aparte a Plutarco, añadió:

—Si no ha hecho sus últimas disposiciones, que las haga en seguida.

Alicia, al oír estas palabras, le preguntó a Plutarco con ansiedad:

—¿Ha testado?

—Sí, hace tiempo. Y la deja a usted todos sus bienes —respondió Plutarco con desprecio.

—Usted ¿cómo lo sabe? —replicó Alicia con creciente nerviosidad.

Plutarco entró en el gabinete, abrió una gaveta y sacando un papel (la minuta del testamento) se la mostró a Alicia.

—Vea usted. La deja a usted todo lo que hay en la casa y un seguro de vida de cien mil francos.

—¿Nada más? ¡Valiente cosa! Y a usted; ¿no le deja nada?

—Sí, la biblioteca y los instrumentos de cirugía. Vea usted.

—¿Y A Rosa?

—No la mienta.

—¡Qué extraño! Se lo habrá dado en efectivo.

Luego añadió bruscamente:

—Déme acá ese papel. Nicasia, léeme esto.

—¡Si creerá que la engaño!...

Nicasia confirmó las palabras de Plutarco.

—Yo —añadió éste— no la hubiera dejado un céntimo. Porque ¡cuidado si ha sido usted infame!

—Ya ves, hija. ¡Lo que te has atormentado y lo que le has hecho padecer! –la dijo Nicasia.

—No, si no era por eso –repuso Alicia.

Baranda, con voz muy débil, clamaba por Rosa.

—¡Quiero verla! ¡Quiero verla! ¡Que me la traigan, que me la traigan!

Alicia dudó un momento. Después, volviéndose a Plutarco, le dijo:

—Que venga.

La casa se llenó de gente. La Presidenta preguntó:

—¿Se ha confesado?

—No –respondió Alicia.

—¡Y tú le dejas morir así! –exclamó doña Tecla casi furiosa, saliendo de su letargia habitual, con asombro de los presentes.

—Hay que llamar a un sacerdote. Al de la capilla española, que es amigo y confesor mío –agregó la Presidenta–. Ahora mismo voy por él –y salió en su busca.

Plutarco, desde el pasillo, oyó todo el diálogo.

La noche se arrastraba lenta y triste. En la alcoba sólo se oía el tic–tac del reloj, la tos de Baranda y los ronquidos de *Mimí*. Cada vez que Alicia se encontraba a Rosa en el pasillo, camino de la cocina, la insultaba.

—¡Canalla, ramera, *franchuta!* –la gritaba con ademán airado. Rosa palidecía, pero no contestaba.

—¿Y es esa la pájara que tanto te ha hecho sufrir? –preguntó doña Tecla.

—No vale nada –agregó don Olimpio.

Plutarco recibió al cura, que no tardó en llegar.

—Señor –le dijo– el doctor Baranda no es católico.

—Será entonces judío –contestó con viveza el clérigo, que era catalán.

—No, señor; no es judío.

—Será librepensador –prosiguió el cura con cierta sorna, pero sin desistir de su propósito.

Plutarco se le plantó delante.

—El doctor no cree en curas –le dijo seca y enérgicamente.

—¿En qué cree entonces ese hombre? –insistió dirigiéndose a la alcoba.

Plutarco, cogiéndole por el brazo, se le impuso:

—Usted toma la puerta en el acto.

Y el cura, furioso, bajó las escaleras acompañado de la Presidenta, que insistía en que se quedara.

—Pero usted no ha consultado al enfermo–dijo a Plutarco con mal disimulada ira.

—Sí, hay que consultarle –recalcó doña Tecla.

—¿Usted también, vieja idiota? –exclamó Plutarco fuera de sí–. A ver, largo de aquí todo el mundo. ¡Largo!

—¡Eh, poco a poco, mi señor don Plutarco!

Intervino Marco Aurelio encarándose con él.

—Usted también, ¡largo de aquí! ¡Fuera!

—¡Le mandaré a usted mis padrinos!

—¡Sus padrinos! Y yo no les recibo. Yo no doy la alternativa de hombre de honor a un granuja que vive del juego y de las cocotas, a un granuja cuya madre es una prostituta que robó en las tiendas de Nueva York y que no estuvo presa gracias a un hermano suyo –otro bandido– que sacó la cara por ella.

Marco Aurelio se puso lívido.

—¡Fuera de aquí, hato de sinvergüenzas y chismosos!

Plutarco hablaba con tal imperio, tenía la expresión facial tan dura y amenazante, que nadie se atrevió a replicarle.

—No, Nicasia, quédese usted. Es usted la única persona decente que entra en esta casa. ¡Y éstas son las que hacen las reputaciones!

—¡Uf, qué genio! –exclamaba doña Tecla encaminándose a la puerta.

—Un loco –añadía don Olimpio tomando el sombrero.

—Ya le mandaré mis testigos –repetía Marco Aurelio, tomando las de Villadiego, con cierta cobarde altanería de gallo que huye. La Presidenta echaba espuma por la boca.

Sólo se quedaron Alicia y Nicasia.

En el silencio de la noche no se oía sino el toser del enfermo y el pitar lejano de las locomotoras de la gare Saint–Lazare.

Nicasia se acostó en la cama de Alicia, y Alicia, más borracha que nunca, se quedó dormida en el sofá.

A eso de las cuatro de la madrugada, Rosa, no pudiendo soportar el calor alcalino de la alcoba, salió al pasillo a respirar un poco. En esto despertó Alicia, y dirigiéndose a ella, la colmó en voz baja de improperios.

—¿Qué hace usted aquí? ¡Lárguese! Intrusa, esta es mi casa.

Como Rosa no la contestase, prosiguió:

—¿Me quiere usted decir qué porquerías le hace usted a ese hombre para haberle embaucado así? Por eso y sólo por eso la ha preferido a usted, ¡sucia!

Rosa la empujó suavemente para evitar que la tocase con las manos en los ojos. Entonces Alicia, sin poder refrenarse, la dio un puñetazo en la cara.

Rosa dio un grito.

En el umbral de la puerta apareció un espectro en una larga camisa de dormir, los pies en el suelo, con la barba y los cabellos blancos, que abriendo los brazos crecía como una aparición. Sus ojos brillaban con brillo siniestro.

—¿Qué la has hecho, qué la has hecho, malvada? –gritó con voz fuerte y sonora.

Luego se desplomó exánime.

Al ruido acudieron Nicasia, medio desnuda, y Plutarco.

Rosa llorando exclamó:

—¡Le ha matado, le ha matado!

—¡Canalla! –rugió Plutarco propinando a Alicia un soberano empellón.
Le levantaron del suelo y le acostaron en la cama. Estaba muerto.

– XIV –

Mientras el cadáver, bajo la bruma glacial de un día de Noviembre, atravesaba, camino del *Père Lachaise*, los bulevares exteriores –pobres, sucios y fangosos como grandes calles de provincia–, Alicia y Nicasia, a la luz de una lámpara de petróleo, revolvían los cajones del despacho del difunto. En el fondo de uno de ellos encontraron viejos retratos suyos.

—Así era cuando le conocí –suspiró Alicia–. Así era –y se quedó pensativa mirándole.

—¿Sabes que huele a podrido? –exclamó Nicasia volviendo la cabeza–. ¿Qué será?

Era el cadáver del perrito que yacía bajo la cama.

—Tenía más corazón que tú –observó Nicasia con supersticiosa tristeza.

—No me digas eso –contestó Alicia–. Así era cuando le conocí en Ganga –continuó sin apartar los ojos del cartón–. Si él padeció, yo también he padecido. Créeme. No me olvido de mis noches sin sueño, cuando él me dejaba sola, solita en alma en esta casa vacía y silenciosa. Y mientras él estaba con la querida, yo me pasaba las horas enteras llorando, llorando. ¡Ah, cómo le quería entonces! El fue toda su vida un hipócrita, un libertino. Ya sé que a mí me acusan –tú, la primera– de haber sido con él interesada y dura. Me volví egoísta desde el día en que supe que se gastaba el dinero con la *otra*. ¿Iba yo a economizar sabiéndolo? Buena tonta hubiera sido. Los celos me exasperaron y el desdén con que me trataba me volvió loca. Pero ¿a quién puedo yo explicarle lo que pasaba por mí? Yo misma no acertaría a explicarlo. Sólo sé que sufría y que en mi despecho, una rabia intensa me empujaba a torturarle, a la vez que me torturaba a mí misma. Era un placer doloroso parecido al que debe de sentir el asceta cuando se martiriza.

—Te comprendo, te comprendo –la interrumpió Nicasia.

Siguieron registrando las gavetas.

—¿Qué habrá en este cofrecito? –se preguntó Alicia–. Le he tenido varias veces en mis manos y no he podido abrirle. A ver si con estas pinzas... –y se puso a forcejear hasta que hizo saltar la cerradura. Eran cartas, amarillentas y borrosas. En el fondo, bajo los paquetes, encontraron una fotografía.

—¿Quién será ésta? –dijo Alicia.

Luego, volviendo el retrato, añadió:

—Tiene dedicatoria. A ver, lee, Nicasia.

—"A mi..." –y se quedó suspensa.

—Sigue, sigue –continuó Alicia con ansiedad.

—"A mi adorado tormento".

Nicasia y Alicia se miraron estupefactas.

—A ver la firma –insistió metiendo las narices en la cartulina y leyendo imaginariamente con el deseo.

—"Tu Julia. Santo 18..."

Alicia, después de forzar largo rato la memoria exclamó, dándose una palmada en la frente:

—¡Ya sé! Esa es la primera novia que tuvo. Mira, ese es su busto. ¡Oh, cuántas veces me habló de ella! ¡Era tan pura, tan inocente, "un lirio del valle", como él decía! A ver, léeme las cartas.

Nicasia deshizo uno de los paquetes cuidada mente atados con una cinta, pajiza por el tiempo.

Leyó primero para sí. Alicia seguía con los ojos la lectura, devorada por la impaciencia y la curiosidad. Nicasia, al terminarla, se quedó mirando a Alicia con lástima.

—¿Qué dice? ¡A ver! –añadió ésta frunciendo las cejas, con los ojos secos y ardientes.

—Pues, hija, que no veo la pureza. Aquí se habla de "la deliciosa noche de amor que pasé entre tus brazos" y de "tus caricias de fuego"...

—¡Ah, miserable! ¡Ah, grandísimo hipócrita! ¡Y me la pintaba como una virgen pura! ¡Si no hay una sola mujer honrada! ¡Si no hay un solo hombre que no sea un canalla!

Y rompió a llorar desesperada. Luego, revolcándose en aquella cama donde tantas veces habían gozado juntos, rugió de ira, de amor, de celos, de impotencia. Y maldijo la hora en que le conoció y bendijo la hora de su muerte.

Después, irguiéndose, desgreñada, con los ojos como dos carbunclos, exclamó:

—¡Canalla, canalla! ¡Ha hecho bien en morirse!

Por último, se quedó interrogando, con los ojos fijos, el busto de Julia, aquel busto de mármol que la miraba, a su vez, fijamente, con sus ojos fríos y muertos...

– XV –

Grille, el diputado por la Martinica, pronunció, subido a una tribuna, el elogio fúnebre de Baranda, mientras el cadáver de éste se quemaba en el gran *four crématoire*, según disposición testamentaria.

—"Si su vida fue un martirio a fuego lento –decía el orador–, a fuego lento también se derrite su cadáver".

El cortejo se diseminó por las avenidas de la inmensa necrópolis, en cuyo seno yacen tres millones de muertos y sobre cuya superficie se levantan más de ochenta mil monumentos.

¡Cuántos rincones ignorados! ¡Cuánto sepulcro roto por entre las grietas de cuyas lápidas crece viciosamente la ortiga! Con dificultad podían descifrarse sus nombres que tal vez corrieron un día de boca en boca. Sobre muchos caían a manta las hojas secas formando una alfombra pajiza. De las lápidas de algunos aún colgaban fragmentos de coronas y ramos de flores marchitas.

No lejos del horno, cuyas ingentes chimeneas recuerdan las de una fábrica, está el cementerio musulmán, especie de mezquita fortificada. Entre la yerba sobresalen algunas piedras tumulares, sin inscripciones, salpicadas de guijarros y de tiestos rotos.

—Entre los mahometanos se estila arrojar piedras, en prueba de piedad, sobre las tumbas de los amigos –observó Grille.

—Es preferible que nos las arrojen en muerte que no en vida –contestó Plutarco.

En ciertas avenidas, en que se amontonaban los ladrillos y la mezcla, jardineros y albañiles escardaban y limpiaban el cementerio sumido en una bruma melancólica. En un rincón dos sepultureros cavaban una fosa. Luego bajaron un sarcófago, grande y pesado, cubriéndole de tierra que, al caer sobre la tapa, resonaba como un tambor de palo. Alrededor de la hoya lloraban unas mujeres.

—El *Père–Lachaise* –dijo Plutarco– no invita a morirse. Hay cementerios simpáticos y risueños que convidan a la meditación y al nirvana. Este, no.

De las excavaciones salía una humedad palúdica apestosa. A cada paso encontraban el sepulcro de alguna celebridad: el de Balzac, el de Casimiro Delavigne, el de Gerardo de Nerval, el de Michelet, Delacroix y otros.

—Sólo por evocar estas sombras augustas se puede venir aquí –dijo solemnemente Grille.

Plutarco iba leyendo al azar los epígrafes mortuorios, muchos de los cuales le movían a risa por lo pedantescos. De pronto se detuvo ante un monumento medio en ruinas y del todo abandonado. El orín ha roído la verja que le circuye y el musgo cubre la lápida.

—¿Quién será éste? –preguntó.

Grille, inclinándose, leyó: *Barrás*.

Andando a la ventura tropezaron con el mausoleo de Abelardo y Eloísa.

—¡Aún hay amor! –exclamó Grille–. Vea usted cómo está eso de violetas, de lilas y rosas.

Volvieron al *four crématoire,* en torno del cual se extienden dos grandes galerías sin puertas, llenas de lápidas y retratos.

Allí, en féretros liliputienses, se guarda a los incinerados. Acababan de depositar las cenizas de Eustaquio Baranda en su nicho. Junto a él una mujer de luto colocaba piadosamente, deshecha en lágrimas, un ramo de violetas. Era Rosa.

En el fondo de la avenida principal yergue un monumento: "Souvenirs aux morts de Bartholomé". Desde allí contempló Plutarco la muerte del sol. París, abajo, se envolvía en una bruma de oro que densificaba poco a poco el humo ceniciento de las chimeneas. Allá, muy lejos, se esbozaban la Columna de Julio y el Panteón. La mancha negra de los cipreses inmóviles, que orillan la salida del camposanto, contrastaba con el claror lechoso del cielo en el cenit.

Al bajar, camino de la gran puerta, se detuvo ante un hormiguero femenino que rodeaba un sepulcro, regándole de flores. Sobre un busto joven caía el ramaje de un sauce. En la lápida delantera se leen unos versos que empiezan :

"Mes chers amis quand je mourrai..." A. Musset

En la lápida de detrás, otros que comienzan:

"Rappelle–toi lorsque la nuit pensive..." A. Musset

Plutarco, perdiéndose entre la muchedumbre que se atropellaba a la salida, pensó con infinita tristeza:

—¡Pobre! Ahora sí que descansa.

París, Septiembre y Diciembre 1902

Thank you for acquiring

A FUEGO LENTO

This book is part of the
Stockcero Spanish & Latin American Studies Library Program.
It was brought back to print following the request of at least one hundred interested readers –many belonging to the North American teaching community– who seek a better insight on the culture roots of Hispanic America.

To complete the full circle and get a better understanding about the actual needs of our readers, we would appreciate if you could be so kind as to spare some time and register your purchase at:
http://www.stockcero.com/bookregister.htm

The Stockcero Mission:
To enhance the understanding of Latin American issues in North America, while promoting the role of books as culture vectors

The Stockcero Spanish & Latin American Studies Library Goal:
To bring back into print those books that the Teaching Community considers necessary for an in depth understanding of the Latin American societies and their culture, with special emphasis on history, economy, politics and literature.

Program mechanics:
- Publishing priorities are assigned through a ranking system, based on the number of nominations received by each title listed in our databases
- Registered Users may nominate as many titles as they consider fit
- Reaching 5 votes the title enters a daily updated ranking list
- Upon reaching the 100 votes the title is brought back into print

You may find more information about the Stockcero Programs by visiting www.stockcero.com

Printed in the United States
36871LVS00003B/75